# 子どもは40000回質問する

CURIOUS

The Desire to Know and Why Your Future Depends on It

あなたの人生を創る「好奇心」の驚くべき力

イアン・レズリー

須川綾子［訳］

光文社

# 子どもは40000回質問する

## ――あなたの人生を創る「好奇心」の驚くべき力

目次

アイオへ——彼女がまだ知らないことにいつまでも胸を躍らせることを願って。

私には特別な才能はない。どこまでも好奇心が旺盛なだけだ。

——アルベルト・アインシュタイン

つまり人間にとって空腹を満たすことは必要不可欠だが、そればかりに気を取られ、強く渇望する感覚に秘められた力を無駄にしてはならない。

——アントナン・アルトー

好奇心は不服従のもっとも純粋なかたちである。

——ウラジーミル・ナボコフ

はじめに　「知りたい」という欲求が人生と社会を変える

## 言葉を操る天才子ザルが「質問しない」こと

研究者たちは、カンジと名づけられたそのサル（ボノボ）に、並外れた才能があることに気づいた。彼は誰からも教わっていないのに、言語を習得していたのだ。

ジョージア州アトランタ近郊の言語学研究センターでは、スー・サベージ＝ランボーの率いる研究チームが、カンジの育ての母親であるマタタに記号を使ったコミュニケーション方法を教えようと何カ月にもわたって苦労していた。意思を伝える手段は絵文字が並んだキーボードだ。リンゴを表す絵文字、遊びを表す絵文字といった具合に、それぞれが具体的なものや行動と結びつけられている。

マタタはとびぬけて知能が高いのに、なかなか進歩しなかった。キーボードを使って意思の疎通ができることはわかっていたが、それぞれの記号に決まった意味があることをどうしても理解できなかった。マタタはよく、思っていることを伝えようとサベージ＝ランボーの手をとってキーボードの前まで引っぱっていった。そしてでたらめにキーを押し、言いたいことが伝わったと言わんばかりの、期待に満ちた表情で彼女を見上げるのだった。本当はバナナが欲しいのに「ジュース」を押したり、外で遊びたいのに「毛づくろい」を押したりした。

研究者がマタタを観察しているあいだ、カンジはいつも同じ部屋でひとり遊びをしていた。カンジがセンターにやって来たのはまだ生後六カ月と幼かったので、マタタが言語習得の課題に取り組んでいるあいだも一緒にいることが許されていたのだ。元気いっぱいのカンジは研究室のなかを駆けまわり、母親の頭に飛び乗ったり、彼女がキーボードに触ろうとするのを邪魔したり、ご褒美の食べ物を横取りしたりした。

カンジはキーボードで遊ぶのも好きだったが、研究者たちはあまり気に留めていなかった。二歳の誕生日を過ぎたある日、カンジはキーボードに歩み寄ってじっくりと考えるようなそぶりを見せ、「追いかける」を表すキーを押した。そして、自分のしたことがちゃんと見てもらえたかどうか確かめるように、サベージ＝ランボーを見つめた。彼女がうなずいてにっこりすると、カンジは駆けだして後ろを振り返り、得意げに満面の笑みを浮かべた。

その日カンジは一二〇回もキーボードを使い、食べ物やゲームをねだり、自分がこれから何をするつもりか知らせた。驚いたことに、カンジはキーボードを使う訓練を受けたこともなければ母親の訓練に関心を示したことさえないのに、使い方を習得していたのだ。それから何年にもわたり、研究者たちはこの天才子ザルをつぶさに観察した。カンジは優れた言語能力を発揮し、そのあまりの高度さに認知心理学者たちが人間の学習と言語に関する認識を改めたほどだった。

類人猿と人間のちがいは思いのほか小さい。カンジが覚えた言葉は二〇〇以上にもなる。読解力とコミュニケーション能力を調べると二歳半の子どもの能力に相当し、いくつかの点ではそれ以上であることがわかった。カンジは自分で文法的な決まりをつくり、それに従っていた。これはまさに独創的な能力だ。また、人が話す言葉を理解して、口頭の指示に従うこともできる——たとえば、サベージ゠ランボーから何かを川に投げ込むように言われると、石を拾って投げてみせた。記号を使っておやつをねだったり、ドアを開けてほしいと頼んだりすることもできる。カンジは遊ぶことと同じように学ぶことが好きだった。

カンジのエピソードはヒトとサルが非常に近いことを教えてくれるが、両者のＤＮＡがほとんど共通していることを考えれば意外なことではない。だが、このエピソードは両者のちがいも浮き彫りにしており、しかもそれはきわめて大きなものである。

カンジが絶対にしないのは、なぜかと問いかけることだ。眉間にしわを寄せてキーボードにかじりつき、「どうしてそんな質問をするのか」とか、「いったい何を知りたいのか」といった文章を突きつけてくることはない。自分が暮らす研究センターの外にどんな世界があるのか尋ねることもないし、冷蔵庫を使えるのにその仕組みに興味を示すこともない。一緒にいる人間がサルの生態を知ろうと夢中になっていても、カンジには人間の生態を知ろうとする好奇心はみられない。そもそも、サルであることの意味を探求することもない。カンジが「自分は何者なのか」と問うことはけっしてないのである。

## 売れっ子プロデューサーの苦悩

一九九三年のクリスマスイブの朝、目を覚ましたジョン・ロイドの頭に浮かんだのは「自分は何者なのか」という疑問だった。それは哲学的な思索にふけるといった類のものではなく、切実で息の詰まるような、振り払うことのできない疑問だった。まるで頭にドリルで穴をあけられているようだった。

とはいえ記憶喪失になったわけではない。基本的な質問には難なく答えられる。「名前はジョン・ロイド。四二歳。身長は一八六センチ。テレビ業界で売れっ子のプロデューサー兼ディレクター。ロンドンとオックスフォードシャー州に住まいがあり、家族は妻と子どもが三人」。ところがこの朝、こうした答えは「自分は何者なのか」という疑問から生じる苦しみを少しも和らげてくれなかった。よくよく考えてみると、自分の疑問は喪失ではなく欠乏の感覚からくるものではないかと感じるようになった。「そのとき初めて気づいたんだ」と彼はのちに話してくれた。

「自分は何も知らないとね」

もちろん、ロイドは多くのことを知っている。広告の制作については熟知しているし、コメディ番組のつくりかたも心得ている。それまでの一五年間――本人の言葉を借りるなら「常軌を逸した一五年間」――彼は『ノット・ザ・ナイン・オクロック・ニュース』や『ブラックアダー』、『スピッティング・イメージ』など、イギリスでもっとも人気のあるコメディ番組を立て続けにヒットさせ、誰も経験したことのないような素晴らしい栄光を手にしてきた。

そればかりでなく、彼はイギリスを代表する俳優やコメディアンをスターダムに押し上げるのにも大きな役割を果たしてきた――ローワン・アトキンソン、リチャード・カーティス、スティーヴン・フライ、ヒュー・ローリー。数々の番組や広告キャンペーンでいくつもの英国アカデミー賞を受賞した。彼は誇らしさと照れくささが交ざった表情で教えてくれた。「私はジュディ・デンチの次にたくさんの英国アカデミー賞を受賞しているんだ」。英国アカデミーの生涯功労賞を受けたのは四〇歳になるより前のことだった。

それからまもなくして状況が一変した。非の打ち所のない職業人生を歩んできた彼が、突如として壁にぶつかったのだ。自分が企画した広告プロジェクトから締めだされ、ハリウッドのスタジオの責任者からは書きあげた脚本をプールに投げ捨てられた。やることなすことすべてが裏目にでた。過去にも挫折の経験はあるが、これほど深刻ではなかった。それまで永遠に続くかと思われるような成功を味わっていたのに、今度は終わりのない挫折に苛まれる日々に一転したのだ。まるで大きなクマに痛めつけられているようだった、と彼は振り返る。「立ちあがろうとするたびに叩きのめされてしまうんだ」

クリスマスイブの朝、ロイドは身震いして目を覚ました。それまでにしてきたことや築いてきたものすべてが無意味だったのではないか、そんな恐ろしい考えに襲われたのだ。棚に並ぶ英国アカデミー賞のトロフィーが急に虚しいものに見えた。ロイドは自分の人生がかなり恵まれているとわかっていたが、それでもひどく落ち込むようになった。それから数年のあいだは、ロイド家をこっそり覗いたなら、当代一のテレビプロデューサーが部屋にこもって人知れず泣いている姿を目にしたことだろう。

以前、中世のイングランドを舞台にしたコメディ『ブラックアダー』が不評に終わったとき、ロイドは続編を制作すべきだとBBCを説き伏せた。彼はそのときと同じくらい強い決意でこの状況を克服しようと心に誓った。いわゆる中年の危機を乗り越えるためのありきたりな方法には飛びつかなかった。つまり、セラピーに通ったり、スポーツカーを買ったり、妻以外の女性に走ったりすることはなかった。そのかわり仕事を休み、ゆっくりと散歩に出かけ、ウィスキーを飲んだ。それから本を読み始めた。「仕事がうまくいっていたころは本なんてまったく読まなかった。そんな時間はなくてね」。ロイドはイギリスでも屈指の名門校に通い、大学はケンブリッジを卒業しているが、自分がもの知りだとは思っていなかった。ここにきてようやく遅れを取り戻す時間ができた。

まずはソクラテスと古代アテネに関する本を読んだ。それから光と磁力について読み、ルネサンスやフランスの印象派について読んだ。とくに計画や方針はなく、気の向くままにひたすら読んだ。印象派の画家ギュスターヴ・カイユボットがパリのある部屋で労働者たちが床の塗装をかんなで削るようすを描いた作品を目にすると、今度はニスの歴史を知りたくなり、それに関する本を何冊も読んだ。やがてまたコマーシャルの制作を手掛けるようになると、出張のたびに大量の本を抱えて飛行機に乗り込み、貪るように読んだ。新しいことを知れば知るほど、もっと知りたくなった。

　ロイドは自分があまりにも無知なことに驚き、どれだけ多くの遅れを取り戻さなければならないのかと愕然とした。また誰一人として、知る喜びを教えてくれなかったことに腹が立った。「世界はとてつもなく面白いってことに急に気づいた。興味をもって眺めれば、この世のあらゆるものが――地球の重力、鳩の頭の形、雑草の葉さえも――じつに驚くべきものに見えてくる」。学校での勉強は仕方なくやるだけで退屈だったが、興味のあることを学ぶのは我を忘れるほど楽しかった。「どんなことも詳しく知るとますます興味がわいてくる。だけど、それは人から教わるものじゃない」

　彼があらゆることに惹きつけられた背景には、ほかでもない、人生の意味を理解したいという強い欲求があった。「自分とは何なのか、万物の本質とは何なのか、たまらなく知りたかった」

## 人の好奇心をかきたてる番組をつくる

　世界の知識の海を心の向くままに渡りゆく旅に出てから六年ほどが過ぎたある日のことだった。ようやくどん底の精神状態から抜け出していたロイドは、オックスフォードシャー州の自宅の書斎で本に囲まれていた。「突然ひらめいて、これだと思った。『ＱＩ』のアイディアが生まれた瞬間だ」。彼はそれまでの数年間に自分が夢中になっていたことを娯楽番組にしようと思いついたのだ。「視聴者の好奇心をかきたてるような番組をつくってやろう。見る角度によってはどんなことだってすごく興味深い（Quite Interesting）ってことを証明するんだ」

こうして、スティーヴン・フライが司会を務めるBBCのクイズ番組『QI』の放送が始まった。量子物理学からアステカ族の建築に至るまで幅広いテーマを取り上げ、その面白さを掘り下げる。今ではイギリスでもっとも人気のある長寿番組の一つへと成長し、数百万人の視聴者から愛されている。書籍版は何十万部も売れ、海外のテレビ局も似たような番組をつくり始めた。ロイドはようやくまた大ヒットを飛ばすことができたのだ。しかも過去のどんな成功よりも誇らしく感じたという。「私の人生から生まれたアイディアなのだから」

BBCの役員たちに『QI』の番組企画を持ち込んだとき、ロイドが率いるクリエイティブ・チームは核となるテーマを説明した。「好奇心ほど不可思議で、私たちにとって大切なものはありません」。ロイドはそう訴えた。「ダーウィンが明らかにしたとおり、私たち人間はほかの霊長類と同じように、食と性と安全という三つの基本的欲求によって突き動かされています。しかし人間にはもう一つ、第四の欲求がある。純粋な意味での好奇心は人間にしかみられません。動物が茂みを嗅ぎまわるのは三つの欲求に導かれてのことです。ところが現在知られているかぎり、星を見上げてあれは何だろうと疑問に思うのは人間だけなのです」

## 現代は人類発展の停滞期——もはや賢いだけでは生き残れない

好奇心にまつわる古い逸話といえば、アダムとイブと知恵の木の実、イカロスと太陽、パンドラの箱など、警告的なものが多い。初期のキリスト教神学者たちは、好奇心を容赦なく非難した。聖アウグスティヌスは、「神は多くを知ろうとする者のために地獄をつくられた」と断じた。人文主義者のエラスムスでさえ、好奇心は強欲の異名だと示唆している。西洋の歴史において、好奇心はよくても気晴らしと受け止められるのがせいぜいで、ともすれば精神と社会をむしばむ害悪とみなされてきた。

これには理由がある。好奇心には秩序がないのだ。好奇心と秩序は相容れない。少なくとも好奇心の裏には、どんな秩序も鋭い疑問の声が上がれば揺らぐものだという認識がある。好奇心は定められた道に満足せず、脇に逸れ、あてもなくさまよい、いきなり方向を変える。つまり、好奇心とは逸脱にほかならない。それを追求すれば、やがて権威との対立が待っていることは、ガリレオやダーウィン、スティーブ・ジョブズをみても明らかだ。

一般的に、秩序を何よりも重んじる社会では、好奇心は抑圧される。かたや進歩やイノベーション、独創性に価値を認める社会では、人々の探究心がかけがえのない財産とみなされ、好奇心も尊重される。中世ヨーロッパにおいて、探究心は槍玉にあげられた。とくに教会や国家の命令について深く立ち入ることは許されなかった。ルネサンスと宗教改革の時代になると一般的な常識に疑問が投げかけられるようになり、一七世紀後半から一八世紀にかけての啓蒙主義の時代のヨーロッパでは、社会の発展が好奇心旺盛な人々の肩にかかっていることがしだいに理解されるようになった。固定観念に対して異論が唱えられても、それを握りつぶすのではなく、異論を深め、発展させることに力を入れ、結果的に史上類をみない規模で新たな思想や科学の進歩が生みだされるようになったのである。

好奇心を解き放った国家は繁栄の時代を迎えた。人類の発展の黄金期はこれからもまだ続くのか、それとも終わろうとしているのか、今はまだわからない。しかし、少なくとも停滞期にあることは間違いない。インターネットという大きな例外はあるものの、かつて西洋社会を世界の最先端へと導いたイノベーションに匹敵する飛躍はほとんど見当たらなくなっている。また、アジアや南米の経済は急速に成長しているが、それに見合った勢いで固有のイノベーションが生まれているとは言い難い。ヴァージニア州ジョージ・メイソン大学の経済学教授タイラー・コーエンは、この時代を「大停滞」と位置づける。

コーエンは、豊かになった国々は経済的な繁栄がもたらした結果に適応しきれずに苦悩していると指摘する。具体的には、社会全体の知的水準を引き上げることが限界を迎えているというのだ。もはや就学率を大きく引き上げることはできないから、これからは人々が学び、探求し、創造することを心から願うようになる方法を確立しなければならない。さしあたり中国やシンガポールをはじめとするアジア諸国のリーダーたちは、教育システムに探究心や批判的思考を育む文化を根づかせる方法を模索し始めている。権威ある先人の考えをやみくもに信じるだけでは先人を超えられないと気づいたからだ。世界で今必要とされているのは、好奇心にあふれる学習者である。

ノーベル経済学賞を受賞したエドモンド・フェルプスは、産業革命を牽引した草の根的な起業家精神は、いまや国家や企業の官僚主義によって抑圧されていると警告する。バンク・オブ・ニューヨーク・メロンの上級役員は、ある討論会でフェルプスの指摘した懸念を受け、次のように述べている。

グローバルに金融業を展開する私たちも、まさに、あなたが言及された問題意識を共有しています……規制当局や社会は金融機関に対する管理を強化すべきだと主張しています。しかし、私たちとしてはむしろ、より協調的かつ創造的、そして活発な競争が促進される文化を育てたいと日々考えています。イノベーションを実現するには、働く人々は能動的で探究心に富み、アイディアと好奇心に満ちあふれていなければいけません。

これからは豊かな好奇心の持ち主が求められる時代になるだろう。雇用主が求めているのは決められた手順をそつなくこなして指示に従うだけでなく、それ以上の貢献ができるタイプだ。つまり自ら学習し、問題を解決し、鋭い疑問を投げかける意欲のある人材が必要とされている。そういった人材を管理するには難しさもつきまとう。個人的な関心や情熱のせいで思いもよらない方向へ寄り道をしたり、型にはまった考えを押しつけようとするとパフォーマンスが落ちたりするからだ。しかし、そういった難しさを差し引いても、彼らの多くは非常に有益な存在である。

好奇心に満ちた学習者は深く、そして広く学ぶ。専門知識と高度な判断能力を必要とする職務、たとえば金融業やソフトウェア開発といった分野の仕事に向いている。また、異なる分野の知識をつなぎ合わせて新たな知恵を生みだす創造的な活動が得意なことが多く、複数の専門分野を横断するチームで働くのにいちばん適しているのもこのタイプである。つまり、人工知能がもっとも苦手とするような仕事を担う存在だ。ホワイトカラーの職場でさえ人間の仕事が急速にテクノロジーに置き換えられつつある世界では、もはや賢いだけでは生き残れない。コンピューターは賢い。だがどれほど高性能でも、今のところ好奇心旺盛なコンピューターは存在しない。

## 知りたいと思う気持ち――認知欲求

別の言い方をするなら、「認知欲求」の強い人々の価値が飛躍的に高まっていると表現できる。認知欲求とは、知的好奇心の程度を測るために心理学の分野で用いられる概念だ。自分をとりまく世界を理解したいという欲求はきわめて人間的なものだが、人はいつも近道を探すタイプと、景色の素晴らしい道を選ぶタイプに分かれる。心理学者は認知欲求という尺度を用い、精神生活をできるだけ単純化しようとするタイプと、知的挑戦から満足と喜びを得るタイプとを区別する。

皆さんはこの本を読んでいるくらいだから認知欲求がかなり高いはずだが、この概念を体系化した心理学者による質問表を使って簡単に自己評価ができるので試してみよう。質問には「はい」か「いいえ」で答え、自分により当てはまる答えを選ぶこと（正直に！）。

1 単純な課題より複雑な課題に取り組むほうが好きだ。
2 多くのことを考えなければいけない状況に責任をもって対処するのが好きだ。
3 考えることが楽しいとは思わない。
4 思考力が試される仕事より、あまり考えずにすむ仕事をしたい。
5 深く考えることが求められそうな状況を事前に見きわめ、避けるようにしている。
6 何時間も真剣に突きつめて考えることに満足を覚える。
7 必要以上に真剣に考えることはない。
8 長期的な計画より、日々の細かい計画について考えるほうが好きだ。
9 一度覚えてしまえばあまり考えずにできる仕事が好きだ。
10 思考力を武器に自分の道を切り開くことに魅力を感じる。
11 新たな解決策をひねりださなくてはいけない仕事を心から楽しく思う。
12 新しい考え方を学ぶことはそれほど大きな喜びではない。
13 解けない難題がたくさんつまった人生を望んでいる。
14 物事を抽象化して考えることが多い。

15　あまり考えずにできるが重要な仕事より、知的能力が求められ、難解かつ重要な仕事のほうが好きだ。

16　高度な思考力が求められる仕事を成し遂げたとき、満足感よりもほっとする気持ちのほうが強い。

17　どんな方法であれ仕事が完了すれば十分であり、その方法がなぜうまくいったかには興味がない。

18　自分には直接影響のない問題でも、じっくりと考えずにはいられない性分だ。

おおむね、質問の1、2、6、10、11、13、14、15、18に「はい」と答え、それ以外には「いいえ」と答えたとすれば、あなたは認知欲求が平均よりも高いと考えられる。

認知欲求が低い人々は物事の解明を他人に任せ、多数派と思われる意見を安易に受け入れて満足する傾向がある。かたや認知欲求が高い人々は、洞察力を要し、常識を揺さぶり、難問を突きつけてくるような経験や情報を自分から求めることが多い。飽くことのない探究心によって絶えず未知の旅を模索しているのだ。認知欲求が低い人々はできる限り労力をかけたくない、いわば「認知的倹約家」だが、認知欲求が高い人々は「労力が求められる認知活動」を積極的に楽しむ――つまり本書のようなノンフィクションを読んだり、新しいことを学べそうだと思っただけで胸を躍らせたりするのである。

## 好奇心を育てるには「労力」が必要だ

ここでキーワードとなるのが「労力」だ――本書では情報技術の発達によって、労力を伴う知的探究が疎かになりつつあることを何よりも憂慮している。インターネットによって簡単に答えが見つかる便利さから、深く探究する習慣が、つまり根気と集中力が求められる習慣が脅かされているのだ。スマートフォンに頼りきりになると、グーグル検索で最初に表示される答えを疑うような、豊富な知識を身につける努力をしなくなるのは無理もないだろう。あとで詳しく紹介するが、インターネットのおかげで大量の知識を暗記せずにすむようになれば私たちの創造性は向上する、という意見がある。ところがそうした意見は、科学者たちが精神の働きについて解明してきたいかなる事実とも相容れない。

労力と喜びはもちろん両立する。認知欲求が強いタイプは雇用主のために課題を解決するのが得意にちがいない。なぜなら実のところ、自分のために課題に取り組んでいるからだ。集団行動について研究する社会科学者たちは、「社会的手抜き」という現象がみられることを指摘する――人は往々にして、他人と共同作業を始めると労力を惜しむようになる傾向があるというのだ。他人が同じ問題に取り組んでいると思うと気が抜けてしまうからだ。ところが、認知欲求が強いタイプには、この傾向はどうやら当てはまらない。たとえ難しい課題にグループで取り組むことになっても、一人のときと同じように多彩なアイディアを生みだす。要するに彼らは楽しんでいるのである。

先ほどの自己評価で成績のよかった読者はひとまず喜んでいいだろう。だがそれだけで安心してはいけない。今のところ認知欲求が高くても、これからもずっとそうだとは限らないからだ(ジョン・ロイドがスランプに陥ったことを思い出してみよう)。確かに、知ることにとりわけ積極的な人とそうでもない人がいるのは事実だ。しかし、好奇心に関する学術研究において多くの点で見解が対立するなかで、人間の好奇心は個性ではなく状態であるという点についてはほとんど異論がみられない。つまり好奇心は環境によって大きく左右されるということだ。したがって、私たちは生き方次第で好奇心をかき立てることも、台無しにすることもできるのである。

好奇心は放っておかれるとしぼんでしまう。人は年をとるにつれて自分の精神的環境を耕すことに消極的になる。それまでに身につけた知識に頼って残りの旅を乗り切ろうとするからだ。また、日常生活の雑事に追われて興味を追究する時間がとれないこともある。好奇心が鈍るのを放っておけば、人生は彩りも面白さも、喜びもないものになるだろう。仕事や創造的な活動において潜在能力を発揮する機会も逃すにちがいない。そして自分でも気づかないうちに、退屈で頭の鈍い人間になってしまうのは避けられない。まさか自分に限って、と思うかもしれないが嘘ではない。誰にでも起こり得ることだ。そんな事態にならないようにするには、何が好奇心を豊かにし、何が好奇心を枯渇させるのか理解しなければならない。

それが本書のテーマである。

## 「拡散的好奇心」――知りたいという心のうずき

一四八〇年代の初め、レオナルド・ダ・ヴィンチはノートに落書きを残している。どうやら新しく手に入れたペンの試し書きをしたようだ。彼が無意識に書いたのは、「教えて」を意味する「Dimmi」という言葉だった。「教えてくれ……教えてくれ、これはいったい……教えてくれ、物事はどうして……」

好奇心のはじまりは知りたいという心のうずきとして現れる。私たちは生まれて間もない頃から知らないものを理解したいという強い欲求を抱いている。一九六四年のある調査では、赤ちゃんは生後二カ月の時点で、さまざまな図柄を見せられるとふだん見慣れない形に惹かれることが明らかになった。親なら誰もが知っていることだが、子どもは触ってはいけないものに手を触れ、ドアが開いていれば外へ駆けだし、土くれを口に入れずにはいられない。心理学者はこんなふうに目新しいものすべてに惹きつけられることを「拡散的好奇心」と呼ぶ。

これは大人になると、新しいものや次なるものへの飽くなき欲求として現れる。現代の社会は拡散的好奇心を刺激するようにできている。ツイート、見出し、広告、ブログ、スマートフォンのアプリなど、どれも満足したかと思うとすぐに物足りなくなり、私たちは満足を得ることにかつてないほど性急になっている。人気のテレビ番組や映画などはテンポよく展開し、私たちの注意を捉えて離さないように入念に工夫されている。アメリカ映画のワンカットの平均時間は、一九五三年には一二・九秒だったのが今では約二秒になっている。

拡散的好奇心は探究心への第一歩だ。私たちが未知なるものへと目を開くきっかけとなり、新たな経験を求め、それまで縁のなかった人々に出会うことを後押ししてくれる。ただし、知ることへの欲求をふくらませて成熟させない限り、何の洞察も得られないまま興味の対象を次々と替えるだけで、エネルギーと時間を無駄にしかねない。束縛のない好奇心は素晴らしい。しかし、方向性をもたない好奇心は不毛だ。

## 「知的好奇心」——知識と理解を求める意欲

拡散的好奇心がうまく導かれ、知識と理解を求める意欲へと変われば私たちの糧になる。このように意識的に訓練をしなければ身につかない奥深い好奇心こそが「知的好奇心」であり、本書の主要なテーマである*。

知的好奇心は個人にとって、魂の糧となる満足と喜びをもたらしてくれるだろう。組織や国家にとっては、独創的な才能にたっぷりとエネルギーを注いでイノベーションを誘引し、いわば鉛にすぎない拡散的好奇心を黄金に変える触媒となるだろう。火星に探査機を飛ばすには遥か彼方

* 好奇心は科学的発見とのつながりで論じられることが多く、本書の内容ももちろん科学と科学者を抜きにして語ることはできない。ただし私は好奇心を、ベートーベンの交響曲の構造やマーティン・ルーサー・キングの人生といったことへの関心を含むような、もっと広い文脈のなかで捉えるつもりだ。そこで論じる知的好奇心とは、知識や文化を探究したいと願う幅広い欲求のことである。

の惑星に到達したいという強い欲求が原動力になるが、カメラを載せた探査機を駆使して火星の姿に迫ろうとするなら、問題解決への尽きることのない執着心が伴わなければならない。

人間はもともと拡散的好奇心や知的好奇心をもって生まれるが、後者が大きく開花したのはようやく近代になってからのことだ。印刷機の発明によって世界規模で知識を吸収し、共有し、それらを融合する活動が活発になり、産業革命以降、余暇が増えたおかげで多くの人々が思索にふけり、新しいことに挑戦する余裕が生まれたからだ。いまやインターネットのおかげで知識の入手が格段に容易になったことを考えれば、知的好奇心はさらなる飛躍の時代を迎えてもよさそうなものだ。ところが私たちは拡散的好奇心を浪費するばかりで、こうした素晴らしい可能性を生かしきれずにいる。

## 「共感的好奇心」——他人の考えや感情を知りたい

本書で次に注目するのは「共感的好奇心」である。これは他人の考えや感情を知りたいという感情を意味する。共感的好奇心は噂好きや詮索好きとはちがう。噂や詮索は他人の人生の表面的な事柄に向けられた拡散的好奇心と言えるだろう。それに対して共感的好奇心は、話している相手の立場に身を置き、さらには気持ちに寄り添おうとするときに発揮される。たとえば、他人がどんな仕事をしているのかと興味をもつのは拡散的好奇心であり、他人がある行動をしている理由を知ろうとするのは共感的好奇心だ。本書では、歴史的にみて共感的好奇心が知的好奇心と同じ時期に重要性を増すに至ったことを議論する。

共感的好奇心と知的好奇心は密接な関係にある。好奇心とはきわめて社会的な性質を有する心理だからだ。私たちは生まれてすぐに、自分が知らないことを他者から学ぼうとする。赤ちゃんが母親を見つめながら何かを指さすのは、あれは何か「教えて」と訴えかけているのだ。好奇心がふくらむかしぼんでしまうかは周囲の人々にかかっている。赤ちゃんは母親が無言の問いかけに応じてくれたら、またほかのものを指さすだろう。反対に無視されれば、問いかけるのをやめてしまう。このような関係性は家庭、学校、職場といった場面を問わず、私たちの人生のいたるところに存在する。好奇心は人から人へと伝わる。無関心もまた同じである。

## 危険な「好奇心格差」が生まれつつある

好奇心には今でも過去の警告的なイメージがつきまとっている。ある人物について「好奇心が旺盛だ」と評するとき、その言外には「変わっている」という意味が込められている。また、学術的な文脈において「好奇心」から連想するのは、イノベーションや共同研究、起業家精神というよりも、難解な課題にどっぷりと浸かったかび臭い学者や、研究室に閉じこもった変わり者だ。企業や政府機関では、ときに既存の秩序を脅かすものと警戒され、よくても無駄な贅沢と捉えられるのが好奇心である。

そんな背景から、私たちは好奇心に投資することを怠っている。現在の教育システムが重視するのは職業訓練的な側面だ。だが、技術者にしても弁護士にしてもプログラマーにしても、もっとも活躍するのは好奇心がずばぬけて旺盛なタイプであることが多い。つまり、私たちはいつの間にか、自己矛盾に満ちた悪循環に陥っている。人々が教育機関に期待するのは学生の好奇心を刺激することではなく、職業人の養成であり、それが独創性のない学生と凡庸な職業人を生みだしている。教育とは効率を追い求めれば求めるほど質が低下するものだ。

好奇心がもたらす恩恵はかつてないほど貴重になっているが、好奇心の本質については曖昧で間違った理解しかされていない。私たちは子どもがもつ天性の好奇心を美化し、それが知識によって汚されるのを心配するが、実際はそんなことはない。好奇心を発揮するには情報に容易にアクセスできる環境が必要だという誤解が広まり、本物の好奇心を育むには労力が必要なことが忘れられている。社会が重視するのは学ぶこと自体ではなく、その先にある最終目的だ。知的好奇心は知的エリートのための特殊な分野へと追いやられる危機にあり、多くの人々が物事を深く考える能力を失いつつある。それどころか、深く考える能力を養った経験すらない人々が増えているのが現実だ。かつて存在した情報格差がようやく解消された今、新たな格差が生まれつつある——つまり、好奇心旺盛な人々と無関心な人々のあいだに大きな溝が生じているのだ。

人が無知な理由はただ一つ、あまり気にかけないからだ。無知とはつまり無関心だ。無関心は何よりも奇妙で愚かな悪習である。

――スティーヴン・フライ［「QI」の司会を務めた俳優・作家］

好奇心を追究するのは学校や職場で成績を上げるためではない。一見役に立ちそうにない事柄も含め、学ぶことの本当の美しさとは、自分だけの世界から抜けだし、自分が壮大な営みのなかで生きているのだとあらためて思い起こすことにある。私たちは学ぶことで、少なくとも人間が言葉を交わすようになってから受け継がれてきた、とてつもなく壮大な営みのなかで生きていると実感できるのだ。知識を蓄え、分かち合う生き物は人間以外には見当たらない。オランウータンが先祖の歴史について考えることはないし、ロンドンの鳩がリオデジャネイロの鳩から飛びかたの秘訣を教えてもらうこともない。私たち人間は、人類の記憶がつまった深い井戸を利用できることに感謝すべきだ。スティーヴン・フライが指摘しているように、それを利用しないのは愚かとしか言いようがない。

ところが、あまりにも多くの人々が愚かなままでいる。私が通っていた学校では、課題でも与えられないかぎり、本を読む生徒はほとんどいなかった。同級生の大半は働ける年齢になるとすぐに学業から離れていった。大学に進むのは大人になるのを先延ばしにする軟弱な道だと思われていた。勉強に別れを告げて仕事に就くこと、それが一人前の男になるということだった（母校は男子校だった）。だが私はそうは思わなかった。私の両親はどちらも大学を出ていないが、世の中のさまざまな出来事について好奇心が旺盛で、それが私にも影響していたからだ。二人とも知識を求めて止まなかった。家の本棚にぎっしりとつまった本はただの飾りではなく、喜びと学びを得るためのものだった。夕食の時間にはその日あった出来事だけでなく、歴史や音楽、政治について語り合った。そのため知的好奇心を抱くのはごく自然なことだった。私は成長するにつれて、満ちたりて生き生きとした人生を送るには、知的好奇心をもつことが欠かせない条件だと感じるようになった。

## 好奇心は加齢による認知機能低下に抵抗する

この直感には科学的な裏づけがある。神経学者は脳が加齢によるダメージに抵抗する能力を「認知予備力」という言葉を使って説明する。二〇一三年にシカゴのラッシュ大学医療センターのロバート・ウィルソンの率いるチームが、三〇〇人の高齢者について思考力と記憶力を毎年調査した結果を発表している。チームは三〇〇人の参加者に対し、現状だけではなく、幼少期や中年期にまで遡り、読書やものを書く作業をどのくらい行っていたか聞き取り調査を行った。そして彼らが亡くなると、脳に認知症の兆候がどの程度現れているか確認した。脳に刻まれた物理的影響を考慮したうえで明らかになったのは、生涯にわたって読書や文章を書くことに多く親しんできた被験者は、そうしたことを人並み程度にしか行ってこなかった被験者に比べ、認知機能の低下の速度がじつに三分の一も遅いということだった*。言い換えるなら、彼らは老いを遠ざけていたのだ。知的探究に年月を費やした結果、本来より多くの神経細胞を獲得し、老化による認知機能の低下を和らげていたわけだ。いわば生涯にわたる認知予備力への投資が実を結んだのである。

私たちは生物学的有機体であると同時に文化的生き物でもある。生きてゆくには太陽の光と知識の両方が必要だ。私は本書を執筆しているあいだに初めて父親になり、小さな女の子が家族に加わった。娘が自分を取り囲む神秘的な世界を理解しようと必死に目を凝らしているのを見ると——どんなに真剣に自分の足の指を見つめていることか！——知りたいという思いがいかに切実なものか伝わってくる。私はその思いがいつまでも消えないことを願っている。消えてしまうことなど考えたくもない。この本を書くための調査を終えて気づいたのは、それは娘だけでなく、私の責任でもあるということだった。

ジョン・ロイドは、華々しい成功を収めた時期の自分が人として不完全だったことに気づくまでの道のりを語ってくれた。「人は好奇心に栄養を与えずにいると内面がだめになってしまう」と彼は言う。「生きるための欲求の四分の一が削られてしまうのだから」。四分の一というのはかなり控えめな見方かもしれない。

デザイナーのチャールズ・イームズはこんなことを言っている。「情報化時代の先にあるのは

＊　読書や書きものをめったにしない人々は驚くべきことに、平均的な被験者に比べて四八パーセントも速いスピードで認知機能が低下していた。

選択の時代だ」。私たちは今、アリストテレスが「知への渇望」と呼んだ感情とあらためて向き合うことで、好奇心を選択する時期にきているのではないだろうか。

# 第1部

# 好奇心のはたらき

# 第1章 ヒトは好奇心のおかげで人間になった

## 子どもは銃を触らずにはいられない――ブライアンの例

一九六〇年代、ブライアン・スミスはミズーリ州セントルイス郊外の、貧しいながらも活気ある町で育った。一家が暮らしていたのは「レッド・グース・シューズ」という靴屋の上のアパートで、辺りは交通量が多く、レストランやバー、ナイトクラブが集まる繁華街だった。夜になると、靴屋のネオンサインの赤い光が居間のなかまで差し込んできた。

ブライアンが一〇歳くらいのときのことだった。ある日の夕方、両親の寝室で弟のポールと遊んでいた。クローゼットのなかを引っかきまわしていると、父親の下着類がしまってある引き出しの奥にあるなにやら固くて大きなものに触れた。下着をよけてみると、現れたのは銃だった。二人とも目が釘付けになった。冷たい金属の表面に指先をすべらせると、興奮のあまりかすかな衝撃の波が走り抜けた。

ブライアンは銃を手に取った。思いのほかずっしりしている。銃口を顔に向け、回転式の弾倉に弾が入っているのを確認した。『ローン・レンジャー』や『シスコ・キッド』など、テレビの西部劇が大好きだった二人は、その場でさっそく撃ち合いの真似を始めた。交代で銃を構え、撃たれたほうは役者顔負けの演技で床に倒れ込んだ。ひとしきりすると銃を引き出しに戻し、念入りに下着をかぶせて元どおりにした。

銃を発見したことは誰にも話さないことにして、それから数週間というもの引き出しの銃は二人だけの秘密になった。ある日、ほんのしばらく子どもたちだけで留守番をすることがあった（スミス家の子どもは四人兄弟だった）。ブライアンは両親の寝室でテレビを見ていた。暖かい夕べだったので窓が開いていた。ブライアンは、すぐそこにある銃のことが気になって仕方がなかった。「ついに好奇心に負けてしまった」と彼は振り返る。

ブライアンはクローゼットに近寄ると引き出しから銃を取り出し、窓辺に立った。暗殺者になりきって銃を構え、通行人に狙いを定めた。夕食どきとあって、バーやレストランに向かう人々で通りは賑わっている。ブライアンは頭のなかで引き金を引き、テレビの役者の真似をして少しのけぞってみた。それから今度は思いきって撃鉄を起こすと、カチッという音が響いた。胸の鼓動が速まった。彼は靴屋のネオンサインに銃口を向け、引き金にそっと指をかけた。そのとき、まさかのことが起きた。

バン！　赤いネオンが一瞬で消えた。ブライアンは銃口から煙が上がるのを茫然と見つめた。それから窓の外に目をやった。すぐ下の歩道では、通行人が逃げまどいながらどこで発砲があったのか確かめようとしている。ブライアンは見つからないように身を伏せ、窓から離れた。そして銃を引き出しに戻してテレビの前に座った。心臓がドキドキしていた。いったい何が起きたんだ。誰かを撃ってしまったのではないかと思い、恐怖に青ざめた。

弟がやって来た。「さっきのすごい音は何?」「さあね」。ブライアンはテレビから視線を離さずに答えたが、心臓が飛び出しそうだった。弟が出ていくと、窓の外をこっそりとうかがった。どうやら死人はでなかったようだ。すると母親が帰ってきて、どこかのろくでなしが銃を発砲したと怒っていたが、けが人はいないらしい。救急車の音も聞こえない。やがて車と人の流れが元に戻り、ブライアンの脈拍はいつも通りに落ち着いた。

ブライアンと弟、そしてその日ブライアンが撃った弾に当たらずにすんだ通行人は運がよかったとしか言いようがない。二〇一三年、オハイオ州ディケーターでは、九歳の少年が両親の寝室で見つけた弾の入った拳銃で遊んでいるうちに、暴発事故が起きて命を落とした。小児科医のヴィンセント・イアネリによると、二〇〇七年にアメリカで銃の誤射によって命を落とした子どもは一二二人、けがをしたのは三〇六〇人にのぼり、以来その数字は一向に減る気配がないという。事故にあった子どもたちのほとんどは学校や家庭で銃の危険について繰り返し言い聞かされていたはずなのに、それでも銃を手に取らずにはいられなかった。自己防衛は私たちにとって根源的な本能だ。だが、それをもしのぐ力を秘めているのが好奇心である。

ブライアンと弟が銃を手にしたとき、彼らは「拡散的好奇心」にとらわれていた。未知なるものを求める強い欲求だ。子どもというのは拡散的好奇心によって胸を躍らせる。それが子どもの飽くことのない探求心の源になる。炎に手をかざしたらどうなるか、土くれを口に入れたら、銃を手にしたら。子どもたちはしきりに知りたがる。大人になると、今度は新たな情報や経験を絶えず求めるようになる。子ども時代、海の岩場の水たまりにどんな生き物がいるかと夢中になったように、大人はツイッターをチェックせずにはいられない。*

## 拡散的好奇心の功罪

拡散的好奇心の向かう先は定まらず、未知なるものに誘われて移りゆく。なんとしても退屈を避け、新たな情報や興奮を常に追い求める。それは衝動的で逆らうことができない。私たちを捕らえて離さないのだ。子どもの自制心を調べる「マシュマロテスト」という有名な実験をご存じだろうか。子どもの前におやつを置き、食べるのをしばらく我慢できるかどうか観察する心理実験だ。ある研究グループがこれを応用しておもちゃを使った実験を行った。子どもたちに楽しいおもちゃが後ろにあるけれど、けっして見てはいけないと伝え、果たして振り返らずにいられるかどうか観察する。結果は、ほとんどの子どもが誘惑に勝てなかった。

＊　このように、具体的な経験を求める欲求を知覚的好奇心と言い、拡散的好奇心の一種である——純粋にそこに何があるのか知りたくて山に登り、川を下る行動に駆り立てる好奇心だ。

これは子どもたちに限ったことではない。聖アウグスティヌスはローマのアリピウスの逸話を伝えている。アリピウスは剣闘士の見世物に強く反対していたが、ある日、偶然出くわした友人たちに強引に闘技場に連れていかれた。頑なな性格の彼は、見世物が始まっても目をつむっていた。ところが観衆から大きなどよめきが起きると、「好奇心に打ち負かされて」思わず目を開けてしまった。聖アウグスティヌスによると、彼は心に一生の傷を負ったそうだ。

拡散的好奇心は強い原動力となり、自分の置かれた環境からより多くのものを得るように助けてくれることがある。だがそれは、ともすると散漫で目的を見失いやすく、欲求不満につながる可能性もある。一九九三年に行われた調査を紹介しよう。研究者たちは三〇人から郵便配達について聞き取り調査を行った。誰もが毎日の配達を待ちきれない思いで楽しみにしているのに、いざ郵便を受け取るとたいていがっかりしていることが明らかになった。Eメールやソーシャルメディアが普及した現在、このような強迫観念的な期待と失望の繰り返しは一日何百回とまでは言わなくても、何十回かは繰り返されている。

一八世紀の思想家エドマンド・バークは、単に「好奇心」という言葉を使っているが、拡散的好奇心の性質を見事に言い表している。

人の心を覗いて最初に現れるもっとも根源的な感情は好奇心だ。私が言うところの好奇心とは、目新しいものを好むか、あるいは求めるかする感情全般を意味する。子どもたちは何か新しいものはないかといつも駆け回っている。目の前に現れたものには、ほとんどためらうことなく夢中で飛びつく。子どもたちが何にでも興味を示すのは、子ども時代には、目新しさのせいであらゆるものが魅力的に映るからだ。しかし、新しいというだけで人を虜にするものはすぐに色あせてしまうので、好奇心は愛着の感情のなかでももっとも表面的だ。好奇心は愛着の対象をめまぐるしく変え、その欲求はきわめて強いがいとも簡単に満たされる。目まぐるしさ、焦燥感、不安の影が常につきまとうのが好奇心である。

好奇心旺盛にみえるバークがこんなふうに好奇心を強く非難するのは意外な気がする。彼は美の本質からイギリス植民地の人々の生活環境まで、あらゆることに興味を抱いていた。しかし、あとで詳しく論じるが、好奇心が学習意欲に結びついたのは比較的近年になってからのことだ――具体的には、バークがちょうどこれを書いた時期である。

拡散的好奇心は知識の探究の第一歩だ。最新の情報、これまでにない経験や感動、挑戦を求める強い感情が原動力となる。だが、それはあくまでも始まりにすぎない。バークの指摘が不思議と聞き覚えがあるように感じられるとすれば、それはおそらく、私たちがインターネットを使うようすと重なるからだろう。私たちは次々とリンクをクリックし、目の前にあるものを十分に理解することも吸収することもなく次の検索を始める。現代のデジタル世界では、途切れることなく押し寄せるメールやツイート、リマインダー、ニュースアラートによって拡散的好奇心が常に刺激され、私たちは新しいものをますます渇望するようになっている。知識を自分のものにするには時間と根気を要する複雑な手順を踏まなければならないが、デジタル世界に暮らすうちに、そうした作業に取り組む私たちの能力は損なわれつつあるのかもしれない。

### 言語習得への飽くなき欲求――アーゲイエスの例

言語学者のアレグザンダー・アーゲイエスは三七歳のとき、自分があまりに多くの言語を学びすぎたことに気づき、後悔するに至った。二〇〇一年にサンクトペテルブルクから韓国に戻った直後のことだ。彼はサンクトペテルブルクに一カ月ほど滞在し、ロシア語の個人レッスンを毎日六時間受けていた。帰国時にはロシア人並みに話せるようになったと自負していた。ところが韓国の田舎のささやかな自宅に戻り、いざツルゲーネフやドストエフスキーの原書を読み始めるとまるで歯が立たない。ロシア文学の最高傑作を味わうには語彙が足りなかったのだ。彼は自分の学びが浅かったことに初めて気づいた。

アーゲイエスは子どものころから言語を学ぶことが好きで、その意欲をずっと持ちつづけてきた。生まれも育ちもニューヨークだが、子ども時代には家族でインドや北アフリカ、ヨーロッパなどさまざまな土地を旅し、一時期はイタリアで過ごしたこともあった。父親は独学で何カ国語も習得し、相手によって難なく言葉を切り替えて会話することができ、アーゲイエスはそんな姿を見ながら成長した。もっとも、父親は近寄りがたいタイプで、息子に外国語の学習をすすめることはなかった。しかし、アーゲイエスは言語の習得に夢中になった。

彼にとって外国語は簡単ではなかった。学校のフランス語の授業ではかなり苦労し、投げ出しそうになった。それでも粘り強く努力するうちに、いつしか新しい言葉を学ぶのが楽しくなった。一四歳になると、ゲーテやカントをはじめとするドイツの作家や哲学者の翻訳作品を読み始めた。そうした作品を原語で読み、彼らの思想をもっとも深いレベルで理解するにはドイツ語を極めなくてはいけないと思った。大学に進んでからはさらに多くの言語を学んだ。フランス語、ラテン語、古代ギリシャ語、サンスクリット語。アーゲイエスは百科事典のような知識を身につけるという考えに魅了された――今日までに蓄積されてきた世界中の英知を俯瞰できるほどの知識が欲しかった。彼はできるだけ多くの言語を学ぼうと決意した。

大学を卒業するとシカゴ大学の大学院に進んで宗教史の研究を始めた。博士課程のテーマとは関係ないが、ペルシア語と古フランス語の講義を受けた。するとある日、指導教官から呼び出され、どうして宗教史の研究に専念せず、ペルシア語の講義を取っているのだと問い詰められた。アーゲイエスは正直に答えた。言葉を学ぶのが好きだから、と。指導教官は首を振り、そんなことじゃ学者としてまともな評価を得られないぞ、とたしなめた。

アーゲイエスは仕方なくペルシア語はあきらめたが、古フランス語と古ドイツ語、古英語、古代スカンジナビア語の勉強は続けた。博士号取得後に特別研究員としてシカゴからベルリンに移ると語学熱が再燃し、本業の研究よりも多くのエネルギーを注ぎ込んだ。ドイツ語を母国語並みに操れるようになろうと決意し、話すときはもちろん、考えるときでさえ英語を使わないようにした。周囲には自分が間違ったドイツ語を使ったら必ず正してほしいと頼み、耳慣れない表現に出会うたびに意味を調べた。発音も完璧にするため音声学の専門家から毎週指導を受けた。しばらくすると、彼は何の苦労もなく話せるようになり、自然とドイツ語で暮らしていた。

特別研究員になったおかげでヨーロッパ各地を訪ねるようになり、彼はその機会を生かして多くの言語を学んだ。やがて、まるでちがう言語同士でも隠れた共通点があることに気づいた。どんな言語もゼロから学ぶ未知の分野ではなく、一つの主題の変形と捉えられるようになったのだ。彼の頭のなかでさまざまな言語が対話を始めた。スウェーデン語はすでに知っている古代スカンジナビア語と古ドイツ語、英語の組み合わせでできていることがわかった。スウェーデン語の勉強を始めて三週間後には、スウェーデン人と複雑な会話ができるようになった。

だからといって言語の習得が楽になったわけではない。「秘訣はありません」と彼は言う。「ひたすら集中して学ぶだけです」。さらに、多くの言語を習得するにはただひたすら勉強すればよいというものでもなく、アーゲイエスは自分の性格まで変える必要があった。彼はもともと無口な性格だが、外国語を極めるとなれば無理にでも会話の機会をつくり、各言語のネイティブスピーカーたちとたくさん話すしかないからだ。

アーゲイエスはさらに、「もっと難しい言語の習得」に挑みたくなった。そこでアジアの言語を習得する目標を立て、韓国の大学で募集していたポストに就いた（韓国を選んだのは、アジアの言語のなかで西洋人にとっていちばん難しいのが韓国語だと言われていたからだ）。大学は松と竹の林と水田に囲まれた丘の上にあり、アーゲイエスの研究室からは海を眺めることができた。それから五年間、彼は夜八時に寝て夜中の二時に起き、毎日一六時間勉強する修道士さながらの日々を送った。韓国語のほかに標準中国語、日本語、マレー・インドネシア語を学んだ。それからケルト語派とスラブ語派を研究し、フィンランド語にズールー語、スワヒリ語、古代エジプト語、ケチュア語もかじり、アラビア語とペルシア語にも親しんだ。

だがすでにある程度習得した言語を本格的に深めるには、学び始めて日の浅い言語の多くを諦めるしかない、とアーゲイエスがようやく気づいたのは、ロシアから戻ったときのことだった。

## 拡散的好奇心が知的好奇心に変わるとき

銃を手にしたブライアン・スミスとアレグザンダー・アーゲイエスの話には共通点がほとんどないようにみえる。しかし、どちらもかなり極端な例ではあるが、じつは同じことを物語っている。どちらも新しいことを知りたいという単純な欲求が、本格的な学びを求める気持ちへと深まった例にほかならないのだ。

好奇心には二つの面がある。石をひっくり返し、戸棚を開き、リンクをクリックせずにはいられない好奇心。あるいは、堅物の大学教授が目の前にあるファッション誌に思わず手を伸ばしたり、ティーンエージャーが母親のタバコを一本抜き取ったりするときの好奇心。もう一つは、じっくりと時間をかけて長編小説を読んだり、すでに廃れた言語に没頭したりと、目先の利益にはつながらない関心事を探究しようとする好奇心。二つの好奇心のちがいは、そこに専門的な知識の積み重ねがあるかどうかだ。

ブライアン・スミスはあの夕方の出来事について、ほかの兄弟たちに何も話さなかった。母親に知られれば厳しい罰が待っていたはずだが、それも含めて彼は何の波紋も起こさずに事態をやり過ごすことができた。だがこの一件を機に、彼のなかである変化が起きた。銃に対して抱いていた危険な好奇心が、銃について知りたいという揺るぎない欲求へと変化したのだ。子どもたちのほとんどは学校で銃の危険について最低限の指導を受けるだけだが、彼はもっと詳しい知識を身につけたいと思うようになった。* スミスはやがてシカゴで警察官になり、銃器の使用について高度な知識を身につけた。その後、長年にわたって大勢の警察官の指導にあたり、ヒラリー・クリントンがファースト・レディだったときは、彼女の護衛チームの訓練も任された。彼はすでに引退しているが、あの日のことを振り返ると「無知な好奇心」はつくづく危険なものだと思うそうだ。

アレグザンダー・アーゲイエスが言語を学びたいと思ったのは、多言語を使いこなせたらさぞかし楽しいだろうと思ったからだ。彼は勉強を始めてすぐに、学べば学ぶほどさらに多くのことを探究できることに気づいた。彼の好奇心は歳を重ねるうちに、世界の賢人たちの英知を吸収したいという欲求へと高まった。** 銃について詳しく知りたいというブライアン・スミスの欲求は、知識がない状態では危険なものだった。しかし、知りたいという欲求がなければ、彼が深い知識を獲得することはなかっただろう。拡散的好奇心が成長し、新しいものを求める単純な欲求が深い理解を目指す方向性のある努力へと変化したとき、それを知的好奇心と呼ぶことができるのだ。

知的好奇心を得るには骨が折れる。長時間にわたる知的な努力が欠かせない。だがそれだけに、最終的に得るものは大きい。フィラメントに生じた電気抵抗が電球の明かりを灯すように、知的好奇心を働かせる苦労こそが啓発をもたらす。

ブライアン・スミスの例からもわかるように、未熟で衝動的な好奇心は確かに危険視されてしかるべきだ。幼児の好奇心は事故につながりかねない——大人はそれを知っているから、子どもを守るため階段の上に柵を取りつける。拡散的好奇心は度が過ぎると薬物中毒や放火の危険因子となる。専門家は子どもが火遊びをする理由の一つとして、ものに火をつけたらどうなるか見てみたいという気持ちに逆らえないのだと説明する。

---

＊　もちろん、市民の安全のためには銃を禁止するのが最善の策だが、それは本書で取り扱うべき議論ではない。私がここで銃の例を挙げたのは、あくまでも拡散的好奇心の影響力をわかりやすく説明するためである。

＊＊　アーゲイエスが一部の言語の習得を諦める決心をしたちょうどそのころ、人生においても転機が訪れた。韓国人の女性と出会い、結婚して父親になったのだ。彼は現在、家族とともにカリフォルニアで暮らし、研究を続けている。

「多くの言語を学んだからといって、経済的な利益はありません」。アーゲイエスは最近になってあるインタビューでそう語っている。「時間とエネルギーの無駄としか言いようがないのです」。それでは、私たちがすぐに役に立つわけでも、利益を得られるわけでもないのにあえて知識を得ようとするのはなぜか。経済学的には人間の行動モデルから逸脱した不可解な行動だ。また、進化論的な観点からも説明がつかない。人類にとって最大の目的が生き延びて遺伝子を伝えることだとすれば、わざわざ複雑さや不確実性を招き、自分の身を危険にさらすほど強い欲求をもって生まれてくるのはなぜか。ホモサピエンスがこれほど好奇心旺盛な生き物であるのはなぜなのか。

## 人間が拡散的好奇心を持っているわけ

人間が大昔、食料を得るために投石器《スリングショット》などの原始的な石器だけを頼りに狩りをしていた場面を想像してみよう。まずは獲物を探し、武器の飛距離に合わせて獲物との距離をつめる。そして自分が殺される前に獲物を仕留めなければならない。豊富な知識を必要とする複雑な作業だ。

狩人はまず、動物の足跡から状況を読み解く術を身につけなければならない。どんな動物がいつ現れ、どちらの方向に去っていったのか。それから獲物の年齢や性別、大きさ、健康状態を推測する。獲物に近づいたら、その動物の特性をふまえて次の行動を予測する——たとえば、鼻息を荒らげているか、あるいはよだれを垂らしているかで、こちらに襲いかかろうとしているのか、それとも逃げようとしているのかを見きわめる。そしてどちらの場合でも、獲物がどれくらいのスピードで動くのか判断する。[*] こういったことは単独ではなく、集団で行うのが普通だ。そうなると作業は一段と複雑になる。仲間同士で各自の役割を確認し、それぞれの得意分野を把握し、信用できる相手とそうでない相手を区別しなければならない。

人間やその祖先が生き延びるには豊富な知識が必要だった。自分たちより肉体的に強い敵が存在したことが最大の理由だ。人間は進化の過程のある時点において多くの情報を記憶にとどめる能力を発達させ、いわば知識に対する「先行投資」が可能になった。単純に必要に迫られた時点で——たとえば空腹を感じた時点で——必要な情報を求めるのではなく、将来のために情報を集めて蓄積できるようになったのだ。あるとき探究して得た情報が、生涯にわたって何度も役立つかもしれない——反対にまったく役に立たないこともある。

ミシガン大学の進化心理学者スティーヴン・カプランは、原始人を「定住地を持ちながら活動範囲を広げてきた生き物」と表現している。身のまわりの環境についてより多くの情報を入手す

---

＊　一九七三年に進化心理学者のスティーヴン・トルキンとメルヴィン・コナーがカラハリ砂漠のサン人を観察したところ、彼らが動物の行動について豊富な知識を持ち合わせているだけでなく、細かい評価方法を確立していることが明らかになった。たとえば、獲物の目撃情報については次のような分類がある。①自分の目で獲物を見た。②自分の目で獲物を見たわけではないが足跡を見た。よって足跡からある種の動物がいたと推測できる。③自分の目で獲物や足跡を見たわけではないが、大勢の（あるいは数人の、もしくは一人の）仲間から目撃情報を得た。④自分の目で獲物を見たわけでも、目撃した人々と直接話したわけでもないので、情報は不確かである。

れば、生き延びて自分の遺伝子を後世に伝えられる可能性がそれだけ高くなる。新たな水場や食用に適した植物を探すには、未知の世界に足を踏み出す必要があった。だがそれは命を危険にさらす行動でもある。獰猛な動物に襲われるかもしれないし、どこかで迷って二度と戻れなくなるかもしれない。おそらく、生き残る確率が高いのは、情報収集と自己防衛をうまく両立できるタイプだったのではないだろうか。

## 知識欲は脳内で喜びの物質へと変わる

ひょっとすると人は進化の過程で、多少の危険を冒してでも新しい情報を手に入れたいと思えるように、好奇心に伴う行動を喜びと結びつけたのかもしれない。コペルニクスは学ぶことに「信じがたいほどの精神的喜び」を感じると記しているが、読者の多くも彼の言わんとすることがわかるだろう。神経科学者たちはこのような喜びが脳内のある化学的な伝達物質に由来することを突きとめている。カリフォルニア工科大学の研究グループは、学生たちに雑学的知識について四〇問のクイズに答えてもらい、その間彼らの脳をスキャンした。被験者はまずは質問を読んで頭のなかで答えを考える。それから正しい答えにどれくらい興味があるか回答し、それが終わると再び質問が提示され、続いて答えも示される。この実験で明らかになったのは、被験者の好奇心をかき立てる質問は、脳のなかでも学習と恋愛に深く関わる尾状核という部位を活性化させることがわかった。尾状核にはドーパミンを放出する神経細胞がつまっている。ドーパミンは私たちがセックスや食事を楽しんでいるときに脳内で盛んに分泌される物質だ。どうやら、脳は進化の過程で、知識を求める衝動を人のもっとも根本的な喜びと同じ経路に組み込んだようだ。*

尾状核は美しいものを目にしたときの私たちの反応とも関係しており、美意識と知識欲には深いつながりが存在する可能性がある。多くの研究によって明らかにされているが、文化的背景のちがいにかかわらず、人はさまざまな風景の写真を見せられると、自然の風景を好む傾向がある。しかも、川や海、滝など水のある風景に強く惹かれる。こうした傾向は、私たちが無意識のうちに、もし目の前に示された環境で生きていくとしたらどんなだろうと想像力を働かせていることを暗示している。

さらに興味深いのは、多くの研究が示唆する人間のもっとも普遍的な好みが「神秘性」であるということだ。つまり、何かしら見えないものが暗示されている風景が好まれる傾向があるのだ——彼方へと延びる曲がりくねった道、わずかに通り抜けられそうな空間がある深い茂み。自分にとって有益であると確信できるものは安心感があるため喜びをもたらすが、その一方で視界の先にあるかもしれない希望も、言い換えれば未知の情報もやはり喜びをもたらすのである。**

---

* 興味を抱くという感覚はある種の神経学的な信号として働き、私たちを探究するに値する有意義な分野へと導いてくれる。偉大な実験心理学者B・F・スキナーは、「興味深いことに出会ったときは、すべて中断してそれを探究すべきだ」と勧めている。

## 人は文化を蓄積し、それを探究することで環境に順応する

約六万年前、一握りの人間がアフリカを離れて未知なる土地を目指した。彼らはほかの霊長類に別れを告げ、彼らと共有してきた生息環境にも別れを告げた。どんな生き物もほぼ例外なく、特定の生息環境のなかだけで生きている。ゴリラはジャングルを出て川で暮らそうとは思わないし、サバは陸で生きられるか試してみようなどと無謀なことはしない。アマガエルにしても植物から離れて生きることはない。ところが人間はサバンナを離れると、海辺や砂漠、森、山、平原、氷で覆われた大地に住みつき、さらには宇宙空間でも生活するようになった。そしてどこに移り住んでもその場に適した住環境をつくり、うまく生き延びる方法を考え出した。つまり心地よい定住地を広げてきたのだ。

人間はどうしてこれほど順応性が高いのだろうか。端的に言えば、それは文化のおかげだと言えるだろう――私たちには他者から学び、模倣し、共有し、改良する能力がある。人間が口頭による言語を使い始め、やがて文字による言語を駆使して意思の伝達が活発になると、考えや知識、さまざまな技能（釣り針や船、槍のつくり方、歌の歌い方、神の像の彫り方など）が遺伝子のように複製され、融合されるようになった。ただし、時空を超えて人から人へと伝えられる点が遺伝子とは異なる。文化のおかげで人は生物学的な制約から解放された。進化生物学者のマーク・パーゲルによると、人は文化を手にしたとき、「遺伝子と知性」の力関係を変えた。人は生きるための指針をＤＮＡだけでなく、先人たちが積み重ねてきた知識からも引き出す唯一の種となっ

たのである。

人は仲間から学ぶこともできれば（「水平的学習」）、親や年長者から学ぶこともできる（「垂直的学習」）。さらには先祖から学ぶことも可能だ。同世代間だけでなく、世代を超えて知識を伝えられる能力があるからこそ人はこれほど適応力に優れ、独創性と創造力に富んでいる。知識は知識の上に、アイディアはアイディアの上に積み重ねられてゆく。自動車が誕生したのは、その発明者が車輪から発明しなくてすんだからだ。パーゲルはこんなふうに述べている。「文化のおかげで人は3Dテレビを楽しみ、大聖堂を建てる。かたや私たちと遺伝子的に近いチンパンジーは数百万年前と同じように森で暮らし、同じように石でナッツを割っている」

文化的な生き物が好奇心をふくらませるのは当然の成り行きだった。人間は進化の過程で、いきり立ったクマに出くわしたときに逃げ出す本能を獲得したが、それと同じように確実に文化を蓄積する能力を高めてきた。発達心理学者のアリソン・ゴプニックは、「人間にとって、文化を

＊＊　スティーヴン・カプランはこの研究を、イギリスの地理学者ジェイ・アップルトンの有名な理論と結びつけている。アップルトンの理論とは、一九七五年出版の著書『風景の経験』［菅野弘久訳、法政大学出版局、二〇〇五年］のなかで、好まれる風景について論じたものだ。彼は芸術作品や現実の世界から例を引き、人は風景に「眺望」と「隠れ場」を求めると指摘する。眺望は景色を見渡すことから得られる喜びを意味し、隠れ場は自分からは見えても相手からは見えない安全な場所を意味する。この理論は情報についても当てはまる――私たちは情報の収集が好きだが、同時に他人が持たない情報（私たちはこれを「機密情報」と呼ぶ）を握って優位に立つことに満足を感じる。

育むことは天性の能力である」と指摘する。文化的情報を求めてやまない知的好奇心があったからこそ、私たちの祖先はアフリカを旅立ち、世界のすみずみに根を下ろすことができた。山の向こう側に何があるのか知りたいと思うのは拡散的好奇心のなせるわざだ。それに対して、知的好奇心はそこで生き延びるのに必要な知識を授けてくれる。マーク・パーゲルの言葉を借りれば、文化の積み重ねからなる人間社会は、まさに私たちが「生き延びるための手段」でもある。そして人間は生まれながらにして、自分を取り巻く社会を探究したいという力強い本能をそなえている。

## ダ・ヴィンチのToDoリスト

人間は大人になり、生き抜くのに必要なことをすべて身につけると、周囲から学ぶ努力をやめてしまうことがある。しかし子ども時代と変わらず、夢中で探究し続ける人々もいる。レオナルド・ダ・ヴィンチはノートにすべきことのリストを書きつけている。それを編集した資料があるので一部を紹介しよう。

- ミラノと郊外の町を測量する。
- ミラノとその教会について論じた本を探す。コルデュシオに行く途中の店で入手すること。
- コルテ・ヴェッキオ［公爵の宮殿の中庭］の面積を明らかにする。

・算術の大家に三角形の求積法について教えを請う。
・ベネデット・ポルティナリ［フィレンツェの商人］にフランダース地方ではどのような手段で氷上を移動するのか尋ねる。
・ミラノの絵を描く。
・マエストロ・アントニオに、日中もしくは夜間に迫撃砲を稜堡《りょうほ》に配備する方法を尋ねる。
・マエストロ・ジアネットの石弓を詳しく調べる。
・水力学の専門家を探し、ロンバルディアでは閘門《こうもん》、運河、製粉所の補修がどのように行われているか教えてもらう。
・マエストロ・ジョヴァンニ・フランチェーゼから約束どおり、太陽までの距離について教えてもらう。

これを見てまず気づくのは、ダ・ヴィンチの関心領域の広さだろう。地球と太陽の距離から石弓の仕組み、フランダース地方のアイススケートに至るまで、さまざまなことを知りたがっている（しかも、こうした調べ事の合間に「ミラノの絵を描く」つもりだ――もしかしたら『モナ・リザ』も描くかもしれない）。

私たちは自分が何を知るべきかわかっていたら、もっと楽に生きられるだろう。幸せになるには何を知るべきか、生まれたときに細かく教えてもらえたらどんなにいいか。だが複雑な世の中では、将来何が役に立つのか誰にもわからない。したがって、大切なのは幅広い分野に先行投資をしておくことだ。好奇心旺盛な人々は冒険をし、さまざまなことに挑み、あえて効率を犠牲にする。彼らは今日学んだことが、たまたま次の日に役に立ったり、問題をまったくちがった角度から捉えるきっかけになったりすることを知っている。先を予測するのが難しい環境であればあるほど、一見無駄に思われそうな幅広く深い知識が重要になる。人間はマンモスと格闘していた太古の昔から複雑な問題に立ち向かってきた。しかし、私たちが生きる社会がかつてないほどの規模に成長し、多様性や変化のスピードが増している今、好奇心はかつてないほど重要な――そして有意義な――資質になっている。

知識の獲得だけでなく、人との関わりにおいても好奇心は重要だ。ダ・ヴィンチのリストに関してもう一つ驚くのは、彼が何人もの家を訪ねるつもりでいることだ。ダ・ヴィンチは好奇心に突き動かされて多くの人々と頻繁に交流している。フランスの思想家モンテーニュは、見知らぬ地域や国を訪れると、他人との交流によって「頭脳に磨きをかける」ことができると述べたが、ダ・ヴィンチはできるだけ多くの人々と交流して頭脳を磨くことに熱心だったようだ。リストは先ほど紹介していないものを合わせると一五項目にのぼるが、そのうち少なくとも八つは他人に相談すること、二つは他人の書物を調べるという内容だ。ダ・ヴィンチが目を輝かせながらさまざまな分野の専門家のもとを訪れ、彼らから知識を引き出すため「教えてくれ……」と切りだす姿が目に浮かぶ。好奇心旺盛な人々は他人と協力するのが得意な傾向がある。彼らは文化的知識を蓄えるために、新たな知り合いや協力者を探し求めている。

次の章では赤ちゃんと子どもの好奇心について詳しく述べる。また、子どもによってはダ・ヴィンチのように飛び抜けて好奇心の強い大人へと成長するのはなぜなのか、その理由についても考えてみよう。

# 第2章　子どもの好奇心はいかに育まれるか

## 知的好奇心の起源――ロンドンのベビーラボ

世界中でもっとも知的好奇心が刺激される場所を挙げるとすれば、ロンドンのブルームズベリー地区は有力な候補になるだろう。その中心にある大英博物館は二五〇年以上も前から学術研究と知的交流の国際的拠点となっている。街を歩いて目につく壁にはめ込まれた青い銘板《ブルー・プラーク》は、そこが近代世界を代表する知識人たちのかつての住まいや仕事場だったことを示している――チャールズ・ダーウィン、バートランド・ラッセル、ヴァージニア・ウルフ、ジョン・メイナード・ケインズ。現在、瀟洒なタウンハウスやフラットが建ち並ぶこの界隈には、ロンドン大学とその関係機関の学生や研究者が大勢暮らしている。

ラッセルスクエアにほど近い地味な建物に入ると、おもちゃがあふれる明るい内装のプレイルームが現れる。まるで託児所のようだが、そこは幼い子どもたちの謎に満ちた精神活動を研究する乳幼児研究室《ベビーラボ》の受付だ。ベビーラボはロンドン大学バークベック・カレッジが、子どもの認知能力研究の一大拠点とすることを目指して開設した付属機関だ。毎週数十人の小さな被験者が父母らに付き添われて研究室を訪れ、科学の発展という目的のためにおもちゃで遊ぶ。新たに創造された人間の脳の内部で何が起きているのか、少しずつだが解明されようとしている。

ある二月の日の午後、私はベビーラボを訪れ、知的好奇心の起源を研究する二人の心理学者、テオドラ・グリガとカタリーナ・ビガスに会った（ビガスは博士課程の学生で、グリガは彼女の指導教官）。二人は新しい被験者を紹介してくれた。生後九カ月のギウという男の子で、母親はバルセロナ出身だそうだ。ビガスはギウにおもちゃの電話を渡して気を引きながら、脳波測定用の電極のついたネットを彼の頭に手際よく被せた。そしてカメラが設置された小部屋に移り、母親の手を借りてギウをモニターの正面の椅子に座らせ、ベルトで固定した。

それから五分間、母親がそばで見守るなか、ビガスはギウに形や大きさのちがうおもちゃを次々と手渡していった。部屋の外にはモニターが二台あり、グリガと私はギウがおもちゃにどんな反応を示すか観察した。片方のモニターにはギウのしぐさが映し出されている。その映像によって、ギウがどのおもちゃでどれくらい遊び、視線はどこに向けられていたかがわかる。もう一方のモニター上には、平行に伸びるいくつもの波線が揺れている。波はときおり急激に大きくなることがある。ギウの頭につけられた装置が電気的活動を検知し、脳内で何かが起きていることを伝えているのだ。

幼児がいつでも好奇心に満ちあふれているというのは、よくある誤解だ。育児書や一般向けの科学書、それに我が子を愛してやまない親たちは、赤ちゃんが目覚めているときは常にこの世の不思議に魅了されているという神話にとらわれている。たしかに赤ちゃんは何でも知りたがる生き物ではあるが、大人と同じようにその好奇心は一定ではない。学ぶ意欲に満ちているときもあれば、気乗りがしないときも、あるいは空想に耽っているときも、どうしようもなく眠いときもある。赤ちゃんの好奇心の度合いは環境によって大きく左右される。物理的な環境はもとより、世話をしてくれる大人たちの影響が非常に大きい。幼児の好奇心は大人に対して依存状態にある。

グリガとビガスは、赤ちゃんがある時点でどの程度の好奇心を持ち合わせているか、正確に測る方法を確立しようとしている。二人は私が見学させてもらったような実験を繰り返し、知的好奇心が活発に働いているときの幼児の脳に特別な状態が認められるかどうかを探っている。調査はまだまだ続くが（赤ちゃんの研究は育児と同じで途方もない忍耐が求められる）、彼女たちは仮説として、赤ちゃんが積極的に知識を得ようとしているときは何らかの神経学的な状態が現れ、それが特定の脳波として確認できるのではないかと考えている。

ビガスは用意していたおもちゃを一つひとつギウに見せた。その後、モニターに色鮮やかな写真を映し出すと、ギウはそれに見入った。モニターには彼が遊んだばかりのおもちゃの写真が順番に現れる。さらに、それと並べて、とてもよく似ているがほんの少しだけ形状のちがうおもちゃの写真が示される。グリガとビガスが注目するのは、ギウが最初に見たのとはちがうおもちゃを見るのにどれだけの時間とエネルギーを注ぎ込むか、また、そのようすは最初のおもちゃを見たときの反応とどのような関連性があるかという点だ。もし彼が形状のちがうおもちゃの写真を注視したとすれば、それは最初のおもちゃに興味を抱いたことがきっかけとなり、モニターに現れた写真に触発されてさらに深く知りたがっていると解釈できる。

彼は好奇心を刺激されたということだ。

## ヒトの長い子ども時代の秘密

子どもをもつさまざまな動物が集まって、コーヒーを飲みながら教育について話し合っている場面を想像してみよう。ウマの父親は息子が生まれてすぐに歩き始めたことを自慢する。ヒツジの母親は娘にオスを見る目がないと不満をもらす。そんななか同情を集めるのが人間の親だろう。

「三歳になって、やっとどうにか一人で食べられるようになるなんて」

人間は一人前になるのがあきれるほど遅い。子ウマは母親の子宮を出てから三〇分もしないうちにパドックを駆け回る。ところが人間の赤ちゃんは、生後一八カ月ごろになってようやくひとり歩きがさかんになる。トリは二カ月もしないうちに母ドリから巣を追われるが、人間は大学を卒業しても両親の家に帰ってくる。チンパンジーは乳離れをするとすぐに思春期を迎えるが、人間はそこに至るまでさらに一〇年かかる。発達心理学者のアリソン・ゴプニックはこう指摘する。

「生存のためにこれほど長いあいだ他者に依存する生き物は人間の赤ちゃんだけであり、それほどの負担を喜んで引き受ける生き物は人間の大人だけである」。私たちはこのような大人への依存状態を「子ども時代」と呼んでいる。

もちろん、長期間にわたる人間の幼少期には隠れた利点がある——そのおかげで子どもは人を愛し、学び、疑問を抱く能力を身につけ、成熟した人間に成長する。子ども時代というのは、生存に関わる問題は大人が対処してくれるので、決められた規範に従って行動する必要がない時期でもある。子どもには、進むべき方向を定める前に立ち止まり、観察し、疑問を投げかけ、自分にとって何が最善かを考える余裕がある（私たちがウサギとカメの寓話に共感するのは自然なことだ）。だからこそホモサピエンスはこれほど順応性が高く、創意にあふれているのだ。生まれてから一〇年、あるいは二〇年間は独り立ちせずにすむおかげで、私たちは自分が生まれた場所についてじっくりと学び、それについて独自の思考を形成できるのである。

人が生きるためにはまず、自分が生まれた場所——氷の上のイグルーなのか、それともロンドン北部の住宅地イズリントンの家なのか——について物理的環境を知る必要がある。また、文化的環境のなかでうまく振る舞うための学習も欠かせない。自分が住む世界で使われているしぐさや記号、物質的な知識体系などを学ばなければならない。一七世紀のイギリスの哲学者ジョン・ロックが、幼児の心を「何も書かれていない石版《タブラ・ラサ》」と表現したことはよく知られている。厳密に言えば、今ではこれは正しくないとされている。科学者たちによると、赤ちゃんは真似をしたり、人間の顔を見分けたり、簡単な因果関係を読み取ったりといういくつかの基礎的能力をもって生まれてくるそうだ。だが、ロックの洞察は極端な不寛容の時代にカトリックとプロテスタントの対立がイングランド内戦にまで発展したことへの嫌悪から生まれたものであり、確かに一理あるだろう。

人は誰もはじめからカトリックやプロテスタント、エスキモーやベドウィンとして生まれるわけではない。一人の人間として自分はいったい何者なのかという感覚は、まずは親から教わり、やがてほかの人々から教えられる文化的知識に基づいて形成される。私たちの安全を確保し、繁栄をもたらす砦（ときとして、対立の原因ともなる）が文化であるとすれば、赤ちゃんはいわば砦の壁をのぼる命綱として好奇心を利用する――彼らに命綱を投げてやるのは大人の役割だ。

## 乳幼児の学習は大人や環境との合弁事業

子どもたちの学習は能動的である。赤ちゃんは単純に周囲から情報を取り入れ、遺伝子が発する命令に従うだけでなく、自分自身の力で世界について知ろうとしている。彼らはどんなときでも床に下ろされたなら、近くにあるものを触り、舐め、口に入れてみる。そしてもう少し大きくなったらハイハイを始め、やがて歩いたり、走り回ったりするだろう。

最近、メリーランド州の国立小児保健発育研究所の科学者たちが驚くべき発見をした――自分が置かれた環境を積極的に調べようとする赤ちゃんほど、思春期を迎えたときの学校での成績が良いことが明らかになったのだ。研究グループは三七四人の生後五カ月の赤ちゃんを対象に、どのくらいはいまわり、周囲を観察し、身の回りのものを触るかを記録し、その後一四年間にわたって彼らの成長を追跡調査した。一四歳に成長した時点で上位の学業成績を収めたのは、乳児期にとりわけ活発に周辺環境に関心を示した子どもたちだった。

ここで重要なのは、乳幼児が認知能力を使い、それを発達させる過程は、社会とそれを取り巻く文化に大きく左右されるという点だ。小さい子どものいる親なら誰でも実感があるはずだが、子どもたちは他人の忍耐の限界を試す心理実験をするのが大好きだ。幼児のいたずらはいわば実験であり、データを集める手段の一つなのである。母親から土を食べてはいけないと注意されると、子どもはとたんに、それを口にいれたらどうなるのか、そして母親はどんなふうに反応するのかと考えずにはいられない。姉が一生懸命つくった積み木の塔を倒すのは、積み木が倒れるようすだけでなく、姉が怒るところも見たいからだ。

幼い子どもは、自分と他人の思考には差がなく、誰もが同じ思考回路をもっていると信じている。彼らはやがて、それが間違っていることに気づく。人の主張や望みは千差万別であり、望みどおりにならないと腹を立て、望みがかなえば満足する。子どもたちはいつしか、他人の心の中で何が起きているのかと興味を抱く。共感的好奇心が生まれる瞬間だ。ただし、子どもたちはこの段階に至る前にも、じつに巧みに大人の行動を真似る。自分では明確に意識していないが、真似るに値する大人と、無視すべき大人を見分ける能力を十分にそなえている。この時期の子どもたちは、自分の気持ちを伝える方法や正しいことと悪いこと、許される行動と許されない行動といった事柄について、文化的情報の収集をしているのだ。とくに重要なのは、学ぶ価値があるものとそうでないものを見きわめる方法を知ることである。
好奇心とは言うなれば、生まれたその瞬間から他者とともに育む合弁事業なのである。

## 好奇心旺盛な子とそうでない子の違い

ビガスとグリガは子どもの発達に関する謎の一つを解き明かそうとしている——好奇心が旺盛な子どもと、そうではない子どもがいるのはなぜか。ビガスらは仮説として二つの要因があると考えている。一つは子どもの基礎的な認知能力、つまり知能であり、もう一つは子どもたちが生まれてから数年のうちに発する未熟な問いかけに対して、両親をはじめとする世話役がどう応えるかである。

ビガスとグリガは、一見すると単純に見える「指さし」の動作に注目した。赤ちゃんはたいてい一歳の誕生日を迎える前後には手を伸ばしてものを指し示すようになり、やがてそれを人差し指で行うようになる。子どもは指さしをするとき、心理学で「共同注意」と呼ばれる行動をとっている——自分が注目しているものに他人の注意を向けさせようとする行動だ。指さしは子どもの成長過程においてきわめて重要である。子どもが指さしを行う頻度は、言葉の習得の速さと関係している。指さしを行わない子は、言葉の習得をはじめ、表情や身振りといった社会的手がかり」の理解、他者から学ぶことなどに苦労する傾向がみられる。
赤ちゃんがどうして指さしをするのか、本人が言葉で説明してくれない以上、確かな理由はわからない。しかし察することは十分に可能だ。たとえば、あるものを欲しがっているのか、それとも母親にそれを見てもらいたいと思っているのか。グリガとビガスによると、幼児は自分が興味をもっていることを伝えたくて指さすことが多いという。あるものについてもっと知りたいと思い、大人がそれについて教えてくれることを期待しているのだ。子どもたちは言葉を話せるようになる前から、指を使って問いを発しているのである。

ビガスはさらに、生後一六カ月の幼児たちを相手に、本やカップなど彼らにとって日常的に馴染みのあるものと、彼女が手づくりした見慣れないおもちゃを使って遊ぶ実験を行った。ビガスは子ども一人ひとりと一緒に、用意したものを細かく観察する。そして、第一グループの子どもたちには何でもよく知っている常識的な大人として振る舞う——馴染みのあるものを正しい名称で呼び、子どもたちが見慣れないおもちゃを指さしたときは、彼らがそれに名前を与えてどんなものか調べる手助けをする。一方、第二グループの子どもたちに対しては間の抜けた大人のふりをする——見慣れたものについて知らないふりをしたり、カップを靴と呼ぶなど、まるででたらめを言ったりする。その結果、第二グループの子どもたちは、第一グループの子どもたちに比べて指をさす行動がはるかに少なかった。

子どもがこれほど早い時期から、相手が頼りになるかどうかを判断する能力を持ち合わせているというのは驚くべきことだ。よく考えてみると、これはかなりの認知能力と社会的能力が求められる判断である。もっとも、この傾向は以前から知られていた。ビガスの研究で初めて明らかになったのは、指さしが他者から学ぶことを目的とした行為であり、子どもたちが指さしをするかどうかは周囲の大人しだいであるという二点だ。子どもは明らかに無知か、信頼できない相手を目の前にすると指さしをやめてしまう。有益な情報を与えてくれない大人は相手にする価値がないのである。

## 指さしと喃語《なんご》は学習の心構えができている合図

赤ちゃんの喃語にも同じ法則が当てはまる。赤ちゃんは生後数カ月で「アー」「ウー」といった喃語を発するようになる。しかもその発達過程は文化的な環境とは関係なく世界共通だ。喃語は長いあいだ意味がないと軽んじられてきたが、科学者たちは現在この行動は認知力と社会性の発達の重要な指標であり、同時に言葉を話し始めるのに欠かすことのできない予備的段階と捉えている。コーネル大学准教授の心理学者マイケル・ゴールドスタインは、幼児が見知らぬものの名前をどうやって覚えるのか調査した。そこで明らかになったのは、赤ちゃんが喃語を発したタイミングをとらえてものの名前を教えると、そうでないときより赤ちゃんがその名前を覚える確率が高まるということだった。「赤ちゃんが喃語を発しているときは、新しい情報を吸収する態勢が整っているのだと考えられます」と彼は言う。「喃語は社会的交流を生みだし、新たなことを学ぶためのきっかけでもあるのです」

喃語は指さしと同じく学習の心構えができていることを知らせる合図であり、親がそれを理解して応じれば、赤ちゃんは好奇心を満たす道具として喃語を積極的に使うようになる。親が無視せずに、何を知りたがっているのかを想像して対応することが大切だ。赤ちゃんがリンゴを見つめながら「ダーダーダー」と言っているのに大人が反応しなければ、赤ちゃんは緑色をした丸い物体の名前を憶えないばかりか、声を出すこと自体が時間の無駄だと思うようになるだろう。

子どもの自発的な興味は学習のエネルギーとなる。このことは生まれて数カ月、数年という早い段階でも当てはまる。ビガスはある研究で、赤ちゃんに二つのおもちゃを見せた。ある部分を押したり引っぱったり、触ったりすると面白い動きをするおもちゃだ。ビガスは二つのおもちゃを並べて赤ちゃんがどちらか一方を指さすのを待つ。それから、赤ちゃんが指をさしたおもちゃか、そうでないほうのおもちゃのどちらか一つを選び、どうやって遊ぶかやってみせる。その後おもちゃをいったん片づけ、一〇分ほどしたらまた持ってきて、赤ちゃんが教えられたとおりに遊ぶかどうかを観察する。すると、最初に赤ちゃんが興味を示したおもちゃのほうが、そうでないおもちゃに比べて教えられたとおりに遊ぶ確率がはるかに高かった。

研究室で一五分間過ごすだけでも、大人の振る舞いしだいで幼児の好奇心の状態に変化が生まれるというのは、特筆すべきことだ。ただしこれは好奇心の不思議の一つにすぎない。好奇心が旺盛かどうかは生まれた時点で決まっているわけではない。それどころか、好奇心とは一日のうちでも、そして一生のうちでも浮き沈みのある気まぐれなものだ。そのうえ好奇心の発達は周囲の人々の行動に大きく影響される。とくに生まれてから最初の数年間の影響はきわめて大きい。

ビガスは先ほどの実験で、赤ちゃんが親と遊んでいるようすを観察した。親が呼びかけに頻繁に応じ、親からも問いかけられている赤ちゃんは、自分が選んだものの使いかたをとてもよく理解していることがわかった。どうやらここに、ビガスとグリガが解明しようとする問題のもっとも有力な答えがありそうだ――子どもが好奇心旺盛かそうでないかは、早い段階での非言語的な問いかけに親がどのように応じるかで決まる。好奇心とは、他者からの反応によって増幅するフィードバックループなのである。

実際のところ、子どもたちはどんなつもりで指をさしているのか。それはあくまでも大人の反応しだいだ。「子どもたちはあるものを指さし、それが無言で与えられたら、指さしはものを手に入れる合図だと理解します」とグリガは私に説明してくれた。「もし、その物の名前を教えてもらえれば、指さしは情報を得る手段でもあると認識するようになるのです」。何も返ってこなかったらどうなるのか、と私は尋ねた――自分たちの発した合図にまるで反応がなかったら？

「指さしをやめてしまいます」

## 子どもは四万回質問する

子どもたちは成長するにつれて、多くの点で大人に頼らなくなる。しかし、こと好奇心については、大人の介在が一段と重要になっていく時期がある。

親であれば誰もが知っていることだが、子どもは質問をする――それもうんざりするくらいに。

二〇〇七年、心理学者のミシェル・シュイナードは、四人の子どもたちがそれぞれ普段面倒をみてくれる大人とやりとりするようすを一回につき二時間、合計二〇〇時間以上にわたって観察し、その記録を分析した。子どもたちは一時間につき平均して一〇〇回以上の問いかけをしていた。要求や注意を引くための問いかけもあったが、全体の三分の二は「あれは何ていう名前?」というような、情報を引き出すことを目的とするものだった。シュイナードは言う。「子どもにとって質問をすることは散発的な行動ではありません――質問することは子どもであることの最大の証と言ってもいいくらい本質的な行動なのです」

質問の内容は成長するにつれて深まっていく。単に情報を求めるだけでなく、説明を求めるようになる。シュイナードは観察によって、子どもたちが生後三〇カ月ごろまでは、主に「何」と「どこ」を尋ねる質問をすることを確かめている。たとえば「あれは何?」とか、「それは何をするもの?」、「ボールはどこ?」(あるいは兄弟やペットの居場所を尋ねたり)、「彼は何をしているの?」といった具合だ。これらは事実を知るための質問である。そして三歳の誕生日を迎えるころになると、「どうやって」、「どうして」という質問をするようになる。つまり「説明」を引き出すための質問だ。*このタイプの質問は、子どもが成長するにつれて増えていく。就学前の子どもが自宅で親しい大人と話しているとき、彼らが説明を求める問いを発する頻度は一時間に二五回にものぼる。

ハーバード大学の教育学教授のポール・ハリスは、子どもの問いに関する研究をしている。彼はシュイナードのデータに基づいて計算した結果、子どもは二歳から五歳のあいだに「説明を求める」質問を計四万回行うと推定している。「途方もない数です」と彼は言う。「これは、問いかけという行動が認知能力を発達させる重要な鍵であることを示唆しています。説明を求める質問は、深遠なこともあればくだらないこともある。鋭いこともあれば理解しがたいことも、感動的なことも滑稽なこともある。例として、私の友人の子どもたちが口にした質問をいくつか紹介しましょう。いずれも一〇歳になる前の言葉です」

・ぼくが一六歳になるころには、大人はみんな死んでるの？
・目がハエになっちゃったらどうなる？
・時間って何？
・あなたも昔サルだったの？
・どうして自分の影から逃げられないの？
・わたしがママとパパの一部からできてるなら、わたしになった部分はどこからきたの？
・ぼくもキリストみたいに十字架で死ぬの？

＊「どうやって」、「どうして」と尋ねる質問は、その言葉を含むとは限らない。ポール・ハリスは、子どもが壊れたおもちゃの飛行機を見て「パパ壊した？」と訊く例を挙げ、こう述べている。「不完全な表現であっても、子どもはおそらく説明的な情報を求めている」

## 質問の技術とパワー

ポール・ハリスは、質問をするには複雑な思考プロセスが必要だと指摘する。「子どもたちは まず、自分が知らないことがあると気づかなくてはなりません……まだ訪れたことのない、目には見えない知識の世界があるのだと」。さらに、他者が自分に情報をもたらしてくれる仲介者であり、「仲介者から情報を受け取るための道具」として言語を活用できることも理解しなければならない。質問は子どもたちが知識を大量に取り込むために欠かせない技術である。ハリスが述べているように、子どもたちが投げかける質問は、夕食の献立やおもちゃの使い方といった、目先のことばかりとは限らない。「子どもたちは具体的な利益を得られないとしても、物事がどうやって、なぜそうなるのか、ときとして執拗に突きとめようとします」。質問はすべてがちょっとした先行投資だ。子どもは非常に幼いころから、自分の集めた情報がすぐには役立たないとしても、いつか役に立つときが来るかもしれないと感じとっている。質問によっては袋小路に迷い込んだり、混乱したり、親が気まずさを感じて答えてくれなかったりすることもある。それでも、子どもは質問が知識をもたらすことを理解し、知識が増えることで自分が成長しているのだと実感する。それはまるで、柱に刻んだ今年の身長の目盛りを見て、来年はもっと成長するだろうと思うのと同じくらい確実である。

カンジは並外れて知能の高いボノボだが、彼の関心が狭い範囲に限られているのは複雑な言葉を使いこなせないからではない。ミシェル・シュイナードは、人間の子どもたちが言葉を覚える前から情報収集のための問いを発している点に注目する。買い物から帰ってきた母親が食料品を袋から取り出しているとしよう。赤ちゃんが初めて見るもの――キウイフルーツ――を手に取って、不思議そうな表情で母親の方に差し出し、「アー？」と声を発したら、その意味は十分に理解できるだろう。子どもたちは聞いたばかりの言葉を繰り返して質問をすることもある。たとえば、研究者たちが三歳の双子の兄弟デイヴィッドとトビーが会話するようすを観察すると、こんなやりとりがあった。「手がつめたい」とデイヴィッドが言う。するとトビーはこう訊いた。「つめたい？」」

カンジはこんな質問さえもしない。人間の子どもとは異なり、コミュニケーションによって情報をやり取りできることや、自分より世界のことを多く知っている他者がいることを理解していないようだ。ハリスは、子どもは直感的に、大人が「隠れた事実について情報を提供してくれる信頼できる存在」になり得ることを理解しているという。子どもはいわば、自分の周りの物理的環境について実験を行う科学者だが、この世界の秘密を次々と解明しようとするジャーナリストでもある。

私たちにとって質問をするのは当たり前すぎて、それがどれほど奥深い技術であるか（もしくは技術の組み合わせであるか）忘れている。質問するには第一に、自分が知らないことを知る必要がある――つまり己の無知を自覚しなければならない。第二に、相反するさまざまな可能性を想像する能力を発揮しなければならない。幽霊は本当にいるのかと訊くとき、その子はすでにいくつかの答えを想定している。そして第三に、他人から学ぶべきことがあることを知らなければならない。霊長類のなかでこうした能力を持ち合わせているのは人間だけだが、それは人間の子どもにとっても自然に発達するような単純な能力ではない。環境しだいで花開くこともあれば、しぼんでしまうこともある繊細な能力なのである。

私たちは大人になると、必要な知識さえもっていればこうした能力を磨くための環境を自ら整えることができる。だが、幼い子どもにはそれができない。子どもの好奇心をその子のために育んでやれるのは親をはじめとする周りの大人たちだ。とはいえ、親は子どもたちが好奇心によって絶えず指をさしたり、喃語を発したり、質問したりすることに苛立ちを覚えることもある。食事の用意をしているときや友だちと話しているとき、Eメールを書いているとき、あるいはのんびりくつろいでいるとき、子どもの問いかけに一つ残らず応じるのはなかなか難しい。

最近ではますます手軽に、大人が対応すべき役割をデジタル機器に任せられるようになっている。テクノロジーは、子どもの好奇心から親をしばし解放してくれる素晴らしい存在だ。私たちは子どもをテレビの前に座らせておくことも、携帯電話をさわらせておくことも、あるいはお気に入りのゲームの入ったアイパッドで遊ばせておくこともできる。そういったことが子どもに対する最悪の仕打ちだと言うつもりはない。しかし私は、専門家の意見を聞き、子どもたちの学習のメカニズムについて知った今、娘からの問いかけを受け流すたびに、娘の知りたいという内なる欲求を台無しにしてきたのではないかと深く反省せずにはいられない。

# 第3章　パズルとミステリー

## 知識の「探索」と「活用」

ヘンリー・ジェイムズは、年齢を重ねるごとに「純粋な知的情熱」を失ってゆく人間の性《さが》を嘆いている。「私たちはそれ〔知的情熱〕が飽和点に達すると均衡状態に移り、ほとばしるような強い好奇心を抱いていた若いころの知識にすがって生きるようになる」。教育心理学者のスーザン・エンゲルによれば、好奇心は早くも四歳ごろから衰え始める。大人になると疑問をもたなくなり、しだいに多くの固定観念に縛られるようになる。ヘンリー・ジェイムズはそのことをこう表現した。「打算のない好奇心は置き去りにされ、知性のわだちや水路は固定されてしまう」

好奇心の衰えは、脳の発達過程に原因がありそうだ。幼児の脳は大人の脳より小さいが、大人よりはるかに多くの神経結合を形成している。ところが配線は混沌としていて、大人の脳に比べて神経細胞同士のつながりが非効率的だ。したがって、幼児が外界を認識する能力は無限であると同時に、ひどく無秩序である。子どもたちは周囲の環境からさまざまな情報を集めながら、有益かつ信頼性の高い法則を見いだし、それが強化されて知識や信念となる。その過程で情報が神経経路を伝わる速度は増し、信号の受け渡しは円滑になるが、あまり使わない経路は退化していく。庭に茂りすぎた草花が刈り取られるように、秩序が確立されていくのである。*

好奇心の衰えは必ずしも悪いことではない。社会人として常識的に振る舞うには、むしろ必要なことでもある。好奇心に流され、次々とやって来る刺激にいちいち反応するわけにはいかないからだ。コンピューター開発の分野では、設計者はシステムの効率を可能性の「探索」と「活用」の両面から考える――未知の可能性をどこまでも探索すればシステムの信頼性は高まるが、効率の観点からは、発生する可能性が高い状況に的を絞り、すでにある資源をできるだけ活用したほうがよい。赤ちゃんは子ども時代を経てやがて大人になるまでに、過去の探索によって獲得した知識を活用するようになる。ところが歳を重ねると、活用するばかりになる――蓄積した知識や若いころに身につけた思考習慣に依存し、知識を増やすことも、習慣を見直すことも少なくなる。要するに怠け者になってしまうのだ。

探索と活用という二つの戦略のあいだで最適なバランスを保つには、好奇心のメカニズムを理解しておく必要がある。これはなかなか手ごわい問題だ。心理学者たちはおそらく好奇心が旺盛なはずだが、それでもその本質を理解するのに長年苦労している。心理学者は人間の精神を知性、感情、基本的欲求の三つに分解して論じることが多いが、好奇心をめぐる主流派の解釈は長らく三つの要素のうちつねにどれか一つだけを重視してきた。しかし実際のところ、好奇心はこれら三つの要素すべてが融合してできていると考えるのが自然だ。そのため、従来の学説はいずれも不完全であると言わざるを得ない。

二〇世紀前半において支配的だった学説では、空腹や性的欲求を満たしたいという衝動と同じく、好奇心を生物学的動因の一つと捉えている。ただし、知りたいという欲求は食べ物やセックスではなく、情報によってのみ満たされる。この学説によると、人間は食べ物とセックスのために時間や労力を投資するように、情報を手に入れるために同じように行動する。なぜなら、人間が生き延びて子孫を残すには知識が必要だからだ。この学説の生みの親ともいうべきジークムント・フロイトは、知的好奇心は性的な衝動から派生したものだと説明している。

なるほど、この学説は感覚的には納得しやすい。確かに「好奇心に駆られる」とか「知識欲」といった表現があることからも、人の心を捉えて離さないという点では好奇心も性的欲求からかけ離れたものではない——実際、どちらものぞき見趣味と紙一重だ。しかしこの学説は、人が関心を寄せる知識の内容が多岐にわたることを無視しており、その点で欠陥がある。感覚的な知識欲と理性的な知識欲、実用的な知識と目先の利用価値のない知識といった区別をしていない。果

＊ このような変化は成人期の初めまで続く——人の注意機能は、額のすぐうしろにある前頭前皮質と呼ばれる領域によって制御されるが、前頭前皮質が完成するのは二〇代の前半になってからだ。若者がときどき無謀なことをするのは、この部分の未熟さが原因になっている場合がある——そういった行動は悪ふざけというより、好奇心が過剰に働きすぎた結果なのかもしれない。

たして、マヤ文明の宗教儀式について詳しく知りたいという欲求は、俳優のライアン・ゴズリングが服を脱いだ姿を見たいという欲求と同じなのだろうか。好奇心を生物学的動因であるとする学説には、もう一つ欠陥がある。好奇心がどうして他の生物学的動因とは異なる働きをするのか説明できないのだ。私は満腹になるまで食事をしたら、しばらくは何も食べたいと思わない。しかし、深い関心のある分野に関する文章を読むと、さらに別の文献を読みたくなる。このように、好奇心は満たされることがないからこそ、大きな満足感をもたらすのだ。

偉大な発達心理学者ジャン・ピアジェは好奇心を認知的な側面から捉え、森羅万象を理解したいという人間の切実な知的欲求がその源になっていると考えた。彼は好奇心が発生するのは、自分の予測と現実のあいだに「不整合」を発見したときだと指摘する。そう考えれば、子どもがなぜ好奇心旺盛でたくさんの疑問を抱いているのか説明できる――子どもたちはあらゆる物事について数少ない単純な理論に基づいて行動している。彼らが日常的に経験することの多くは、そうした理論には当てはまらないので、何もかもが驚きの連続であり、説明を求めずにはいられないというわけだ。

ピアジェの理論によると、好奇心は逆U字型の曲線をたどる。横軸は驚きの度合いを示している。好奇心が最大になるのは、予測が裏切られた度合いが極端に小さいわけでも、極端に大きいわけでもないときだ。その度合いがとても小さければ簡単に無視できる。逆にとても大きければその事実から目を逸らそうとする。そこに隠された意味に漠然とした不安を感じるからだ。とこ

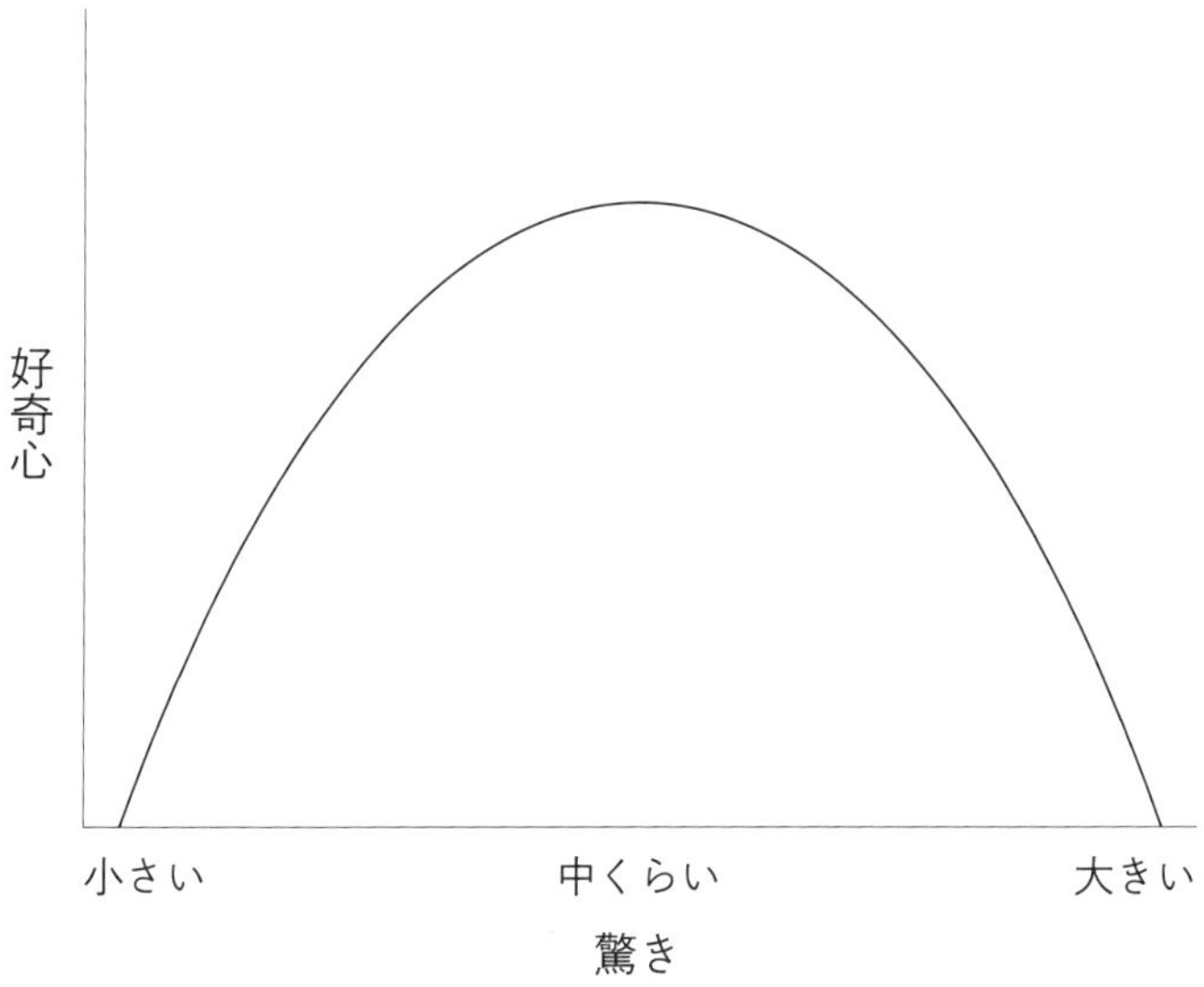


ろが不整合に着目するこの理論では、どうして私が隣のテーブルの会話に聞き耳を立て、あなたがクリミア戦争についてできるだけ詳しく知りたいと思うのか、説明がつかない。

一九九四年、カーネギー・メロン大学の心理学者で行動経済学者のジョージ・ローウェンスタインは、好奇心を本能から解釈するアプローチと、認知の視点から解釈するアプローチを融合する理論を提唱した。ローウェンスタインによると、好奇心は「情報の空白」に対する反応である。私たちは知りたいことと、すでに知っていることのあいだに空白があると好奇心を抱く。知りたいという欲求を呼び覚ますのは「不整合」だけではない。情報が存在しないこともその要因になる。情報の空白は質問の形式で顕在化することが多い。あの箱の中には何があるのか？　あの男性はどうして泣いているのか？

「苦しみ」を意味する四文字からなる単語は何だろう？　これらは情報の一部だけを手にしている状態の例だ――ここに箱がある、泣いている男性がいる、クロスワードのヒントがある。そのような状況に遭遇すると、私たちは欠けている情報について知りたくなる。ローウェンスタインの理論は単純そうにみえるが、じつは深遠なことを教えてくれる。それを正しく理解するには、彼の理論に大きな影響を与えた学者ダニエル・バーラインの理論から紐解いてゆく必要がある。

## 好奇心は「理解」と「理解の欠如」の双方によって刺激される

ダニエル・バーラインは一九二四年にマンチェスター郊外のサルフォードに生まれ、ケンブリッジ大学で教育を受けた。心理学者になってからは主に北米とヨーロッパ大陸で過ごし、ジュネーヴでジャン・ピアジェとも一年ほど親交を深めている。バーラインは人がなぜ物事に興味を抱くのか、とくに「奇妙なこと、ありきたりでないこと、腑に落ちないこと」になぜ興味を抱くのかに関心があった。アバディーン大学で教えていた一九五四年、彼は拡散的好奇心と知的好奇心のちがいを初めて指摘する画期的な論文を発表した。

バーライン自身、その両方を持ち合わせた人物だった。物理的にも精神的にも探検するのが大好きで、大人になるとイングランドからスコットランドに移り、カリフォルニア、ジュネーヴ、パリ、トロントで暮らした。研究テーマは心理学者のなかでも群を抜いて多彩で、芸術の鑑賞力やユーモアの心理といったことにまで視野を広げた。それだけでなく、個人的に興味のあることをじっくりと探究する面もあり、フロイトやパブロフはもちろん、アリストテレスやミケランジェロについても専門家並みに詳しかった。また、六カ国語を自在に操り、書籍や絵画を熱心に収集し、冗談と地下鉄の旅をこよなく愛した（世界のすべての地下鉄に乗ることを目指していた）。

バーラインは幾何学的な図形と模様を使った実験を行った。被験者は、単純なものから複雑なものまで、いろいろな形状や模様を見せられるが、あまりにも単純なものへの興味は長続きしない傾向が認められた。また、形が複雑であるほど、被験者がそれを注視する時間が長くなることもわかった。ところが、それが極端に複雑になると、かえって注視する時間は短くなった。

これは単純な実験だが、好奇心の奥深い本質に光を当てている。この実験のことを私に教えてくれたコロンビア大学の認知心理学者ジャネット・メトカーフは、「美しく感動的」な真実だと表現する。バーラインが明らかにしたのは、好奇心の矛盾する性質だ――好奇心は理解と、理解の欠如の双方によって刺激される。これは学習の動機について重要なことを物語っている。

ジョージ・ローウェンスタインは、バーラインの洞察から発展させた「情報の空白」という理論を打ち立てた。彼は、新しい情報からくる刺激によって無知を自覚させられたときに好奇心が生まれ、さらに知りたいという欲求に発展すると主張する。私たちはある事柄について何らかの知識を得ると、自分が知らないことがあると気づいて落ち着かなくなり、その空白を埋めたくなる。ウィリアム・ジェイムズ［アメリカの哲学者、心理学者。ヘンリー・ジェイムズの兄］はローウェンスタインに先立って、「科学的好奇心」は「音楽に関わる脳の領域が不協和音に反応するように、知識の空白から生まれる」と述べている。ここで非常に重要なのは、情報が存在しないときに好奇心が生まれるだけでなく、すでに保有している情報についても、その空白が鍵になるということだ。

## 少しだけ知っていることが好奇心に火をつける

一般的に、好奇心は何も知らない事柄に対して湧き起こる心理であるかのように誤解され、少しだけ知識がある状態が好奇心に与える影響は見過ごされることが多い。実際には、人はまったく知らないことには興味を抱かないものだ。ドイツの哲学者ルードヴィヒ・フォイエルバッハは次のように述べている。「人は自分が知る手だてのあることしか知りたがらない。その限界の外にあるものは何であれ、その人物にとっては存在しないも同然だ。したがって、それが関心や願望の対象になることはあり得ない」。マルセル・プルーストは『失われた時を求めて』の主人公をこんなふうに描写して

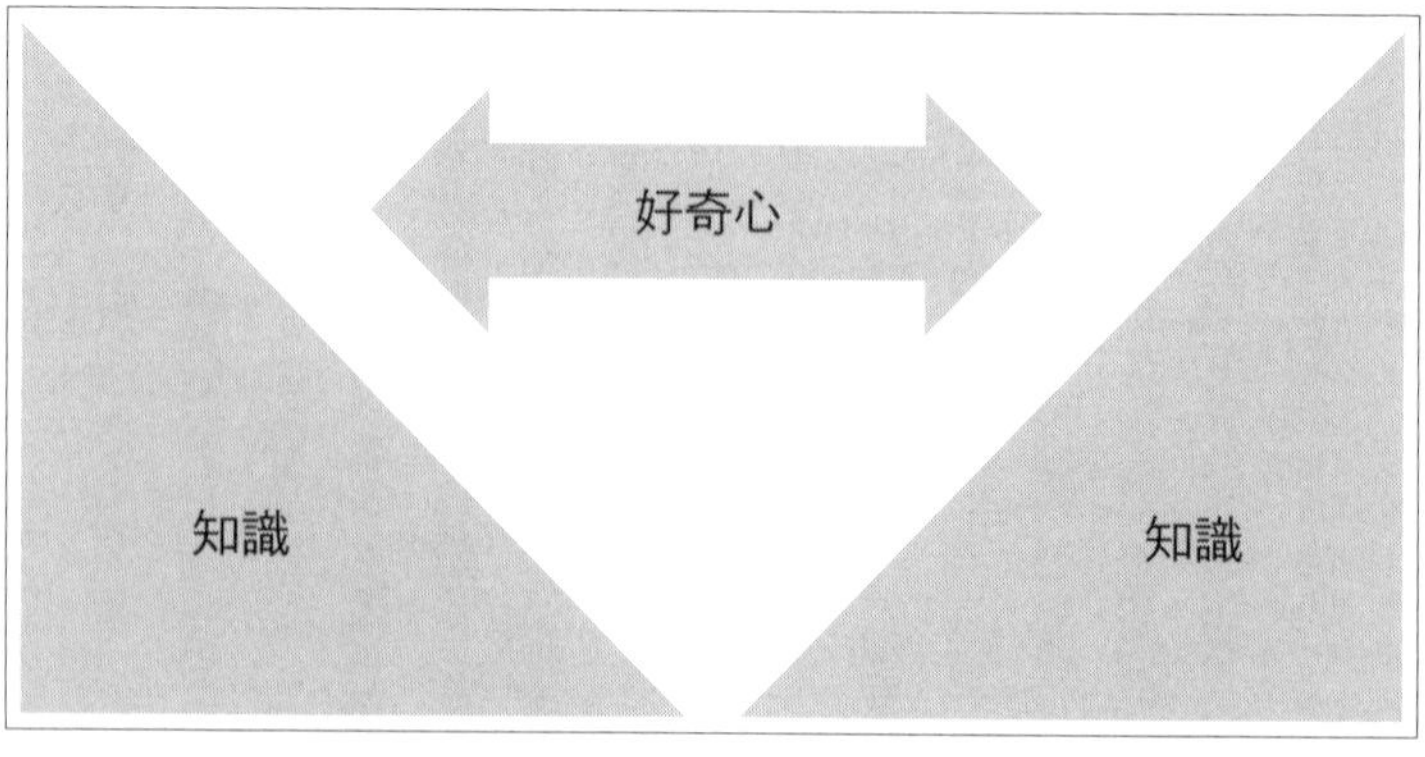

いる――スワンは「自分の知らないことを想像し、それを知りたいと願う気持ちを刺激する、ごくわずかな最初のきっかけさえ持ち合わせていない」。

確かに、何も知らないことについて頭を働かせるのは難しい。それが面白いことだと想像できないからだ。あるいは、学び始めたら壮大さや難しさのせいで挫折するのではないかと怖じ気づいてしまうこともある。反対に、すでに知り尽くしているという自負がある事柄については、さらに知りたいとは思わないだろう。これら二つの領域の中間にあるのが、学習意欲を研究する専門家たちが「学習の最近接領域」と呼ぶものである。ここではわかりやすいように「好奇心の領域」と呼ぶことにしよう。好奇心の領域はすでに知っている領域の先と、十分に知っていると感じている領域の手前にある。

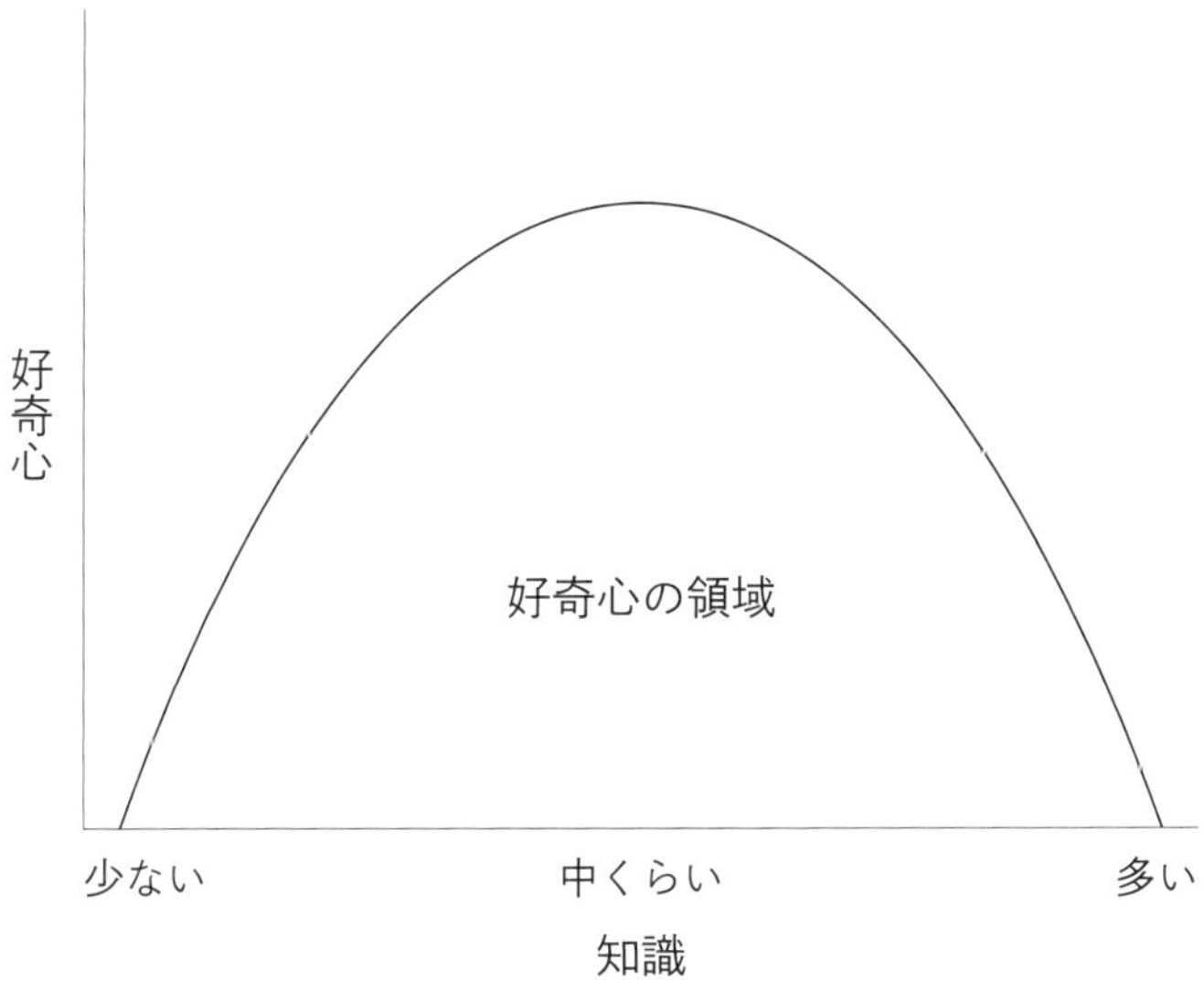

これもまた逆U字型で表現できる。

好奇心をこのように理解すると、ある人物が好奇心に乏しいのか、それとも特定の話題について基礎的な知識がないため、そう見えているだけなのか区別する手がかりになる。たとえば、私があなたにオペラの話題を振り向けたとして、あなたにまるで背景知識がなかったら、会話をつづけようという気にはならないだろう。逆にオペラについてすでに知り尽くしている場合も、同じことが言える。オペラの話に乗ってこないからといって、好奇心がないと決めつけることはできない。今度は、あなたがサッカーについてある程度詳しいとしよう——私が会話のなかでマンチェスター・ユナイテッドに関する面白い逸話を披露したら、好奇心にたちまち火がつくのではないだろうか。つまり、好奇心がないと判断された子どもや大人は、じつはまったく別の問題を抱えている可能性がある。話題になっていることに関して、基礎的な知識が欠けているだけなのかもしれない。

どんなことでも好奇心の領域に収まっていないかぎり、興味をもつのは難しい。ジョージ・ローウェンスタインは、それこそが彼の理論が示唆するもっとも重要なポイントだと私に教えてくれた。「好奇心が飛び抜けて旺盛な人と、好奇心がまるでない人がいるという考えには賛成できません。もちろん個人差はあるでしょう。しかし肝心なのは、どんな文脈で新しい情報に出会うかです。情報に遭遇したとき、きわめて重要となる要素が背景知識であると言えます*」

私たちはある事柄について知れば知るほど、知らない領域について強い好奇心を抱くようになる。ダニエル・バーラインは被験者に動物に関する質問を投げかけ、それぞれの質問について、どのくらい答えを知りたいか聞いた。その結果、もっとも関心が高いのはもともと知識のある動物だった。ローウェンスタインもまた、示唆に富む実験結果を示している。被験者はアメリカの州のうち三つの州都を知っていると、自分には知識があると考える傾向がみられるという（「私は州都を三つ知っている」）。ところが四七の州都を知っている場合、三つの州都を知らないと考える。そして残りの三つを知りたいと思い、実際に知る努力をすることになる。好奇心は知識に連動して高まる性質があるようだ。

　好奇心の強さは、欠けている情報が何らかの洞察を与えてくれる可能性によっても影響される。当然のことながら、あらゆる情報に同等の価値があるわけではない――新しい情報を得ても、既存の知識にほんの少し上乗せになるだけのこともあれば、それが重要な問題を解き明かす鍵になることもある。ローウェンスタインはこんな実験例も紹介している。被験者をコンピューターの前に座らせ、九×五の格子状に並んだ四五個の四角形をモニターに映し出す。それぞれをクリックすると隠れている絵が表示される。この実験には二つの設定条件があって、一つはそれぞれの

＊　これは研究者にとって好奇心を測定することが難しい理由の一つである。被験者に提示した話題は、彼らにとって以前から興味のある内容だったかもしれないし、まったく興味のないものだったかもしれない。測定しているのは果たして被験者の全般的な好奇心なのか、あるいは特定の話題に限定された好奇心なのか。被験者の背景知識には重要な意味がある。

四角形に異なる動物が隠れている。もう一つは四角形のなかに動物の画像の一部が隠れていて、すべてクリックすると画面全体に一匹の動物が現れる。最初の設定条件では、被験者はいろいろな動物が隠されていることに気づくと飽きてしまうことが多かった。次の設定条件では、被験者は全体像を知りたくなり、クリックを続ける傾向が格段に高くなった。[*]

## 何でも知っていると思い込むと無関心になりがち――過信効果

好奇心を抱くには、つまり情報の空白を埋めたいという衝動に駆られるには、その前提として自分の知識に空白があることを自覚しなければならない。ところが困ったことに、人は自分が何でも知っていると思い込んでいることが多い。心理学者はこれを「過信効果」と呼ぶ――私たちはたいてい、自分が車のドライバーとして、親として、あるいはパートナーとして平均以上だと自負している。自分の知識に関する自己評価についてもそうだ。人は自分のもつ情報に空白があるという事実になかなか気づかない。そのため、もっと好奇心をもつべき状況であっても、無関心になりがちなのである。

一九八七年、オクラホマ大学の研究者たちは、学生にいくつかの課題を提示し、できるだけ多くの解決策を提案するように求めた。研究者はあえて、それぞれの課題について最小限の手がかりしか与えなかった。課題の一つに、キャンパス内に十分な駐車スペースを設ける方法を考案するというものがあった。学生たちは大きく分けて七種類、合わせて三〇〇の解決策をひねり出した。たとえば、駐車場の利用者を減らしたり（料金の値上げ）、スペースをより効率的に利用したり（「コンパクトカー」専用のスペースを設ける）といったことだ。

次に学生たちは、最終的に実現性のある最良の策と判断された案のうち、自分のアイディアは何割くらいを占めるか予想するように求められた。これに先立って、研究者たちは専門家チームの協力を得て課題のいくつかの最適解を用意していた。真剣に取り組んだ学生たちとしては当然のことながら、四分の三くらいは自分のアイディアと重なると予想した。ところが専門家が提示した最良の解決策に照らすと、学生たちのアイディアは平均して三分の一を占めるにすぎなかった。彼らは、最良の解決策の大半には思い至らなかったことになる。これは「無知なのに満足」とでもいうべき状態だ——人は自分の考えに自信があるとき、ほかの情報にまったく無関心になってしまうのである。

ローウェンスタインは、このような過信効果のせいで私たちは日常的に非常にいい加減な推測

＊　この実験について読んだとき、私は独身時代に利用したインターネットのお見合いサイトのことを思い出した。プロフィールに写真がなく、自己紹介が大雑把な女性には連絡する気にならなかった。また、いろいろな服を着てポーズを変えた写真を何枚も載せ、趣味や希望や夢をやたらと細かく書いている女性にも、やはり同じくらい興味がもてなかった。私が好奇心をそそられたのは、たとえば顔に影がかかっている写真や、ウィットに富んでいるが何かつかみどころのない紹介文など、思わず引き込まれる要素のあるプロフィールだった。

をしていると指摘する。たとえば、他人を固定観念で判断しやすいのはその一例だ。私はタクシーに乗ったら、運転手とはせいぜい天気とサッカーの話くらいしかできないと決めつけている気がする。だが、少し好奇心を働かせれば、彼が社会学の博士号を保有していることを知るかもしれない。ステレオタイプ的な思い込みの多くは、自分のもつ情報の空白を認識していないことが原因だ。もちろん、必要なことはすべて知っていると思って過ごすほうが人生はずっと楽だ。ノーベル賞を受賞した経済学者で心理学者のダニエル・カーネマンは、こう表現している。「世の中を知り尽くしているという心地よい思い込みは、やすやすとは揺るがない。自分の無知に目をつむる私たちの能力は計り知れない」

## 自信不足もまた好奇心をしぼませる

自信過剰は好奇心を損なうが、自信がまったくないときもやはり好奇心は働かない。心理学者のトッド・カシュダンは「不安と好奇心は相反するシステムである」と表現する。恐怖は好奇心を押し殺す。肉体的に、もしくは精神的にひどく不安定な環境で育ってきた子は学校で好奇心に欠けるように見えることがよくある。生きるのに精一杯でそれ以外のことに意識を集中できないからだ。そういう子どもは、誰が自分の味方で誰がそうでないかを判断し、自分の世話をしてくれる大人や、あるいは世話をしてくれない大人から最悪の仕打ちを受けずにすむ方法を考えなくてはならない。それによって彼らの認知資源は使い果たされ、探索を楽しむ余力がほとんど残っていないのだ。

自信過剰と自信不足の力学は大人にも同じように作用する。たとえば、職場について考えてみよう──社員がいつ仕事を失うか不安に怯えながら仕事をしている企業では、好奇心のあふれる風土は望めない。一方で、社員にとってすべてが順調で、気前のよいボーナスが保証されている企業でも、やはり好奇心はしぼんでしまうだろう。好奇心が花開くには絶妙な不確実性が必要だ。不確実性があまりにも大きくなると、好奇心は凍りついてしまう。

したがって最後にもう一つ、逆U字型が登場する。

好奇心は「知識の感情」であると理解されてきた。情報の空白は必ずしも理性的に認識されるわけではない。その始まりは、掻かずにはいられない痒みのようなものだ。情報の空白はも

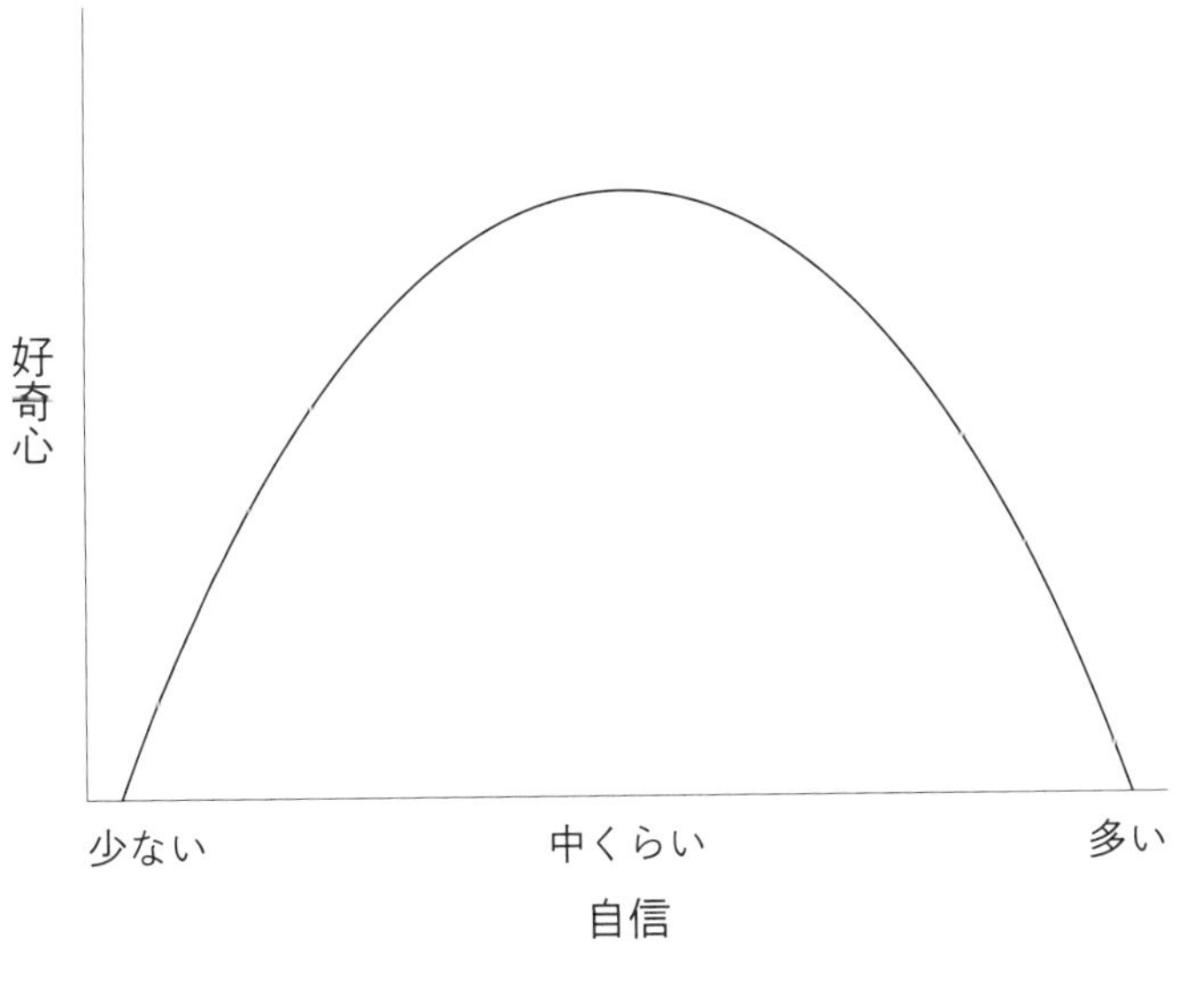

どかしさを呼ぶが、それは私たちが自ら招き入れる苦痛である（そういう意味で、好奇心には本質的にマゾヒスティックな側面がある）。進化論的にみれば、あらゆる感情の本質的な役割は動機づけだ。怒りの感情は望ましくない状況を変え、間違いを正すきっかけとなる。愛は自分を裏切った相手さえもつなぎとめようとする原動力だ。好奇心を支える感情は、人を知的探究に駆り立てる。たとえ差し迫った必要がなくても、疲れ切り、困惑しているときでさえも。好奇心旺盛な人は、求めている情報や理解を得られるまで感情的に満たされない。だからこそ、空白が埋まるまで本を読み、質問を繰り返すのだ。

こう言ったからといって、好奇心がいつか完全に満たされるときがくるという意味ではない。哲学者ジョン・スチュアート・ミルは、子ども時代に厳格な父親から徹底的に知識を叩き込まれた（三歳にしてギリシャ語の手ほどきを受けた）。それでも彼は大人になってから、自らの意思で知的探究を行うことを喜びとした。ミルはこう考えている。「満たされないブタより満たされた人間であるほうがいい。だが、満たされた愚か者より満たされないソクラテスであるほうがいい」。好奇心はもっとも美しい不満のかたちなのだ。

好奇心が複雑な感情であるのは、実際、人間が複雑だからだろう。レオナルド・ダ・ヴィンチが洞窟を観察したときのことを綴った文章があるので紹介しよう。

私は大きな洞窟の入口まで来ると、これほどの洞窟に気づかずにいたことにひどく驚き、しばらく立ち尽くした。背中を丸め、左手を膝に置いて前かがみになり、右手を額にかざして目を凝らした。奥に何かありはしないかと、何度も前のめりになって覗き込もうとしたが、暗すぎて何も見えなかった。その場でしばらく茫然としていると、恐怖と欲求という二つの相反する感情が湧き起こった――恐ろしげな暗い洞窟に対する恐怖と、その奥にまだ見ぬ素晴らしいものがあるのかどうか知りたいという欲求だ。

まさにこれこそ人間であることの証だ。私たちは生涯を洞窟の入口で過ごしている。馴染みのあるものの安心感と未知なるものへの憧れ、わが家の平穏さと旅の刺激、主和音と属和音。公園で遊ぶ小さな子どもたちはひとしきり探検をすると親のもとに駆け戻り、またしばらくすると冒険に出発する。ホメロスの『オデュッセイア』から西部劇の名作『捜索者』、ハリー・ポッターに至るまで、人間の物語は矛盾する本能を中心に展開する――新たな道を歩み始めるか、それとも家にとどまるか。

さらにもう一つの矛盾がある――私たちは家に対する愛着が強ければ強いほど、新たな道を歩み始めることが多くなる。一九七〇年、ジョン・ホプキンス大学のメアリー・サルター・エインスワースとシルヴィア・ベルは、一歳の子どもがたくさんのおもちゃのある部屋で母親と過ごすようすを観察した。途中で母親にいったん退出してもらい、子どもがどんな反応をするか観察する。エインスワースとベルがとくに注目したのは、母親が戻ってきたときの子どもの反応だ。母親に「安定した愛着」を抱いている子どもは母親が戻ってくると喜んで迎えるが、やがてまた室内とおもちゃの探索に戻る。

母親との関係に問題がある子どもたちも母親が戻ってくると嬉しそうにするが、探索に戻らないことが多かった。まるで、背を向けたらお母さんがいなくなってしまうのではないかと怯えているようだった。この観察で明らかになったことをスーザン・エンゲルが次のようにまとめている。「不安を感じている子どもたちは、身体的にも精神的にも、情報収集のための探索を行わない傾向が高くなる」。好奇心は愛によって支えられていると言えるだろう。

## 魅惑的ストーリーの構造――情報の空白を利用する

情報の空白は人の心をつかむのにうってつけの道具になる。たとえば、小説のなかで殺人事件が起き、犯人がわからないとき、読者は好奇心をかき立てられる。オリエント急行でラチェット氏が刺殺された――情報が読者の注意を引きつける。犯人が誰なのかまったくわからない――空白が読者を魅了する。人は知識を獲得するとさらに知りたくなるので、アガサ・クリスティのような優れた作家の手にかかれば好奇心という磁力が生まれ、読者は最後のページまで物語から目が離せなくなる。

二〇〇〇年代の初め、ニューヨークに暮らして仕事をしていた私は、シナリオ講師の大御所として有名なロバート・マッキーのセミナーに参加する機会に恵まれた。すでに活躍している脚本家はもちろん、大勢の脚本家の卵たちが、マッキーの講義を受けるか、彼の名著『ストーリー（*Story*）』を読んだことがあるはずだ。白髪の彼は気難しく、タバコの吸いすぎで耳障りなほどのしわがれ声だったが、二日間にわたってほとんどメモや小道具なしで講義を行い、数百人の聴衆を魅了した。テーマは優れた映画とそうでない映画のちがいについてと、優れた物語の基本的な構造についてだった。マッキーはこう説明した。映画では特殊効果を使うこともできるし、深い思想を織り込むこともできる。だが優れた作品というのは、土台にしっかり練り上げられたストーリーがあってこそ生まれるものだ。

ストーリーの良し悪しは、ローウェンスタインが言うところの情報の空白をいかに巧みに操るかにかかっている。マッキーはこう表現する。「好奇心とは疑問に答え、空白を埋めたいと思う知的欲求だ。ストーリーはこれとは逆のことをする。つまり疑問を投げかけ、意図的に空白をつくることによって、人間の普遍的な願いに訴えかけるのだ」。語り手は、物語の進行に合わせて情報の空白を操作し、観客（もしくは読者や視聴者）を翻弄する。スクリーンに映し出されているのは視聴者の好奇心にほかならない。マッキーの考えによると、映画のシーンはすべてがターニングポイントであることが望ましい――「ターニングポイントはそのたびに好奇心をかき立てる」。すると観客は、次は何が起きるのだろう、どんな結末を迎えるのだろう、と思わず引き込まれてしまうのだ。*

「次は何が起きるのだろう」という疑問のせいで、私たちはソファから離れられなくなり、心拍数が上がり、手に汗を握る。アルフレッド・ヒッチコックは、観客の心に耐え難いほどの情報の空白をつくる名手であり、各場面で観客にどれだけ伝え、何を隠しておくべきか完璧に計算していた。彼は観客の好奇心を、恐怖をあおる道具に変えたのである。「どんなときも観衆に最大限の苦痛を感じさせること」——これは彼の格言の一つだ。ヒッチコックは情報に関してサディストだった。

心に残る映画の冒頭の情景を思い浮かべてみよう。どんな情報が提供され、どんな空白が残されているか。たとえばオーソン・ウェルズの作品『市民ケーン』では、大金持ちの新聞王が亡くなり、最期に口にした言葉が「バラのつぼみ」だったことが提示される。私たちは最後まで、バラのつぼみが何を意味するのか、そしてそれがどうして重要なのか疑問を感じる。ときには殺人ミステリーのように、情報の空白そのものが物語の最大のテーマとなることもある。あるいは、テーマを広げるための布石として空白が用いられることもある。ヒッチコックは情報の空白を「マクガフィン」という彼独特の言葉で呼んだ——つまり話を進めるためのちょっとした小道具のことだ。

ジャンルを問わず、一流の語り手は、デザイナーが「ネガティブ・スペース」と呼ぶもの——描かれているものの狭間に存在する空間——を物語に挿入することに長けている。ジョージ・オーウェルは『一九八四年』の冒頭の一文で、情報の空白をごくわずかな言葉で創り出した。「四月の明るくも冷たい日に、時計が一三時を告げたときのことだった」。読者はどうしてこの物語では時計が普通の世界とはちがった動きをしているのだろうと疑問を感じ、先を読みたくなる。もっとも作品によっては、あえて情報の空白を埋めずに幕を閉じることもある。映画『ロスト・イン・トランスレーション』の最後で、ビル・マーレイはスカーレット・ヨハンソンに何とささやいたのだろうか？　ミートローフの大ヒット曲「愛のためならどんなこともする（けど、それだけはしない）」の「それ」は、いったい何を意味しているのだろうか？

情報の空白をこんなふうに利用するのはアーティストばかりではない。広告業界ではティーザー・キャンペーンといって、大々的な広告で商品の全貌を露出させるのに先立ち、ブランド名などの重要な情報を隠した広告を打つことで消費者の心理を揺さぶる戦略が多用されている。職場でのプレゼンテーションでも、優れた語り手は聴衆にまず問いを投げかける。それもいくつかの可能性を検討しないと満足な答えが得られないような問いだ。語り手がようやくその答えに言及するとき、聴衆は情報の空白が埋められた満足感を味わい、それが正しい答えなのだと納得しやすい。会話においても情報の空白を巧妙に利用する人がいる——たとえば、本題とは関係ないのにカストロに会ったときの話に脱線し、聞き手の関心を高めておいてから、最後に空白を埋める

＊「どんな結末を迎えるのだろう」という疑問は非常に強力であるため、観客は映画を面白くないと感じているときでさえスクリーンから目が離せなくなる。ありきたりな小説をつい読み耽ってしまうのも、安っぽいメロドラマを見てしまうのも同じ理屈だ。人間にはどうやら、ほとんど興味のないことでさえ、物事の結末を知りたがる傾向があるようだ。

といったテクニックだ。

そんな小細工をされたら興味をそそられるどころか、かえって苛立ちを覚えそうだという意見もあるだろう。そもそもアガサ・クリスティの小説がストーリーテリングのお手本と言えるのか、所詮はフィクションにすぎない物語に反応する好奇心にそれ以上の深い意義などあるだろうか、と思う読者もいるかもしれない。だがあまり極端でなければ、物語に隠されたトリックやティーザー・キャンペーンが苛立ちを与えたとしても、読者が作品を読み、消費者が商品に目を留めるならたいした問題ではない。ただし、あなたが感じた苛立ちには重要な意味がある。それはまさに、ローウェンスタインが唱える「情報の空白理論」の「空白」を暗示するものだからだ。好奇心には、欠けている情報を探し求める以上の働きがあるように思われるのだ。

## 「パズル」と「ミステリー」

ローウェンスタインの理論は説得力があるが、修正を加えることでさらに有益なものになる。彼の理論において好奇心とは、あるべき情報の空白がもたらす焦燥感を解消するため、答えを見つけようとする心理だった。しかし、たとえば神経科学や外国語など、何かを習得しようと長い年月を費やす覚悟を決めたとき、私たちはどれだけ苦労してもすべてを知り尽くすことはないと認識している。その感覚は不快なものでもなければ、心理学者が「嫌悪」と呼ぶものでもない。きわめて前向きであって、恋人に結婚を申し込むときに感じる(もしくは感じるべき)自信にも似ている。クロスワードの最後の空白を埋めようと知恵を絞っているときの感覚とはまるでちがう。では、それはいったいどういった種類の好奇心なのだろうか。

国家の安全保障と諜報活動に詳しいグレゴリー・トレバートンは、パズルとミステリーのちがいを端的に説明している。パズルには明快な答えがある。クロスワードに取り組み始めたら、答えに到達する前であっても、どういった類の答えが求められているかは明らかだ。答えがどうしてもわからないとしても、少なくとも問題は明快だし、それに対する答えが存在することも明らかだ。パズルは整然としていて、始まりがあって終わりがある。欠けている情報を手に入れたらパズルは終わりだ。答えを求める焦燥感は消え、満たされた気持ちになる。

これに対して、ミステリーは曖昧で混沌としていて、明快な答えが存在しないような疑問を投げかける。多くの場合、いくつもの、複雑に絡み合った要因を解きほぐしていかなければ答えらしきものには近づかない。そういった要因のなかには既知のものもあるし、まったく未知のものもある。さらに、ミステリーには世論や人間の心理といった扱いにくい概念が関わっていることが多い。できるかぎりの情報を収集し、とくに重要性の高い要因を特定することで、ミステリーの解明は進展するだろう。しかし、それでもパズルが解けたときの満足感は得られない。ミステリーの解明にあたって問題となるのは、必ずしも情報の空白ではない——むしろ、情報が過剰であることが障害になる場合が多い。ミステリー解明のために求められるのは、重要な情報とそうでない情報を切り分け、手にした情報を解釈する能力だ。

パズルは「いくつ」や「どこ」を問うことが多く、ミステリーは「なぜ」や「どのように」を問うことが多い。トレバートンは、アメリカの諜報機関の任務が冷戦時代の終焉とともに変化したと指摘する。冷戦時代、諜報員や戦略家に課せられた任務は主としてパズルを解くことだった。ソ連はミサイルをどれだけ保有しているのか。それはどこにあるのか。速度はどうか。だがソ連の崩壊と国際的なテロ組織の台頭を背景として、諜報機関の最大の任務はミステリーの解明へと軸を移した。*

私たちはミステリーよりもパズルの視点で物事を捉えようとする傾向がある。パズルは解決可能だとわかっているからだ。「オサマ・ビンラディンはどこにいるのか？」という問いはパズルだ。それが解決されたときは大きな歓喜が訪れた。「イスラム過激派によるテロと闘うにはどうすべきか？」という問いはミステリーであり、ビンラディンの居場所より重要性はずっと高いが、あまりにも複雑で扱いにくそうに見えるので、一般の人々のあいだやメディアにおける関心は相対的に低くなる。トレバートンはこんな指摘をする――アメリカの諜報機関はサダム・フセインが治めるイラクの問題をパズルとして扱ったが（「イラクは大量破壊兵器を保有しているか？」）、もしそれをミステリーとして扱っていたら（「サダムは何を考えているのか？」）、サダムが誇示する兵力は実際には存在しないかもしれないという洞察に至ったかもしれない。

このような対概念は、国家の安全保障の分野をはるかに超えて多くの分野で応用できるはずだ。パズルとミステリーは異なるタイプの好奇心に対応している。ふたたび物語を例に説明しよう。

アガサ・クリスティはパズルを提示し、誰が殺人犯なのかというもっとも重要な情報を最後の最後で明かす（問題が最終的に解決される点では、「ミステリー小説」という表現は相応しくないのだが）。殺人犯の正体を知りたいと願う読者の欲求はつかの間のものにすぎない――被害者に毒を盛った犯人が判明すると読者は発見の喜びを味わうが、同時に好奇心は消滅する。

これに対して、『グレート・ギャッツビー』のような作品によって刺激される好奇心は性質がまるでちがう。深みがあり、長いあいだ持続する。読者は判然としない疑問について思考をめぐらせずにはいられない。ギャッツビーはどんな男なのか？　緑色の光は何を意味するのか？　アメリカンドリームの本質とは？　読者や観客はこういった物語や疑問に幾度となく立ち返り、好奇心をいくら働かせても尽きることはない。スコット・フィッツジェラルドの小説はアガサ・クリスティの作品ほどには売れていない。しかし、より深い満足感をもたらしてくれるのは彼の作品だ。

本当に意欲的なアーティストはパズルよりミステリーに傾倒する。大ヒットドラマ『ザ・ワイヤー』は、毎週事件が発生し、それを解決するというよくあるパズルを基本としたアメリカの刑事ドラマだ。だが、このシリーズが大ヒットした理由の一つは、使い古された刑事ドラマという

---

＊　心理学には「特殊的好奇心」という用語がある――特定の情報を獲得する欲求のことで、いわば見つからないジグソーパズルのピースを探すようなものだ。大まかに言えば、パズルは特殊的好奇心、ミステリーは知的好奇心に対応する。

ジャンルを、ボルチモアの犯罪問題というミステリーに発展させたことにある（そうすることで、この物語は矛盾をあぶり出している。つまり、警察や政治家は都市犯罪を明快な答えのあるパズルとして提示しようとするが——ドラッグ常用者を全員逮捕しろ！　刑期を延長しろ！——じつのところ、それは多くの要素が絡み合う不安定でデリケートな問題であり、ミステリーに近いものであることを明らかにしている）。

映画『市民ケーン』の「バラのつぼみ」という台詞の効果についてはすでに述べた。冒頭でこの台詞を提示することで、それがケーンの人生を解き明かす鍵になるという印象を与え、情報の空白が生まれる。ところが作品の最後で空白が満たされたとき——「バラのつぼみ」はケーンが子どものころに遊んだソリの名前だった——観客は肩透かしにあう。結局、何の説明にもなっていないではないかと。オーソン・ウェルズの演出はじつに巧みだ。物語としてパズルを利用するのは読者や観客の注意を操るための常套手段だが、ウェルズはそれを逆手にとって嘲笑っている。人間の内面はミステリーであってパズルではないことを、人生に単純明快な意味など存在しないことを暗に伝えているのである。

文学者のスティーヴン・グリーンブラットは、著書『シェイクスピアの驚異の成功物語』〔河合祥一郎訳、白水社、二〇〇六年〕のなかで、ウィリアム・シェイクスピアの芸術性が進化する過程には重要な転機があったと指摘している。シェイクスピアは一五九〇年代の半ばまではプロットを伝説や歴史物語から借り、物語の古典的な展開に独自の脚色をほどこすことで満足していた。

ところがあるときから――グリーンブラットはシェイクスピアの息子ハムネットの死がきっかけだと考えている――伝統的な構造を利用しつつ、そこから要となる支柱を取り去るようになった。観客にとっては、登場人物がどうしてそんな行動をとるのか理解しづらくなった。シェイクスピアは、世界は理解可能であると考えるのをやめ、そのことを作品に語らせようとしているかのようだ。「パズルを提示するのではなく、意図的に曖昧さを生みだすことが信条になっていたのだろう」とグリーンブラットは言う。

シェイクスピアの最高傑作との呼び声が高い『ハムレット』はどうだろう――スカンジナビアの古い伝説を下敷きにした作品だ。シェイクスピアはこの古い物語を借用しながらプロットを大幅に変更している。もとになった伝説では、王子アムレートの父親が現在の王に殺されたことは、誰もが知る事実だった。アムレートが敵を討つことが期待された。しかし彼はまだ子どもだったので、機が熟すのを待たなければならない。そこで王の臣下たちを欺くために狂気を装い、その裏で復讐の計画を練った。ところがシェイクスピアの作品では、主人公はすでに青年に成長している。父親が殺害されたことは誰も知らず、父親の亡霊によってハムレットだけに真相が明かされる。したがって、ハムレットが狂気を装い、復讐を先延ばしにする必然性はなく、なぜそうするのか理解するのも、説明するのも容易ではない。結果的に、シェイクスピアのハムレットは数世紀を経ても読者を魅了するが、アムレートは理解しやすい人物であるのに忘れ去られている――正確には、理解しやすいからこそ忘れられているのだ。ミステリーはパズルよりも長く人の心に残るのである。

偉大な科学者や発明家も、問題に対してパズルではなくミステリーとして向き合っている。確かなことよりも不確かなことに魅了されるのだ。物理学者のフリーマン・ダイソンは、科学は事実の集合ではなく「ミステリーを探求する終わりのない旅」であると表現する。アメリカの発明家で音響機器の開拓者として知られるレイ・ドルビーは、この原則がイノベーションにも当てはまることを力説している。「発明家であるためには、不確実性とともに生き、暗闇で手探りをしながら、本当に答えなどあるのかという不安と闘う境遇を受け入れなければならない」。アルベルト・アインシュタインもきっと同じ思いだったのではないだろうか。「われわれの経験で何よりも美しいのはミステリアスなことだ」と彼は述べている。「それが真の芸術と科学の源である」*

私たちはミステリーよりパズルを重視する文化のなかで生きている。学校はもちろん、大学でさえ科学とは明快な答えのある疑問の集合であると考えている。ダイソンならば自分の知らないことについて綿密に、そして粘り強く探究することと定義するだろうが、一般的にはそうは考えられていない。政治家はともすれば教育政策をパズルとみなし、インプット（教育）に対してしかるべきアウトプット（雇用）が創出されることを目標にする。それどころか、彼らは社会のあらゆる複雑な問題を、まるで単純な答えのあるパズルであるかのように提示する。メディアは人生をパズルの連続に変え、番組を見たり、本や商品を購入したりすることで解決されるものに仕立てる（「問題Xを抱えている？　ならばYが必要です」）。ビジネスの場でも問題をパズルの枠組みに当てはめることが好まれる。そのほうが、パワーポイントのスライドで簡潔な箇条書きにして提示するのに適しているからだ。また、評価もしやすくなる。そしてグーグルは、すべての疑問には明快な答えがあるという大きな錯覚を後押ししている。

## 「パズル」を重視する文化

私たちはこのような文化的圧力に抵抗しなければならない。パズルは完全に的が外れているときでさえ、問題を解決する満足感をもたらす。物事をパズルとしてしか考えられない社会や組織は自らが設定したゴールによって視界をさえぎられ、将来の可能性に意識を向けることができない。人生のあらゆる問題をパズルと考えようとする人々は、単純明快な解が得られないと当惑し、フラストレーションを感じるだろう（そんなときは自己啓発の権威も助けにはならない）。ミス

＊ いわゆるパズルでさえ、パズルとミステリーに分かれる。立体パズルのルービック・キューブはどうして「解けた」あとでも人々を魅了するのか。エルノー・ルービックは二〇一二年にCNNのインタビューに応じ、ルービック・キューブの成功物語を回想している。「たとえばジグソーパズルは、時間をかけて取り組んで、完成したら終わりです。しかし、キューブは一つの解決法が見つかったからといって、すべてを発見したことにはなりません。スタート地点に立ったにすぎないのです。挑戦するたびに新しい発見があり、解決法に磨きをかけることも、解決までの時間を短くすることもできる。いくらでも深め、知識をはじめ多くのことを手に入れることができます」。まさに、パズルとミステリーのちがいはここにある。

テリーはパズルより難しいが持続性がある。ミステリーによって持続的な好奇心が刺激されると、私たちは自分の知らないことに意識を集中し続けることができる。そして好奇心は、暗闇のなかで手探りしているときも、「充実感と意欲」を保つ原動力になるのである。

## インターネットが奪う「生産的フラストレーションの体験」とは

ジャックは小学校三年生の最後の課題として、南米の大蛇アナコンダについて調べることにした。インターネットを三時間ほど検索して詳しいレポートを完成させた。生息環境（半水生）や獲物（ヤギやポニーを含む）、大きさ（巨大）などに触れ、情報が盛りだくさんだった。

ジャックは立派なレポートが書けたと満足し、先生に提出した。それが返却されると、父親に読んできかせた。「世界最大のヘビなんだよ」とジャックは言った。すると父親は訊いた。「それじゃ、世界で二番目に大きなヘビは？」。ジャックは言葉につまった。自分の部屋に戻り、コンピューターのキーボードを叩いた。ジャックはすぐに戻ってきて、父親に答えを伝えた。

このやりとりは、ごくありふれた光景だ。同じようなことは世界中の家庭で毎日、数えきれないくらい起きているだろう。インターネットさえあれば、グーグルとウィキペディアの助けによってたいていの疑問は解決する。ここであえてジャックの例を紹介したのは、彼の父親が作家のベン・グリーンマンで、このエピソードを『ニューヨーク・タイムズ』に書いていたからだ。グリーンマンはこの出来事を通して、息子が知識を得る方法は彼の子ども時代とは様変わりしていることを実感した。

グリーンマンは息子とアナコンダについて話してから一カ月ほどたったとき、古い百科事典の「S」の巻を取り出してヘビ（snake）のページを開いた。すでに知っていることも書いてある――ヘビは爬虫類である。知らないこともある――ほとんどのヘビの肺は片方しか機能していない。百科事典のヘビの項目を読んでも、二番目に大きなヘビの種類は書いていなかった。よく調べてみたが、検索の機能もなければ、「二番目に大きいもの」という項目もなかった。

グリーンマンは自分の子ども時代を振り返る。もし、二番目に大きいヘビは何かと訊かれたら、家にある百科事典を開き、わからなければ図書館でヘビの本を読んでみようと思ったかもしれない。だがそれよりも、三年生か四年生くらいであれば、答えのわからない疑問について微かにもどかしさを感じながらも、そのままやり過ごしていたのではないだろうか。

こうしたもどかしさを瞬時に解消するインターネットは素晴らしいが、問題もあるとグリーンマンは論じている。


あらゆる疑問に徹底して効率的に答えを提示するインターネットは、その答えよりもっと貴重なもの、すなわち生産的なフラストレーションをもたらす機会を断ち切ってしまう。私の理解が正しければ、情報の扱いに慣れた子どもを育成することが教育の唯一の目的でもなければ、最大の目的でもないはずだ。教育とは、時間を費やすことで純粋な興味へと発展するような疑問で子どもたちを満たすことである。

グリーンマンはインターネットが情報の空白を埋め、それが好奇心を締め出しているようすを的確に言い表している。インターネットにはミステリーをパズルに変え、パズルを瞬時に答えが出る疑問に変える性質がある。子どもたちは、「美とは何か」といった漠然とした疑問に対してさえ答えを探しだすことに慣れている。インターネットは私たちが認知能力を働かせるまでもなく、パズルを解決する。その結果、私たちはみすみす認知能力を低下させかねない状況にある。

すでに述べたとおり、ストーリーテラーは手がかりを巧みに隠し、読み手や視聴者の心に疑問を植えつける手法によって好奇心を刺激する。お気に入りのテレビ番組の結末を先に聞かされて腹が立つのは、知らないという心地よいもやもやした感覚を奪われてしまうからだ。同じことは知識をめぐる旅についても当てはまる——答えがあまりにも簡単に手に入ると、好奇心は根を張ることなく枯れてしまう。グリーンマンは鋭い警告をしたが、グーグルは検索のさらなる効率化のためひたすら突き進んでいる。いまやほかのウェブサイトを確かめてみるまでもなく、ほとんどの質問に対してグーグルが答えを与えてくれる。ミステリー小説でいうなら、犯人の名前を一ページ目で——いや、実際のところ一ページ目を開くよりも先に——教えられるようなものだ。グーグルは究極のネタバレ装置である。

テレビドラマ『ＬＯＳＴ』の製作を手がけ、『スター・トレック』シリーズの人気を再燃させたプロデューサーのJ・J・エイブラムスは、『ワイアード』誌に掲載された記事のなかで、彼が「即時性の時代」と呼ぶものについて懸念を表明している。

もちろん、ミステリーはいたるところにある。神はいるのか？　これはミステリーだ。死んだら命はどうなるのか？　これもミステリーだ。すみません、シャムワウ［テレビショッピングで人気の万能クロス］はどんな素材でできているんですか？　これもミステリー。ストーンヘンジ？　ビッグフット？　ネス湖？　ミステリー、ミステリー、ミステリー……。それなのになぜだろう、これほどまでにミステリーに満ちているのに、まるで世界は解体され、すべての要素が曝け出されている気がするのは。すべてのことから徹底的に神秘的要素が取り除かれたように思えるのはなぜなのか。今じゃ誰もが、何かにちょっと好奇心をもったら、あっという間に満足のゆく理解を手にできる。オリガミを折りたい？　だったら今すぐグーグルで調べれば二〇万件はヒットする。モーリタニアの首都は？　スティッキー・バンのレシピ？　ヘアピンで自転車の鍵をこじ開ける方法？　どれもこの文章を読むより短い時間で答えが得られる。

だがミステリーはちがう、とエイブラムスは言う。「ミステリーは立ち止まって考えるように求めてくる――少なくとも、スピードを落として未知の答えを探すことが求められる」

欲求を満たしたいと願い、それが叶わないときも、人はやはり立ち止まらないといけない。技術のおかげで家を建て、移動し、狩りをし、畑を耕して調理し、陸や空からエネルギーを調達し、遠くの人々とコミュニケーションをとり、皿洗いをすることが容易になった。人間が技術を発展させてきたのはほかでもない、物事を簡単にするためだ。しかし、その発展には代償が伴う――不便さには隠れた価値があったのだ。これは学習についても当てはまる。理解や暗記が難しければ難しいほど、脳は新しいことに挑戦する力を発達させることができるらしい。

## 苦労して学ぶほうが習熟度は高い

エイブラハム・リンカーンは、文学や歴史、法律について独学で豊かな知識を身につけた。ところが、理解力が飛び抜けて優れていたわけではなかった。もし彼と同じ学校に通ったとしたら、大統領どころか、将来弁護士になるとさえ想像できなかっただろう。いとこの一人は、彼のことを「いささか鈍くて、優秀な少年ではなかった」と描写している。リンカーン自身はこう述べている。「私は学ぶのに時間がかかるが、学んだことはなかなか忘れない。私の頭は鋼《はがね》に似ていて、何を刻むにも大いに苦労するが、刻まれたら消し去ることはまずできない。*「学ぶのに時間がかかるが、学んだことはなかなか忘れない」――リンカーンのこの言葉はまぎれもなく、脳が情報を吸収する過程について普遍的な事実を言い表している。一九九〇年代初頭、カリフォルニア大学の認知科学者ロバート・ビョークは、それまでの心理学者の常識を覆すような事実を発見した。

突きつめて言えば、学ぶのに苦労したときのほうが習熟度は高い、ということだ。

私たちは、素早く習得することと深く学ぶことを同一視しやすい。教師としては、子どもたちがある概念や技能を一度で習得してくれたら嬉しいし、それは子どもたちにしても同じだ。ただし困ったことに、あまりにも簡単に習得してしまうと、じつはそれほど多くを学べていないことがある。ビョークは入念に練られた一連の実験において、人は短時間で学ぶと、うわべだけしか習得できない傾向が高いことを明らかにした。つまり、長い目で見ると忘れる可能性が高いのだ。また、急いで学ぶと新たに得た情報を既存の知識と結びつけて考えることも少なくなる。そうなると、新たな知識を得ても、ほかの問題に応用できない。

ある実験で学生たちに文章の一節を暗記する課題を出した。一つめのグループには文章を読み始める前に、その概要を記載された順序にしたがって説明し、二つめのグループには内容は同じだが順序を入れ替えて説明した。最初のグループは文章をよく理解しているようだった——暗記

＊　ウィンストン・チャーチルはさらに勉強が苦手だった。パブリックスクールのハロウ校では成績がクラスで最下位だったうえ、二度も留年した。ところが彼はのちに、最下位だったからこそ得られた成果があったと振り返っている。英文法の反復練習という退屈な勉強を延々と繰り返したことで、それを徹底的に身につけることができたのだ。「おかげで文章の基本構造が骨の髄まで染みついた——じつに素晴らしいことだ」。後年、苦労して得た知識を生かし、チャーチルが歴史の流れを変えたことは言うまでもない。

を確認するテストでは二つめのグループより成績が良かった。ところが、その文章に関連して創造性が求められる設問――内容を深く理解することが求められるような問題――を与えると、二つめのグループのほうが好成績だった。二つめのグループは文章を理解するのに余計な難しさが加わったせいで暗記が難しくなったが、内容についてはかえって深く理解していた。彼らは創造的な活動において、知識を応用する能力を発揮していたのだ。

プリンストン大学とインディアナ大学の心理学者は、学生に文章を読ませると、汚くて読みづらいフォントで印刷された文章を読んだときのほうが内容をよく覚えていることを突きとめた。*
アムステルダム大学の科学者グループは、被験者に単語の文字を入れ替えて別の単語をつくるアナグラムの問題を与え、そのあいだ彼らの集中力を妨げるために意味のない数字を聞かせ続けた。妨害のない状態で同じ問題を解いた対照グループと比較すると、妨害を受けた被験者たちのほうが機敏な認知能力を発揮していた――つまり思い切った連想をして、ありきたりでない組み合わせを試す傾向がみられたのである。研究者たちはまた、人は思いがけない障害に対処する必要に迫られると、「知覚の領域」を広げて対応することも解明している――言い換えるなら、頭のなかで一歩下がり、より大局的に全体を見渡そうとするのだ。たとえば、いつもの通勤経路が工事で通れないとわかったら、頭のなかで周辺の地図を思い描かなくてはならないのと同じである。

ロバート・ビョークは、学習のプロセスに困難が伴う場合に学習効果が高まるという予想外の発見を説明するため、「望ましい困難」という表現を使う。彼の研究は教育観に大きな影響を及ぼした。たとえばビョークは、学生が前回学んだことを思い出すのにもっと苦労するように、授業の間隔を現状よりも空けるべきだと提言する。人間の情報処理（一般的には「学習」と呼ぶ）に関して言うなら、困難は望ましい。脳は困難なことが入ってくると、情報を符号化して統合するのにいつにも増して労力を要する。私たちは困難なことについてはよく考え、考えれば考えるほど記憶に残る。努力して向上することなら何であれ、同じ法則が当てはまる。技能とは苦しみによって磨かれるのだ。

## 情報技術は人間の好奇心にとってプラスか

本を読み、専門家に相談するのは、グーグルで検索するより労力や時間がかかるし、フラストレーションも大きい。しかし、だからこそ私たちはより深く学ぶのだ。ウィキペディアは正しく使えば学習を強力に支援してくれる道具である。たとえば、中世の大聖堂の建築について、あるいはスキャナーの原理について知ろうとするとき、概要をつかみ、ほかの資料にあたる足がかりとしてウィキペディアを利用するのなら、知的好奇心を発揮していることになる。ところが、簡単に回答が得られるデータベースとしてウィキペディアを使うとすれば、自分自身の学習する能

＊　この論文のタイトルは「幸運は勇者《ボールド》（とイタリック）に味方する――読みづらさが教育にもたらす効果（Fortune favors the bold (and the italicized): effects of disfluency on educational outcomes)」。

力を退化させてしまうだろう。

さらには情報ツールのせいで、簡単に答えられない問題には興味を失うようになる懸念もある。かつて「検索《サーチ》する」という言葉は、苦しみの伴う探究の旅に出ることを意味した。そこには疑問がさらなる疑問を呼ぶという含みもあった。途中で障害にぶつかり、道に迷い、求めていた成果を得られないこともあるが、旅の途中で何かしら学ぶことがあるだろう。頭のなかでは「知覚の領域」が地図のように広がっているはずだ。現在では検索といえば、キーボードで空欄に単語を一つか二つ入力するか、音声入力するかして、ほとんど瞬時に答えを得ることを意味する。

グーグルは検索の作業さえも過去のものにしようとしている。創業者のラリー・ペイジとセルゲイ・ブリンは、二〇〇四年のインタビューで技術の未来を語った。「検索機能は人間の脳に組み込まれることになるでしょう」とペイジは述べている。「何かについて考え、知識が不足していたら、知識を自動的にダウンロードするのです」。情報の空白がすべて満たされるというわけだ。ブリンはこう語る。「グーグルは最終的には、世界中の知識を集めて人間の脳を補完する手段になると考えています」。ペイジは未来を予測した。「インプラント手術を受けると、あることについて考えるだけで答えを教えてくれるようになるかもしれません」。グーグルは好奇心に伴うもどかしさから、あなたを完全に救うことを目指している。

二〇一二年の『ガーディアン』紙のインタビューに対して、グーグルの検索部門を統括するアミット・シンガルは、ペイジとブリンと同じような表現を用いて同社のビジョンを説明している。

「私たちはユーザーが、自分自身の思考と求めている情報のあいだに生じる、あらゆる摩擦を解消するために全力で取り組んでいます」。シンガルがこのミッションに向かって献身的に努力していることはグーグルにとって喜ばしいことだが、人間の好奇心にとってはそうとも言い切れない。好奇心は摩擦があってこそ成り立っているからだ。情報の空白を埋めようとする苦労、不確実性、ミステリー、無知の自覚。こういった要素を前提として好奇心は存在している。

　私たちは簡単に答えを得ることにすっかり慣れてしまい、問いかけるコツを忘れつつある。『ガーディアン』紙はシンガルにこう尋ねている。ユーザーが検索語をもっと上手に入力することを覚えれば、検索精度に磨きをかけるグーグルの努力はより早く実を結ぶことになるのか？

「それが」とシンガルは肩を落として息をついた。「逆なんですよ。機械が能力を高めると、むしろ質問はいい加減になるのです」

# 第2部

# 好奇心格差の危険

# 第4章　好奇心の三つの時代

劇場で繰り広げられるあの奇妙な光景はすべて、好奇心という病から生まれる。

――聖アウグスティヌス

## 威信失墜の時代

ジョージ・ローウェンスタインも指摘しているが、好奇心に対する人々の意識は歴史を通じて安定したものではなかった――ある時代にはそれは不道徳とされ、ある時代には美徳とされ、現在では両極端の意識が混ざり合っている。その波乱に富んだ歴史を紐解けば、どうして「好奇心」や「好奇心旺盛な」という言葉が状況によってまったく異なる意味に使われるのか理解できるだろう。「好奇心旺盛な人」というと、知識を求めてやまない人を指すとはかぎらない。風変わりな人とか奇妙な人を指し、少し警戒すべき相手という印象を与えることもある。好奇心の歴史は、じつに興味深い矛盾に彩られている。

## 古代――好奇心は「実利のためではない」

古代アテネでは、好奇心は純粋に知識に対する欲求を意味した。人間があらゆる物事を探求し、理論を打ち立てるのは、それが興味深いからであり、「実利のためではない」とアリストテレスは語った。ギリシャ人は、時間を浪費しないような好奇心に価値はないと考えていた。知識が結果として実用的であることは否定されないが、はじめから実利のために行動するのは卑しむべきことだった。好奇心の目的はあくまでも精神を高めることだったのだ。歴史学者のハンス・ブルーメンベルクの言葉を借りるなら、「理論は生きるためではなく、人生を豊かにするためにある」。ギリシャ人は議論や実験、調査を思う存分に楽しんだ。目的のない探求は「安らかな喜びを与えてくれる精神活動」であり、アテネにおける唯一の娯楽だった。

ローマ人も好奇心に実利を求めない立場を受け継いだ。キケロは好奇心を「利益の誘惑をいっさい伴わない、学問と知識に向けられた根源的な欲求」と定義した。それは脳が求めるというより、心の奥底で感じるものだ。キケロは好奇心を「知ることを求める情熱」と呼び、オデュッセウスがセイレーンに惹かれたのも性的欲望からではなく、セイレーンが彼の果てしない知的好奇心を満たすと約束したからだと説明した（そこまで冷静でいられるのはキケロくらいかもしれないが）。好奇心はまた、肉体的な衝動であるとも論じられた――いわゆる「生理的欲求」から生じる欲求である。このように好奇心は人間のもっとも根源的な欲求と、もっとも高次の欲求を具現したものだった。

## 中世——好奇心は「罪深いもの」である

カトリック教会がヨーロッパの人々の生活を掌握するようになると、好奇心の地位は数世紀にわたって貶められた。キリスト教の初期の指導者たちは、唯一絶対の存在である神から意識を逸らす好奇心（キュリオシタス）を罪深いものとして槍玉にあげた。聖アウグスティヌスは『告白』のなかで、好奇心の問題を三つに分類している。第一に、少なくともギリシャ人が考えていたのと同じ意味で、好奇心は無目的である。人は好奇心のせいで「何の役にも立たないことを、ただ知りたいという理由」で探究する。第二に、好奇心は邪である。欲望が肉体を圧倒して人を正しい道から逸脱させるように、好奇心は精神の妨げとなる。聖アウグスティヌス自身も、目の前を通りすぎるトカゲや、クモがハエを捕らえるようすに好奇心を刺激されて祈りに集中できなくなると記している（ツイッターに気をとられずにすんだのは幸運だった）。第三に、好奇心は傲慢である。隠されているものを見たい、知りたいという人間の欲求は、神聖な権威に逆らうことにほかならない。神がその者には提示すべきでないと判断した知識をなぜ追い求める必要があるのか。

聖アウグスティヌスがこう説いてから約九〇〇年後、トマス・アクィナスが教会の指導者としては初めて、好奇心をめぐる従来の見解に異議を唱えた。彼は好奇心の究極の目的は信仰を深めることだと述べる一方で、森羅万象を理解したいというアリストテレス的な欲求に共感を示し、好奇心を二つの種類に分けている。一つめは中途半端で目的がなく、すぐに満たされて目移りする罪深いもので、「対象を深く考えることがない」(聖アウグスティヌスが論じた好奇心に類似する)。二つめは「天地創造にまつわる真理」を追究する、熱意にあふれる真摯な好奇心(もうお気づきだと思うが、この区別は、拡散的好奇心と知的好奇心の区別に通じる)。アクィナスは、好奇心に対する聖アウグスティヌスの厳格な考えに、言葉少なながらも力強い反対意見を投じている。「真実についての知識はどんなに多くても害はなく、善きものである」

## ルネサンス──好奇心の威信回復

しかし、中世を通じて好奇心の評判は芳しくなかった。好奇心に対してふたたび敬意が表されるようになったのは──あるいは少なくとも肯定的に受け止められるようになったのは──ようやく一五世紀に入ってからのことだ。古典文化に関心が向けられたルネサンスの時代である。稀代の天才レオナルド・ダ・ヴィンチは、いまだ解明されていない分野や誰も足を踏み入れていない分野、禁断の領域に対して、かつてない大胆な関心を示した。政治や軍事、経済の分野において自然界を探究し、理解し、究極的には支配しようという気運が高まると、学問を独占する教会は黙って見過ごすわけにはいかなくなり、緊張状態はガリレオ裁判によって頂点に達した。ガリレオは地球が太陽の周りを回っていると主張して英雄になったが、それが真実であるという主張を撤回しなかったため投獄された。

ガリレオの投獄は最後の抵抗だった。教会は勝ち目のない戦いをしていたのだ。メディチ家などの強力な支援を受けた偉大な頭脳は、宇宙における人間の居場所についてそれまでの常識を覆しつつあった。ガリレオの望遠鏡や、のちにニュートンが明らかにした宇宙の秩序は、戦争や探検、交易といった分野においてきわめて実用的な革新をもたらした。プロテスタントによる宗教改革はカトリックの支配を弱め、正統教義の絶対性は揺らいでいた。一七世紀には、世俗的な好奇心はヨーロッパの支配階級に受け入れられるようになった。情報伝達や移動の手段が発達するにつれ、商人や役人、軍人たちが異国の地から驚くべき話やまばゆい財宝を持ち帰るようになり、科学者たちは地球の動きについて新説を唱え始めた。

このころ、富裕層のあいだでは、世界中の摩訶不思議な文物を蒐集する趣味が広まった。絢爛豪華なコレクションを展示する部屋は「驚異の部屋」とも呼ばれ、ガラス張りの棚にさまざまなものが陳列された――ルビー、東方の彫刻、「ユニコーン」の角、懐中時計、拳銃、天体観測器《アストロラーベ》、細密画、香水瓶、毒薬、化石、遺物、絹のリボン、アマゾンの密林から採取した秘薬、動物の体内からとった胃石。自然のものも、人工のものも、圧倒するような魅力や奇妙さで見る者を釘付けにした。そうした品々はどれも持ち主の知識をひけらかし、地位を誇示するものだった。交易が発展して一般市民のなかから富裕層が誕生すると、それまでにも増して教養豊かな人格者として尊敬されることが重要になった。珍品の陳列棚は持ち主の力を象徴した。「さあ見るがいい──科学的知識に洗練された文化的趣味、技術的知識、機知に富んだ感性──私はすべてもっている」

好奇心は有用性を認められ、やがて威信を回復した。一六二〇年、フランシス・ベーコンはその著書のなかで明言した。アダムとイブは自然科学ではなく道徳に関する知識を求めたことで罪を負ったが、神は科学的探究を「子どもがかくれんぼをするような、無邪気で善良な楽しみ」であると認めていると。自然科学の探究は禁じられた領域ではなく、神の輝かしい創造について理解しようとする、ほかの動物にはない人間的な営みとして再認識されるに至ったのだ。

ルネサンスと交易、科学革命によって好奇心の威信は取り戻された。その好奇心を一般大衆に広める役割を果たしたのは印刷機だった。

## 問いかけの時代

社会は対話と情報によって一つになる。

──サミュエル・ジョンソン

## 啓蒙時代――知識の普及

一六世紀、グーテンベルクの印刷機が原動力となり、人類の知的創造は新たな局面を迎え、庶民を主体とした革命が起きた。この類いまれな新技術は、まさに好奇心のための装置だった。印刷機は知識を素早く広め、交換することを可能にした。そして、旧来の常識を徐々に打ち壊し、新しい発想を呼び覚ました。印刷機の重要性は一七世紀の初めにはすでにはっきりと理解されていた――フランシス・ベーコンは、印刷機を火薬と羅針盤と並ぶ三大発明の一つに位置づけ、それは「世界のありようを根本的に変化させた」と評している。

ベーコンは「科学、芸術、人類のあらゆる知識の大掛かりな再構築」の時代が到来したと告げた。そして、新しい時代の知識はすでに存在する抽象的な概念に磨きをかけるのではなく、観察に基づいて築かれなければならないと強調した。歴史学者イアン・モリスは、ベーコンの主張をわかりやすく言い換えている。「哲学者は本にかじりつくのをやめ、身の回りのすべてに目を向けるべきだ――星に昆虫、大砲にオール、落下するリンゴ、炎のゆらめくシャンデリア」。また、「鍛冶屋に時計職人、機械工」といった、物事の仕組みを熟知する人々とも対話すべきであると。

一八世紀になると、ベーコンの主張は彼の想像を超えて現実のものとなった。鍛冶屋や時計職人、機械工など、市井の人々が哲学者になったのだ。それまで修道士の秘蔵の知識に近かった自然科学は、ごく普通の人々が探究する刺激的な楽しみになった。イギリスでは、アマチュアの発明家になったり、野鳥の観察を文章にまとめたり、荒地を探索したり、化学の実験道具をいじったり、自宅やコーヒーハウスで政治や社会経済といった大きなテーマを議論したりすることが流行した。*

イギリス人は識字率の向上に伴い、こぞって知的冒険に乗り出した。歴史学者のロイ・ポーターによると、イングランドでは一六六〇年から一八〇〇年にかけて、三〇万点以上の本と小冊子が出版され、発行部数は総計二億冊ほどに達したという。出版社は独学のための手引書に教育学の論文、園芸から体操、大工仕事、料理などあらゆるテーマに関する指南書を次々と世に送り出した。サミュエル・ジョンソンの『英語辞書』や『ブリタニカ百科事典』等の参考図書や、芸術や科学の歴史書なども出版された。

新聞事業が盛んになったことも人々の知性を刺激し、さまざまな問いが発せられた。一七七〇年代のロンドンには日刊紙が九社、地方の週刊紙が五〇社あり、年間一二〇〇万部の新聞が売れていた。サミュエル・ジョンソンが指摘したとおり、「知識は新聞によって大衆に広まった」。

---

* 現代の歴史学者マシュー・グリーンは、一八世紀ロンドンのコーヒーハウスのようすを描写している。「たった一本の会話の糸から、思いがけず幅広い議論へと発展することもあった。一七一五年のある日、ジョンのコーヒーハウスでは、反逆したジャコバイト〔一六八八年の名誉革命で亡命したジェームズ二世を支持した人々〕の貴族が処刑されたという話題から、『断頭による死の安らかさ』に関する議論へと発展し、参加者の一人が試しに毒蛇を真っ二つに切って観察したところ、驚いたことにそれぞれの部分が反対の方向に這っていったという話を披露するに至った。これは参加者の何人かが推測したように、二つの意識が存在することの証なのだろうか」

歴史学者のチャールズ・タンフォードは、啓蒙時代とは啓蒙されるというより、自ら知識を獲得する時代だったと記している。「誰でも頭脳と観察力を働かせれば、ほとんどあらゆるテーマについて何かしら学ぶことができた」。学びたいと思えば、いたるところに知識への扉があったのだ。

こうした進歩を歓迎しない声もあった。ニュートンの新説に頑なに抵抗した聖職者のアレグザンダー・キャットコットは、人々が身の程をわきまえずに意見をもち始めていることに苛立ちを隠しきれなかった。「啓蒙の時代にあっては、尊大な態度で安易に知識をばらまく新聞や雑誌に焚きつけられて、誰もがおこがましいことに自らの思想を（そして宗教さえも）創造する自由を手に入れた」。キャットコットは気づいていた――知識は人民に力を与え、知識によって刺激される好奇心は不穏なものであると。ジョン・ロックの人権哲学を読み、フランス革命についての報道を読めば、大衆は社会の不平等に疑問を抱くにちがいない。実際、そうした疑問は一九世紀の大規模な社会変革と政治改革へとつながってゆく。

イギリスの支配階級は人々の問いの向かう先を恐れていたが、その一方で問いがもたらすであろう利益を歓迎した。知的好奇心はまさに、イギリスの産業革命の源泉だった。経済史学者ジョエル・モキールは「産業界の啓蒙主義」という表現を用い、イギリスの経済成長は天然資源のみならず、思想や知識によっても後押しされたと分析する。啓蒙の時代を牽引したのは好奇心旺盛で開拓精神に富んだ人物だった。ベンジャミン・フランクリン、ジェイムズ・ワット、エラズマス・ダーウィン〔チャールズ・ダーウィンの祖父。医師、詩人、博物学者として知られた〕。彼らは浮世離れした知識人ではなかった。幅広い事柄に思索をめぐらせるだけでなく、世界を変えることを望んだ大胆な精神の持ち主であり、生きながらにして時代を象徴する伝説的存在となった。とくに、凧を使って雷の実験を行うフランクリンの姿は強い印象を与えた。彼らは学習し、問いを投げかけ、食事の席やコーヒーハウスで議論することを無上の喜びとした。こういった人々の功績により、好奇心は称賛の的になったのである。

今日、われわれは異質な人々と交流し、慣れ親しんできたものとは異なる思想や行動に触れている。このようなことが人類の発展のためにどれほど有益であるか、言葉ではとても言い尽くすことができない。

——ジョン・スチュアート・ミル

## 共感的好奇心の高まり——文学はなぜ人の心を動かしたか

知的好奇心が復権を果たす一方で、また別の種類の好奇心が芽生え始めていた——自分とは境遇のちがう人々を含め、他人の思考や感情に対する関心が高まったのだ。人間にはもともと、他人の心の内面に興味を抱く詮索好きなところがある。人は周囲を観察し、他人から学ぶことが好きなのだ。しかし一八世紀以降、自分とはかけ離れた人々の精神や気質を理解したいという欲求は切実なものとなり、それを理解する能力にも磨きがかかった。

　好奇心が発揮される場所は、居間から街角へと移った。アメリカで都市論を展開したジェイン・ジェイコブズの言葉を借りるなら、都市の発展によって「かつては旅先でしか出会うことのなかった異質な人々」の存在感が高まった。小さな村で暮らしていれば、見知らぬ人との出会いはめったになかった。ところが都市では、見渡せば知らない人々があふれていて、彼らの不可解さは探究心を、あるいは少なくとも関心を呼び覚ました。同じ建物の階下や近所の角を曲がった先に、秘かな情熱や怪しげな思想、風変わりな習慣が息づいている。作家のジェイムズ・ボズウェルは当時の多くの人々と同じく、都市に人がひしめいていることを好まなかったが、友人のサミュエル・ジョンソンは一つの力と見ていた――「ロンドンの素晴らしい奥深さは、建築物の目覚ましい変化ではなく、多様な人々が密集しているところにある」。ジョンソンは「ロンドンに飽きたとすれば、人生に飽きたということだ」という有名な言葉を残しているが、これは都市に生きる感覚が飽くことのないミステリーであることを言い表している。

　共感的好奇心の高まりを示すわかりやすい例は、小説や戯曲、詩などの文学だろう。ウィリアム・シェイクスピアはガリレオ・ガリレイと同じ年に生まれた（一五六四年）。シェイクスピアは共感的好奇心の、ガリレオは知的好奇心の先駆者と言えるかもしれない。同じく先駆者の一人であるフランシス・ベーコンが科学的方法を体系化したちょうどそのころ、シェイクスピアは演劇の独白に革命を起こし、一般庶民が国王の考えや心情を垣間見られるようにしたのだ。

一八世紀には、まったく新しい形式の文学が誕生した。それまでのどんな物語よりも、読者を他人の内面の奥深くへと引き込む小説だ。大衆は人の心を探る旅を渇望していた。ダニエル・デフォーの『ロビンソン・クルーソー』（一七一九年刊）は出版初年度の印刷部数が五〇〇〇部だったが、ヘンリー・フィールディングの『アミーリア』（一七五一年刊）は発売から一週間で五〇〇〇部を売り上げた。他人の人生について書かれた文章を読みたいという思いは、詮索好きとはまるでちがう。サミュエル・リチャードソンの『パミラ』やチャールズ・ディケンズの『デイヴィッド・コパフィールド』を手にした読者は、自分が別人になったような気分を味わった――性別や年齢、文化、階級が異なる人物の心のなかで時を過ごしている気持ちになったのだ。一七五九年、経済学者で哲学者のアダム・スミスは、誰もが「他人の立場に身をおいて」、具体的に物事を想像する「思慮深い傍観者」になれると論じ、文学作品を新しい思考法の実践モデルとして活用した。一〇〇年後、小説家のジョージ・エリオットはこう述べている。「画家でも詩人でも小説家でも、芸術家がもたらす最大の恩恵は、私たちの共感を広げてくれることにある」

現代アメリカの哲学者リチャード・ローティは、小説がもつ他人への共感の輪を広げる効力を評して、小説こそが「民主主義の様式」だと表現する。彼自身は哲学者だが、多くの人々を結束に導くには、小説に匹敵する手段はないという。たとえば、キリスト教徒と無神論者では、それぞれが自分の所属する「知識共同体」に特有の偏狭な思考法を拠りどころとするため、相互理解と共感に至るのは難しい。反発が深刻化すれば、紛争にまで発展するかもしれない。この点、小説は人々の知性に働きかけるだけでなく、感情をも動かす力を秘めている。それによって、背景が異なる人同士でも、精神的な障壁を越えて理解し合うことが可能になる。

ローティは一例として、一八五二年に出版されたハリエット・ビーチャー・ストウの『アンクル・トムの小屋』を挙げる。苦難に耐え続けたアンクル・トムの姿を鮮やかに描き出し、アメリカの奴隷制に対する世論に大きな影響を与えた名作だ。アメリカでは出版から一年で三〇万部が売れ、イギリスでは一〇〇万部を記録した。南北戦争が開戦して間もなく、エイブラハム・リンカーンはストウと面会したとき、「なるほど、こちらの小さなご婦人がこの大きな戦争を引き起こしたのですね」と声をかけたという（私には必ずしも褒め言葉には聞こえないが、リンカーンとしてはどうやら褒めていたようだ）。

近年、科学者たちは、小説のいったい何が人の心を突き動かすのか解明しようとしている。カナダのヨーク大学の心理学教授レイモンド・マーは、二〇一一年に機能的磁気共鳴画像法（fMRI）を使って八六人の被験者の脳を解析した結果、物語を理解するときに働く神経ネットワークが、人間関係の舵取りをするときに働く神経ネットワークとかなりの範囲で重複していることを発見した。実生活における出会いについて、小説はいわば心理的シミュレーションの機会となり、友人や敵、隣人、恋人などの意図や動機、考え、不満を読み解く能力を高めてくれる。*二〇一三年、ニューヨークのニュースクール大学の研究者らは、小説を読んでから社会的知性と感情的知性のテストを行うと良好な結果が得られることを突きとめた［「社会的知性」は人間関係を理解して社会で適切な行動をとるために必要な能力。「感情的知性」は「こころの知能指数」とも呼ばれ、自己の感情を理解してコントロールする能力」。さらに興味深いのは、この効果は文学的作品に限られ、プロットで読ませる大衆小説では効果がみられなかった。研究者たちはその理由を、文学的作品のほうが想像力を働かせる余地が広く、読者には登場人物の意図を読み取る努力が求められるからだと推測している。知的領域と同じく共感的領域においても、パズルよりミステリーのほうが好奇心を強く刺激するということだ。

## 都市が生み出すセレンディピティ

もちろん都市での生活は、共感的好奇心だけでなく知的好奇心をも増幅させる。サミュエル・ジョンソンは大勢の人々が密集することにより過去にはなかった知的興奮が生まれる点に着目し、ジェイムズ・ボズウェルにこう語っている。「あえて言うなら、私たちが今座っている場所から

＊　マー教授の研究では、就学前の子どもたちにも同じような効果が観察された――物語をたくさん読んでもらった子どもほど、他人の心を理解する能力が高いことがわかったのだ。映画を観る機会が多くても同じ効果が認められたが、テレビでは効果がないこともわかった。マーはその理由を、テレビは子どもが一人で観ることが多いが、映画は親と一緒に観るので、ライオンのアレックスはどうして動物園に帰りたがっているのかといった会話が多くなるからだろうと考えている。どうやら子どもたちの共感的好奇心は、知的好奇心と同じく大人からの働きかけに影響されるようだ。

半径一〇マイル以内には、残りの全世界が束になってもかなわないほど多くの学問と科学がある」。本が普及したのと同じ時代、都市化の副産物として「予期せぬ学びの機会」が増え、それはやがて「セレンディピティ」と呼ばれるようになる。これは学問と芸術を愛した貴族、ホレス・ウォルポールによる造語だ。一七五四年、ウォルポールは友人に宛てた手紙のなかで、自分がある偶然の発見をしたことを、ペルシアの童話『セレンディップの三人の王子』になぞらえて説明した［セレンディップは現在のスリランカ］。「王子たちはいつも、偶然と叡知によって予期せぬものを発見する……さて、セレンディピティがどのようなものかご理解いただけたでしょうか」。都市はセレンディピティの宝庫だ。

こうして、多くの人々が知的好奇心を追究する人生を送り、それによって報酬を受けることができる時代が到来した。それまでの人類の歴史においては、若者は大人の仲間入りを果たすと同時に学ぶことをやめ、それ以降は子孫を残し、家族を養い、戦うことに意識を向けざるをえなかった。科学研究機関や近代的な大学が誕生し、工業化と貿易の経済的恩恵が実感される時代になると、人々は生存のための活動から解放された。

過去数世紀のあいだ、好奇心というものに対する評価には浮き沈みがあったが、知的好奇心と拡散的好奇心とを区別する見方は驚くほど変わらなかった。一八世紀の哲学者デイヴィッド・ヒュームは、好奇心を「知識に対する情熱」と「隣人の行動や暮らしぶりを知りたいと思う欲求」という二つの種類に分けて説明した。一九世紀の末には、アメリカを代表する哲学者ウィリアム・ジェイムズが、「科学的」好奇心と「単なる珍しさ」から生じる好奇心のちがいを指摘した。

私たちは今も、啓蒙運動によって開花した好奇心の遺産を享受している。それは数々のきわめて重要な発明を促し、自己の存在に関する私たちの認識を深め、近代的な政治システムと法体系の礎を築いた。現在、世界的規模の課題が山積するなか、それらを克服するには探究心を秘めた数十億の人々の力を引き出さなければならない。ところが、好奇心はふたたび危機に瀕している。その理由は中世とはまったくちがう。今日の問題の根底にあるのは情報不足ではなく情報過多だ。また、情報へのアクセスが難しいことではなく、それが簡単になりすぎたことも一つの要因になっている。世界はベンジャミン・フランクリンが凧を飛ばした時代に匹敵する好奇心の躍進を必要としているのに、人々が知的探索への意欲を失いかねない危機に直面している。

## 解答の時代

機械は答えを出すために存在し、人間は問いかけるために存在する。

――ケヴィン・ケリー

## 情報の蓄積とリンク——メメックスとインターネット

一九四五年、米国科学研究開発局の責任者を務めていたヴァネヴァー・ブッシュは、『アトランティック』誌に「人間が思考するかのように」と題した論文を発表した。そのなかで彼は、世界中の知識の膨張が速すぎて誰も追いつけなくなるのではないかと懸念を表明している。

現代の関心事が非常に多様なことを考えると、出版物の量が膨大なのは当然だろう。問題は、今日の情報処理能力ではそれを十分に活用できないことだ。人類の経験の総和はおそるべき速度で膨張しているが、そうして拡張された知識の迷路を進み、必要な情報に到達する手段は、帆船で海を渡っていた時代の航海技術と何ら変わりない。

ブッシュは情報の圧縮技術の進化によって、そう遠くない将来に『ブリタニカ百科事典』は「マッチ箱大」のマイクロフィルムに収められるだろうと予測した。しかし彼は、たとえそれが実現しても、圧縮にかかる費用を考慮すると大半の人々はその恩恵を享受できないかもしれないと懸念を示した。

ほかにも大きな障害が想定された。ブッシュはデータの圧縮が実現したとしても、膨大なデータの管理手法が課題になると警告した。データは従来、アルファベット順や数値に従って整理されてきた。そのため、特定の情報を探し出すには、図書館の司書のように階層的に経路をたどることになる。だが情報が増えるにつれてそうした方法では対応しきれなくなる。しかもこの管理手法は人間の脳の特性を考慮していない。人間には概念的にかけ離れた情報を臨機応変に結びつける能力があるが、それがまるで考慮されていないのだ。

ブッシュはこうした問題を解決する方法として「メメックス」という装置を提唱したが、当時それは空想の産物にすぎなかった（メメックスは「記憶（メモリー）」と「インデックス」を組み合わせた彼の造語）。彼が想像した装置は机のような外観で、上面には傾斜をつけて配置された半透明のスクリーンとキーボード、「ボタンやレバー一式」がある。利用者はマイクロフィルムを内蔵したメメックスに手書きのメモや写真、書籍など、あらゆる種類の情報を記録できる。

メメックスの最大の特徴は項目間のリンク機能だ。たとえば、はじめに弓矢の起源に関心をもったとしよう。利用者は、弓矢に関する情報を起点として、百科事典の中世の戦いの項目、十字軍に関する論文、トルコ軍の弓の写真といった具合に、徐々にデータの「関連網」を構築する。これらの項目はすべて相互に結びつけられ、それぞれが脳の神経細胞のように複数のつながりをもつことになる。利用者はいつでも、データ内の多数の「経路」のなかから必要なものを選び取ることができる。戦争の歴史を調べながら弾性物質の性質を知りたくなれば、そちらに移動できる。ブッシュの先見性にはじつに驚かされる。その着想はハイパーリンクによる情報の関連性――つまり情報に関する情報――を基礎とするインターネットの構造そのものだ。もっとも、彼でさえ――機械にレバーが不要になることはさておき――情報の処理能力や圧縮技術が現在のような驚異的な水準に達することまでは予想できなかった。

ブッシュと同時期にベル研究所で働いた経験もあるクロード・シャノンは、現代の情報理論の父として知られている。一九四九年、彼は世界の主要な情報の保管場所について一覧表を作成した。最大の規模を誇るのは米国議会図書館で、当時の感覚としては天文学的な量の情報が収められた場所だった。シャノンはその情報量は一〇〇兆件にのぼると見積もった。現在では、それくらいの情報は一キロ程度の重さで一〇〇〇ドルもしないハードディスクに保存できる。その結果、情報はいたるところに存在し、いたるところで増殖している。政府や企業のオフィス、研究所、家庭、それに街なかでさえも。

変化は息をのむほどの速さで起きている。コンピューター科学者のジャロン・ラニアーはそのようすを鮮やかにたとえている。「まるでひざをついて樹の種を蒔いたら、それが一瞬で成長し、立ちあがる前に街全体を呑み込んでしまうかのようだ」。地球は急速に成長する情報のジャングルで覆われている。そこで必然的にガイドが登場し、人々がジャングルのなかで進むべき道を決める手助けをするようになった。グーグルはすでに、わずか一〇年前には誰も想像しなかった勢いで世界中の情報を体系化する目標に向かって邁進している。また、ウィキペディアを創設したジミー・ウェールズは、ボランティアの情熱をオープンソースの技術と結びつけることによって、人と知識のつながりに革命を起こしている。*

人々と世界の情報を結びつけるインターネットに弱点や情報の偏りがあるのは仕方がない。しかし言えるのは、インターネットは私たちにとって不可欠な存在だということだ。それがなければ、世界中の膨大な量の情報は扱いきれない。現代のインターネットは好奇心旺盛な人々にとって、今や史上最高の楽しみだ。パソコンか携帯電話があれば一瞬にして、バッハのカンタータに関する論文を入手し、開発経済学でも天体物理学でも、世界最高の頭脳による講義を視聴できる。シェイクスピアの最初の戯曲集《ファースト・フォリオ》を読みふけり、レンブラントの筆遣いを堪能し、『ゴッドファーザー』の名場面を何度でも観ることができる。また、世界の名だたる大学の講座を聴講し、ブルースギターが好きな仲間たちと集うことも可能だ。あるいは仕事に役立ちそうなことや、執筆中の本に関連する新しいアイディアのヒントを探してもいい。しかもそのほとんどが無料でできるのだ。

＊　ウィキペディアに批判的な人々は信頼性の低さを指摘する。だが、膨大な情報を得られることを考えれば、それは仕方のない代償だろう。利用するにあたってはウェールズが提案する姿勢が理想だ——あくまでも調査の第一歩として利用し、それで終わりにしないこと。秩序に欠け、反論が多く、絶えず修正しているウィキペディアの姿は、科学が進歩する過程と重なる。それは、揺るぎない確実さを威厳たっぷりに約束する『ブリタニカ百科事典』にはみられなかったものだ。ウィキペディアは私たちに、知識が本質的に不安定なものであることを思い起こさせてくれる。

## 好奇心がなければセレンディピティは訪れない

それなのに、現在の世界は一八世紀のロンドンよりも好奇心が衰えているようにも感じられる。好奇心は情報の供給が多いほど育つというものではなく、まずは需要がなければ始まらない。自分が何を求め、どう感じ、それについてどれだけ多くの労力と時間を費やす心構えができているか。それから、好奇心を磨くには判断力も必要だ。どのような知識を求めるかは自分自身の選択にかかっている。すでに述べたように、インターネットは私たちが問題についてひとしきり考える暇もないほど即座に答えを提供する。そして、私たちはインターネットがあまりにも手軽なせいで、自分自身の無知を見過ごすことが多くなっている。

一九四五年のある日、マサチューセッツ州ウォルサムのレイセオン社に勤めるパーシー・スペンサーは、管理を任されていた研究所の一つを訪れた。レイセオンは第二次世界大戦で連合軍にレーダー技術を提供していた。レーダーの感度を上げるため、マイクロ波を発生させるマグネトロンと呼ばれる真空管のそばに立っていたときのことだ。彼は不思議な感覚を覚えた。ポケットに手を入れると、チョコレートバーが溶けていた。好奇心をかき立てられ、ポップコーン用のコーンの袋をもってきてもらうと、それをマグネトロンにかざした。コーンは勢いよくはじけた。それから一年もしないうちに、レイセオンは電子レンジの特許を出願した。

技術の発展史においては、偶然から大発見が生まれることがめずらしくない。とくに有名なのは、一九二八年にアレグザンダー・フレミングがペニシリンを発見した話だろう。彼はシャーレに偶然入り込んだカビが周囲の細菌の成長を抑えることに気づいた。スペンサーもフレミングも運が良かっただけではない。二人とも自分の専門分野で膨大な知識を積み上げてきたこのうえなく好奇心旺盛な人物であり、物事を深く理解し、掘り下げる姿勢を貫いてきた。異変に出会ったとき、ふと立ち止まってその意味を理解するだけの素地ができていたのだ。

今日、私たちはセレンディピティを単なる幸運と捉え、ホレス・ウォルポールが「叡知」と呼んだものを軽んじている。スペンサーはチョコレートバーが溶けたとき、大半の人が肩をすくめて立ち去るところをそうはしなかった。カビの胞子がまぎれ込んだとき、フレミングほど細菌に詳しく、さらに多くを知ることに貪欲でなければその意味に気づくことはなかっただろう。ルイ・パスツールはこう述べている。「観察の分野においては、チャンスは準備のととのっている者だけに訪れる」。私たちは好奇心をもつことで自分の盲点に気づき、己の無知に目を向けるようになり、それによって突然のひらめきを得る準備がととのう。好奇心は幸運の源にほかならない。

## 自分が何を求めているかわからなかったら?

経済学者のジョン・メイナード・ケインズは、書店を訪れたときの心構えを指南している。

書店は鉄道の切符売り場のように、はっきりとした目的をもって訪れる場所ではない。なかば夢見心地でぼんやりと立ち寄り、そこにあるものに心をゆだね、感化されるべきである。書店をめぐり、好奇心のおもむくままにページをめくることは午後の楽しみになるだろう。

これはグーグルをうまく使いこなすためのアドバイスとはずいぶんちがう。ケインズの言葉を借りるなら、グーグルはどちらかというと鉄道の切符売り場に近い――つまり、目的地がわかっているときに訪れる場所だ。しかし本当に好奇心旺盛な人は、自分で自分の知りたいことを常に理解しているわけではないと自覚している。

グーグルの共同創業者のラリー・ペイジは、彼らの目指す未来を語るなかで、「完璧なサーチエンジン」とは「私の意味するところを正確に理解し、求めているものを正確に返してくれる」ものだと表現している。しかし、自分が何を求めているのかわからなかったら、どうすればいいのだろうか。

「自分は何を学ぶべきなのか」という疑問には、あまり迷うことはない。いくつかの答えはDNAに組み込まれ、人は生まれたときから食べることを学び、親が発する奇妙な音声を解読し、やがてそれを真似る術を身につけることが大切だと知っている。成長する過程では、親、先生、上司などが、学校や仕事場でいかに振る舞うべきかを教えてくれるだろう。こういった学びに関しては、インターネットに優る道具はない。何を知るべきか明らかなときは、インターネットはいつでも答えを与えてくれる。これに対して、「自分は何を学ぶことを望んでいるのか」という疑問はずっと奥が深い。それは私たちの人生においてもっとも重要な疑問の一つであり、インターネットは答えを示してくれはしない。

インターネットが誕生して間もないころ、熱心な利用者たちはそれをケインズが思い描いた書店や、フランクリンが訪れたコーヒーハウスに近いものとして捉えていた——気ままな出会いを楽しみ、思いがけないつながりを築く場所だ。「ネットサーフィン」という言葉はまさに、この自由な感覚を表している。一九九〇年代、マイクロソフトは「今日はどこへ行きたい？」というキャッチフレーズを掲げたが、それはインターネットが終わりのない冒険だったからだ。作家のエフゲニー・モロゾフは、「エクスプローラー」や「ナビゲーター」、「サファリ」といったインターネット・ブラウザーの名前には、インターネットを未開の地に見立てるロマンチックな考え方が反映されていると指摘する。どんなにささいなことでも、どんなに風変わりなことでも、誰もが自分自身の興味を自由に探究できる場所だ。

## グーグルは「何を尋ねるべきか」を教えてはくれない

現在、インターネットは答えを届けてくれるきわめて高性能な精密機器となっている。情報でも娯楽でも、恐ろしいほど効率よく応答してくれる。グーグルに疑問を打ち込めば、たった一度のクリックで答えが現れることがめずらしくないだろう。カフェで流れた曲を気に入ったら、その場でその曲を購入し、携帯電話にダウンロードできる。フェイスブックは利用者が欲しがりそうなあらゆる経験を提供し、彼らが青い壁のなかで安心してくつろげるように気を配っている。今では携帯アプリを使ってインターネットにアクセスすることが増えているが、そうなると複雑な蜘蛛の巣のようなウェブサイトに足を踏み入れ、予期せぬ危険に遭遇するリスクさえない。辺境の地は開拓され、掘っ立て小屋が並んでいた村はエアコンの効いたショッピング・モールに変貌した。

インターネットはますます使いやすくなっているが、必ずしも私たちの好奇心をかき立てるものには進化していない。好奇心は答えの見えない疑問によって支えられているが、グーグルにはあらゆる答えがある。「わからない」とは決して言わない。情報という観点から見るなら、私たちはそのせいで「無知なのに満足」しやすい状態に、つまり自分がまだ知らないことにまるで無関心でいることが多くなっている。

こういった状況を誰もが問題視しているわけではない。テクノロジーの啓蒙活動をする「エバンジェリスト」として知られるロバート・スコーブルは、「新しい世界では、フェイスブックを開くだけで、興味のあることが次々とスクリーンに流れ込んでくる」と歓迎する。だが好奇心とは、自分がまだ気づいていないことを、興味を惹かれていないことを知りたいと願う欲求なのだ。それは出会ってみるまで自分に関係があるとさえ思わなかったような世界である。

MITのメディア学者イーサン・ザッカーマンは、一八世紀に登場した印刷メディアは――限界があるにもかかわらず、あるいはだからこそ――セレンディピティを生み、読者の好奇心を刺激する力があると指摘する。レディー・ガガのドレスに関する新聞記事を読んでいても、同じ紙面にチュニジア革命の記事が載っていればそれを読み始めるかもしれない。良質な書店は、客がまったく聞いたことのない作品や、買うつもりのなかった作品に目を向ける機会をつくることにかけては今でもアマゾンをしのいでいる（最近の調査によると、オンラインショッピングよりも実際の書店を訪れたときのほうが、本を衝動買いする確率が二倍に高まる）。このように、従来のメディアは、私たちの視野を広げる点で優れている。グーグルはこちらが求めればどんなことにも答えてくれるが、私たちが何を尋ねるべきか教えてくれることはないのである。

## セレンディピティの欠如はイノベーションを阻害する

情報を得る手段が広がったからといって、好奇心まで広がるわけではない。現実はその反対だ。シカゴ大学の社会学者ジェイムズ・エヴァンスは、一九四五年から二〇〇五年に発表された三四〇〇万本の学術論文のデータベースを構築した。そして学術誌が紙媒体からオンラインに移行したことに伴って調査手法に変化がみられるかを調べるため、論文に含まれる引用を分析した。デジタル化された文章のほうが印刷されたものよりはるかに調査しやすいことを踏まえ、彼はこう予測した。研究者たちはインターネットを利用することで調査範囲を広げ、引用の種類も飛躍的に増えるはずである。ところが学術誌がオンライン化されてから、引用される論文の種類はむしろ減っていた。利用できる情報の幅は広がったにもかかわらず、「科学と学問は範囲を狭めた」のである。

エヴァンスはこの結果について、グーグルのような検索エンジンには著名な論文をさらに広める効果があり、短期間に重要な論文とそうでないものが色分けされ、その評価の差が拡大するのだと説明する。さらに、印刷された学術誌や文献のページをめくっていれば「周辺領域の関連記事」になんとなく目が留まるものだが、研究者たちはハイパーリンクという手軽で効率的な機能によってそうした寄り道をしなくなっている。図書館よりもインターネットで調査したほうが無駄なくスムーズに、整然と作業を進めることができる。しかし、まさにそうした利便性のせいで、調査の範囲が狭められている。

距離や文化、言葉の障壁を取り払うインターネットの威力は大いに称賛されてきた。だが、インターネットは、視野を広げたいと願う人々の要望に応える一方で、大多数の人々の視野を狭める要因にもなっている。イーサン・ザッカーマンは、アメリカのインターネット利用者が閲覧する報道の九三パーセントがアメリカ国内で発信されたものだと指摘する。じつのところ、この数字はアメリカがさほど偏狭ではないことを示している。フランスでは、ニュースサイトへのアクセスのうち国内の情報が九八パーセントにのぼるのだ。「情報は世界規模で飛び交っているが、われわれの関心はきわめて局所的で、仲間うちに限られたものなのです」とザッカーマンは述べている。

経済学者のフェルナンド・フェレイラとジョエル・ウォルドフォーゲルは、一九六〇年以降の半世紀にわたる二二カ国の音楽の消費動向を調べてきた。ユーチューブやアイチューンズ、スポティファイが利用されている今、音楽に関する好みは国際化、多様化している印象があるかもしれない。だがフェレイラとウォルドフォーゲルは、世界中の消費者の好みが自国の音楽に偏っているだけでなく、その偏りが世紀の転換を経て、より顕著になっていることを確認している。

セレンディピティの欠如はイノベーションを妨害する。イノベーションは知識やアイディアの思いがけない衝突から生まれることが多いからだ。誰もが同じ情報に同じ方法でアクセスするならば、独創的な発想は期待しにくいものになる。ザッカーマンは、ファンドマネージャーたちを相手にセレンディピティをテーマに講演をしたときのことを語ってくれた。はじめは興味をもってもらえるか不安だったが、全員が真剣に耳を傾けてくれたという。「金融業界では誰もがブルームバーグを読んでいます。みんなが同じ情報をもとに競争しているのです」とザッカーマンは言う。「彼らが求めているのは、閉ざされた情報網の外から着想を得るためのヒントだとわかりました*」

＊ インターネットとセレンディピティについては、ザッカーマンの二〇一三年の著書『リワイヤー（*Rewire*）』の鋭い分析を参照されたい。

私は決してインターネットの効用を否定するつもりはない。問題なのは、未知の情報や人物、自分の外側の世界へと関心を広げてくれるはずのインターネットの潜在的威力が十分に生かされていないことだ。これからの未来、成功を収めるのは、この点を理解して行動する人々になるだろう。

# 第5章　好奇心格差が社会格差を生む

## 大学教育を受けない代償は大きい

今日の経済社会において、個人の成功を決定づける最大の要因が教育であることに疑いの余地はない。先進国で大学教育を受けた人々と、世界中のそれ以外の人々の格差は広がる一方だ。高い教育を受けた層はますます恵まれた環境を引き寄せ、知識や技術をもたない層は一段と不利な立場に押しやられる。

国家レベルの競争という視点から見ると、若者の大学進学率と経済成長には明らかな相関関係がある。欧米では高等教育にかかる費用は、平均所得の伸びをはるかに上回る勢いで増加している——ただし、教育を受けないことの代償はそれ以上に大きいものになっている。アメリカを例にとれば、大学卒業者の収入は高校を卒業していない人々に比べて八〇パーセント以上も高いのだ。

大学で高いレベルの教育を受けるには、高校までの成績が鍵となる。当然のことながら、どうすれば優秀な成績を収められるかという問題にますます関心が向かう。いくつかの社会経済的な要因が大きく影響することは明らかだが、個人の資質や姿勢はどれくらい重要なのか。これまでに活発に研究されてきた要因は知能だ。知能指数と呼ばれる指標の信頼性や影響度については議論の余地があるが、知能（すなわち「認知能力」）と学業成績に深い関係があることを示す証拠は枚挙にいとまがない。

しかし、成功を決定づける要因は知能指数だけではない。経験豊富な教師であれば、頭の良い生徒が能力的に劣る生徒より見劣りする成績で卒業する例は必ず目にしているし、大学の指導教官はもっとも優秀な学生がときとして誰よりも怠惰であることを知っている。最近では、成績の良し悪しを分ける原因について研究する心理学者たちは、個性や性格といった要素を意味する「非認知的特質」に注目している。こうした研究によって、学習に対する「姿勢」と日常的な習慣が、従来考えられていたより大きく成績を左右することが確認されている。この傾向は、高等教育に進み、母集団に含まれる個々人の知的能力の差が狭まったときに顕著に表れる。イギリスでエリート養成校の学生を対象に長期間にわたる研究を行ったところ、試験の結果を左右する要因として、性格的な特質が知能より四倍も大きな影響を及ぼしていることが明らかになったのである。

では、どのような性格的特質が重要なのだろうか。もっとも注目されているのは「勤勉さ」だ。また、これと関連する「粘り強さ」や「自制心」、それから心理学者のアンジェラ・ダックワースが指摘する「やり抜く力《グリット》」――失敗に対処し、挫折を乗り越え、長期的な目標に意識を集中する能力――も重要だ。[*] さらに最近では、学業成績を左右する性格的特質として、これらと同じくらい影響力のあるものがもう一つ存在する可能性が濃厚になってきている。

## 学業の成績には知的好奇心も大きく影響する

ロンドン大学ゴールドスミス・カレッジの講師ソフィー・フォン・シュトゥムは、学業成績の決定要因に関する過去の研究を再検討するため、合わせて五万人の学生を対象とした二〇〇件の研究データを収集した。彼女は、学業的な成功の裏では知的好奇心――「労力を伴う認知活動の機会を求め、積極的に携わり、楽しみ、突きつめる」傾向――が大きな役割を果たしていると考えた。知的好奇心の強さは、知識を習得し、新しい考えを吸収する意欲にほかならないからだ。データは彼女の仮説が正しいことを証明した。フォン・シュトゥムと共同研究者は、好奇心が成績に対して勤勉さと同じくらい大きな影響を及ぼしていることを突きとめた。勤勉さと好奇心という性格的特質を合わせると、知能と同程度の価値があることもわかった。認知活動への意欲は学業を支える「第三の柱」になるとフォン・シュトゥムは述べている。

* 基本的に勤勉さと知能の相関性は低いが、比較的知能の低い人はそれを補うためにより勤勉になり、知能がきわめて高い人は「努力せずに進む」傾向があることを裏づける証拠がいくつか存在する。

二〇一二年、ロンドン大学ユニバーシティ・カレッジの研究者たちが、一九九七年から二〇一〇年のあいだに発表された二四一件の研究結果を利用し、どのような社会的背景や性格を持ち合わせた高校生が大学で優秀な成績を収めるのかを検証した。結果はフォン・シュトゥムらの研究結果ときわめて近いものだった。彼らは、三つの要因に注目した。性別や社会階級といった人口統計学的な属性、知能指数や高校での学業成績といった認知能力に関する指標、そして自尊心や楽天的傾向といった、これまでに学業成績に影響を与えると指摘されたことのある四二の性格的特質だ。人口統計学的な属性は大学での成績にはほとんど影響がないことがわかった（ただし経済的環境などは、そもそも大学に進学するかどうかを決める時点で影響している）。大学での成功を占う最大の要因は、知能と高校までの成績だった。それ以外に明らかに関連性があると認められたのは、勤勉さと「認知欲求」――好奇心を指す心理学用語――だけだった。

この理屈は感覚的に十分に理解できる。子どもは知能が高くても、長期間にわたって継続的に努力しないかぎり能力を開花させることはできない。また、学ぶ意欲が生まれながらにして希薄なら、継続的な努力をする可能性は低くなるだろう。だが、研究者たちが学業成績に対する好奇心の影響度を客観的に評価できるようになったのは、ごく最近になってのことだ。フォン・シュトゥムは、好奇心こそ成功を予測する最大の要因かもしれないと考えている。なぜなら、知性と粘り強さ、未知なものへの渇望をすべて包含するのが好奇心だからだ。人は学習の対象に心から興味を抱いていると、それを理解しようとする意欲が高まる。私たちはまた、興味を抱くという感情が思考を活性化させることも知っている。心理学者のポール・シルヴィアによると、人は自分が読んでいる本に強い興味をもっているときは、そうでないときよりも細かく注意を払い、効率的に情報を処理し、新しい知識と既存の知識を結びつける傾向が強まるという。また、表面的な内容だけではなく、より深い問題点に関心を向けるようになる。

社会全体の好奇心の水準は、その社会における教育システム、子どもの育て方や教授法、寛容さといった複数の要因によって決まる。また、インターネットをいかに有効活用するかも重要だ。情報格差の縮小が好奇心格差を生んでいる。

ワールドワイドウェブの登場を予言したヴァネヴァー・ブッシュが二一世紀を訪れることができたなら、興奮と失望を同時に感じたのではないだろうか。利用者が意見を交換し合うソーシャルニュースサイトのレディットに、最近こんな投稿があった。「一九五〇年代の誰かが突然今の世界にやって来たとして、理解するのにいちばん苦労するのは何だろう?」もっとも共感を集めたのは、こんな投稿だった。

僕のポケットにある装置を使えば、人類が知っているあらゆる情報を手に入れることができる。僕はそれで猫の写真を見たり、知らない相手と議論をしたりする。

一九九〇年代、テクノロジーを持てる者と持たざる者の格差を意味する「情報格差(デジタル・ディバイド)」という表現が広まった。インターネットがもたらす教育的な恩恵を享受する人々と、そこから締めだされてしまう人々のあいだに断絶が生じていた。そこで、所得の低い家庭を中心としてインターネット利用者を増やす努力がなされ、その甲斐あって格差は狭まった。だが、インターネットを普及させるだけでは社会全体の利益にはならない。重要なのはインターネットがどう使われるかだ。マイクロソフトの上級研究員ダナー・ボイドが指摘するように、インターネットの普及によって「これまで見過ごされてきた問題が顕在化し、問題は一段と深刻化している」。なかでも最大の問題は、誰もが知的好奇心を働かせることに関心があるわけではないということだ。

一〇年以上にわたってアメリカ人のメディアとの関わり方を調査してきたカイザー・ファミリー財団は、現在、子どもたちが少なくとも一日一〇時間はデジタル機器とともに過ごしていることを明らかにした。一九九九年と比較すると五〇パーセントの増加だ。所得が低い家庭ほど、子どもたちがデジタル機器にかじりつく時間は長くなる。このシンクタンクによると、大学を卒業していない親のティーンエージャー以下の子どもたちは、社会経済的な地位が高い親の子どもたちよりも、メディアに接している時間が一日あたり九〇分以上も長いという。一九九九年の時点ではその差は一六分にすぎなかったから、格差は大幅に広がっている。また、子どもたちの大半はコンピューターに触れているとき、好奇心の探究ではなく、「アングリーバード」をプレイしたがっていることも明らかになった。「コンピューターには教育的な効果が期待できるはずですが、単なる娯楽目的の利用と比べると、教育目的の利用は非常に少ないのが実情です」。この研究を行ったヴィッキー・ライドアウトは言う。「コンピューターは学力の差を縮めるどころか、時間の浪費の格差をますます広げています」

同じくアメリカでピュー研究所が教師を対象に行った調査によると、九〇パーセントの教師が、デジタル技術によって「集中力が短時間しか持続しない気の散りやすい世代」が生まれていると感じている。教師の四人に三人が、インターネットのせいで短絡的な結論で満足する習慣が広まっていると答えている。テクノロジーやメディアが子どもに及ぼす影響を調査する非営利団体のコモン・センス・メディアの研究者による聴き取り調査では、教師たちは「ウィキペディア問題」について懸念を表明した――生徒たちが数クリックで情報を入手できる手軽さに慣れ、すぐに結論に到達できない問題を苦労して掘り下げることを嫌がっているのだ。ある高校の教師はこう語っている。「生徒たちは、カチカチやったらはい解決、というのとはちがう能力を身につけなくてはいけません」

「人間はインターネットによって愚かになったのか、それとも知性に磨きがかかっているのか」という問いに対しては、どちらも「イエス」と答えるしかない。インターネットはかつてないほど多くの学びの機会を提供してくれるし、面倒なことを省いてくれる。あらゆることに理解を深めたいと願う人にとっても、努力せずにすめば幸いだと思う人にとっても有益だ。グーテンベルク聖書をじっくり見ることも、コクテンフグの生態を知ることも、紙クリップの発明者を調べることも、望みさえすればインターネットで実現できる。フランス語や美術史の講義を受け、どんなに地味な分野でも関心を共有するコミュニティを探して参加することができる。

しかし、そこに好奇心が伴っていなければ——もしくは私たちの多くがそうであるように少しばかり怠惰なら——インターネットは猫の写真を楽しんだり、見知らぬ他人と言い争いをしたりするのに使われるだけになる。本当ならじっくりと考え、結論を導き出し、その過程で多くのことを吸収できるような課題でも、インターネットを使えばあっという間に片づけられる。そのせいで、深く問いかけることでしか発揮されない潜在的な能力は阻害されてしまう。好奇心をアウトソーシングするなら、人々はいつの間にか好奇心を発揮する方法を忘れてしまうだろう。

私たちが直面している事態は知的レベルの低下ではなく、認知能力の二極化だ——好奇心を発揮する人と、そうでない人の格差が生まれている。意欲的に知的冒険に踏み出す人々は、過去に例をみないほど多くの機会を得るだろう。他人から投げかけられた疑問に手早く応答するだけで満足する人々は、自ら問いを発する習慣を失うか、そもそもそんな習慣を身につけることもないまま一生を終えるのだろう。作家のケヴィン・ドラムは容赦なく言う。「インターネットは賢い人間をさらに賢くし、間抜けをさらに間抜けにする」

## 好奇心格差が経済格差を悪化させる

こうした二極化が進むにつれて、それは教育システムを介して、すでに固定化しつつある社会経済的な格差をさらに悪化させることになるだろう。生徒たちは親の管理と優れた教師の手引きによって高校を卒業して大学まで進学するが、彼らが成長するために本当に必要なのは学びたいという内なる欲求だ。現在の教育システム、とくに高等教育においては、この欲求を育てることができていない。アメリカのウォバッシュ・カレッジの研究チームは、二二〇〇人の大学生が四年間でどのように成長するかを追跡調査した。学生たちは三度にわたって詳細な調査とテストを受けた――入学時と一年目の終わり、それから卒業前だ。調査結果のなかでとくに目を引くのは、入学一年目で学問的意欲が急激に落ち込むことだ――しかもその意欲が戻ることは二度とない。

その一方で、アメリカの大学は以前に比べて学生に多くを求めないようになっている。おそらくその結果だと思うが、学生は怠惰になりつつある。一九六一年には学生の平均学習時間は週二四時間だった。今ではその数字は半分近くにまで減っている。教育学者のリチャード・キーリングとリチャード・ハーシュは、大学が自らの役割を消極的に捉え、「知的資産を集めて学生に提供する銀行のようなもの」とみなす傾向が高まっていると述べている。このような状況は好奇心の二極化に拍車をかけるだろう。好奇心の旺盛な学生はそうでない学生に比べてはるかに大きい成功を収めるにちがいない。

伝統的な大学は、コーセラやカーン・アカデミーといったオンライン上の教育機関に対する競争力を急速に失いつつある。ハーバードやイェールなど由緒ある教育機関も「ムーク（MOOC、massive open online course ＝大規模公開オンライン講座）」を提供している。自分が求めていることを理解している学生にとって、ムークは金銭的負担の少ない魅力的な選択肢だ。ただしムークの効果を最大限に高めるには、自分の足で大学に通うのとは比較にならないほど、自分自身の意欲を高めることが重要だ——そして、その意欲の起爆剤となる最大の要因が知的好奇心なのだ。ムークで学ぶ場合、高額の授業料に見合った効果を得たいとか、仲間や教授に直接会って勇気づけられるといったインセンティブがないため、学びたいという欲求だけが学習を継続する支えになる。その欲求がよほど強くなければ、受講者は最後までやり抜くことができず、挫けてしまう。『ニューヨーク・タイムズ』紙によると、「ムークの学習者のうち、自ら進んで受講した講座を修了したのは一〇パーセントに満たない」。

## 好奇心を維持できる人が成果を手にする時代

現在、労働市場は世界的に拡大し、かつては人間にしかできなかった仕事を高度な機械がこなすようになっており、仕事の獲得競争は熾烈さを増している。一方では、インターネットはかつて教育を受けられなかった人々にまで学習の機会を広げている。これはつまり、好奇心旺盛な人々はその報酬を受け、そうでない人々はその罰を受ける傾向が強まることを意味する。好奇心こそが新しいことを学ぶ最大の原動力だからだ。ここで経済学者タイラー・コーエンが、二〇一三年に出版した著書『大格差』〔池村千秋訳、NTT出版、二〇一四年〕について取材を受けたときの言葉を紹介しよう。

情報が簡単に得られる時代には、じっくりと集中して能動的に学ぶことの報酬は大きい……たとえば中国やインドに生まれても、機転を利かせ、志を高くもてば、一〇年、二〇年前には考えられなかったような成果が得られるのです。ところが裕福な国では、怠けているとまでは言わないにしても、意欲的とは言えない人々が増えている。それなりになんとか生きていけると過信しているのです。そういった人々は自分が思っているほど貴重な存在ではなくなりつつあるので、相対的にはすでに収入が下がっているのです。

アメリカの哲学者で教育学者のジョン・デューイは、好奇心には三つの段階があると一九一〇年の論文に記している。第一段階は、周囲の世界を探検したいという子ども時代の欲求――これは知性から生じる。第二段階では、好奇心は社会性を帯びる。子どもたちは他人が身の回りの物事に関する貴重な情報源であることを知り、「どうして」という質問を繰り返すようになる。ここで重要なのは質問の内容より、情報を集めて吸収する習慣を身につけることだ。そして第三段階では、好奇心は「観察と情報の蓄積から生じる疑問に対する興味へと発展する」。この段階では、好奇心は個人と外界との結びつきを強める力となり、人々の人生経験にはそれぞれの関心や機微、喜びが折り重なってゆくのだ。

ジョン・デューイは、誰もが最終段階に到達するわけではないと考えた。彼は好奇心を不安定なものと捉え、それを維持するには不断の努力が必要だとしている。

ごく少数ながら、溢れんばかりの知的好奇心に恵まれ、何があってもそれを挫かれない人がいるが、たいていの場合、その切れ味はいとも簡単に鈍ってしまう……無関心や無気力が原因になることもあれば、表面的な関心に流されることもある。また、こうした悪癖を遠ざけることができた人の多くも、今度は固定観念という罠にはまり、物事に疑問を抱く精神を育むことができずにいる。

インターネットが人間を愚かにしていると批判するのは簡単だ。しかし結局のところ、自分を愚か者にするのも、無関心にするのも、それは自分をおいてほかにない。知的努力を避ける手段としてインターネットを使うなら、好奇心を保つ方法をすっかり忘れてしまうかもしれない。反対に、インターネットを継続的な知的探索のきっかけとして活用すれば、より良い学業成績を収め、仕事でも大きな成果を手にするにちがいない。未来は好奇心旺盛な人にだけ微笑んでくれるだろう。

# 第6章 問いかける力

あなたの心のなかに答えの居場所をつくるのが質問だ。質問を発しなかったら、答えは行き場がなくなってしまう。

――クレイトン・クリステンセン

## 貧しい家庭の心の問題

一九九〇年、ダン・ロススタインはマサチューセッツ州の歴史ある工業の街ローレンスで、コミュニティ・オーガナイザー〔住民運動を組織するリーダー〕の仕事をしていた。街が繊維産業で繁栄したのはもうだいぶ昔のことだ。ローレンスは高い失業率と犯罪率、そして何千世帯もの貧しい家族が公共サービスに頼って生きる状況に悩んでいた。ロススタインは落ちこぼれを防ぐ活動を受け持っていた。学校に通っていない子どものいる家庭があると、子どもたちが教育システムに留まれるように支援する。彼は子どもたちがひとたび落ちこぼれてしまうと、おそらく二度と立ち直れないことを知っていた。

ロススタインが手を差し伸べた家庭の親はみな愛情深い善良な心の持ち主で、わが子が順調に成長することを心から願っていた。しかし、彼らの力では対処しきれないこともある。多くは一人で子どもを育て、仕事を二つも三つもかけ持ちしていた。英語が母語ではない家庭も多く（ローレンスには大勢のラテンアメリカ系住民が暮らしていた）、子どもの担任や社会福祉の窓口担当者と会話をするのもひと苦労だった。ところがロススタインはすぐに、問題は親たちの英語力よりもっと根深いところにあると気づいた。彼らは何らかの理由によって十分に対話をすることができずにいたのだ。「親は校長やほかの教師たちとの面談のために学校に出向き、息子や娘の出席状況についてあれこれ言われるのを最後までじっと聞いています。そして家に帰っても、面談前と変わらず無力さを感じるばかりなのです」

こういった状況に何度も直面したロススタインは、問題の本質を探り当てた。親たちは何を尋ねるべきかわからないのではない。ど、う、や、っ、て、尋ねればいいのかわからないのだ。彼らには中間所得層の人々にしてみれば当たり前の能力が欠けている。問いを発して情報を得て、行政から支援を引き出すことすらできないのだ。

ロススタインは同僚たちと改革に取り組んだ。まずは保護者向けに質問リストを作成した。しかし、あらゆる状況を想定した質問を予め用意するのは難しいことがわかった。また、親たちが支援に頼りきりになって、問題がかえって複雑になってしまうこともあった。

単純に質問項目を列挙するだけでは明らかに不十分だった。ロススタインと仲間のオーガナイザーたちは、質問を投げかける方法についても教える必要があると考えた。「質問をするというのは高度な技術です」とロススタインは言う。「経済的な余裕のある人々はそれを家庭で学び、その後は法曹界や教育界といったエリートが集まる職場で訓練を積むのです」。私たちは質問する力を意識的に学ぶわけではない。「質問の構築法」といった授業を受けたり、親からそういうことを体系的に教え込まれたりすることはまずない。質問に関する作法は周囲の人々から実践を通して学んでいくものだ。

ロススタインは質問に役立ついくつかの簡単なルールをまとめた。たとえば、閉ざされた質問と開かれた質問をどのように使い分けるか――つまり「イエス」「ノー」で答えられる質問と、相手との会話が必要になる質問はどうちがうのか。彼が支援する親たちはすぐにルールを覚えて実行に移し、成果をあげている。

ロススタインは質問の仕方を変えるだけで、人生が変わる可能性さえあることに気づいた。質問はさまざまな場面で役に立つ――保護者会や失業相談の窓口、警察とのやり取りや日常的な取引の交渉など。彼は考えれば考えるほど、質問の作法が重要だという思いを強めた。そして、問いを発することは、人間らしくあるための基本だと確信するようになった。「ほとんど体に染みついた行動だと思いませんか」と彼は私に言った。「誰かと会って別れてから、あれを訊いておくんだった、と思うことがよくあるでしょう」

誰もが問いかける能力をもって生まれてくるが、実際にそれを行動に移す能力は人それぞれだ。

## 高所得層の家庭の子は、低所得層の子より多く質問する

一九三〇年、ドロシア・マッカーシーという心理学者が、ミネアポリスに住む生後一八カ月から五四カ月の一四〇人の子どもたちを観察した。それぞれの子が調査員と対面してから最初に発した五〇の言葉を記録したところ、高所得層の家庭の子どもたちは低所得層の子どもたちより多くの質問を発していた。社会的背景による差異は二歳という早い時期から認められた。

一九八四年にバーバラ・ティザードとマーティン・ヒューズというイギリスの研究者が行った研究でも、同じような傾向が明らかになった。四歳の女の子が家庭で母親に話しかけるようすを記録したところ、低所得層より中間所得層の家庭のほうが、子どもから質問を引き出す会話が割合的に多かった。しかも中間所得層の子どもたちは、好奇心に基づいた問いを発する傾向が顕著だった。つまり「どうやって」や「どうして」という質問が多かった。また、研究者たちが「知的探索のやり取り」と呼ぶコミュニケーションによって母親の関心をひく場面も多く見られた——ある質問が次の質問を生み出す、質問の連鎖である。

ティザードとヒューズは、中間所得層の子どもたちは会話のなかで、親が提示する答えに対して独特の厳格さをもって対応すると報告している。四歳のロージーは母親に、どうして窓掃除の人はお金をもらうのかという疑問について長々と問いかけた。母親はこう答えた。「そうね、窓掃除の人にはお金が必要だからでしょ」。「どうして」とロージーは納得のいかないようすで尋ねた。「子どもたちに洋服を買ったり、食事をさせたりするためよ」。するとロージーは至極もっと

もな質問をした。「子どものいない窓掃除の人だっているじゃない」。こうしたやりとりは、昔に比べて親に遠慮なくものを言うようになった今日に限ったことではない。科学者で教育学者のネイサン・アイザックスは一九三〇年に、もうじき四歳になる女の子が母親に「どうしてブタのお乳は搾らないの」と尋ねたときのようすを記述している。母親は「子ブタたちにお乳をあげないといけないからよ」と答えたが、女の子は納得せず、「ウシにも子ウシがいるわ」と指摘した。ティザードとヒューズも指摘しているが、幼い子どもたちには「容赦のない鋭い論理」で知識を追究する能力がそなわっている。

## 多くの質問をする子は、親から多くの質問をされている

中間所得層の子どものほうが質問を通して好奇心を深める傾向が目立つのはなぜか。理由は必ずしも、彼らのほうがより多くの答えを得ているからではない。ティザードとヒューズは、低所得層の母親も同じように子どもの質問に答えていると言う。では何がちがうかというと、中間所得層の子どもたちのほうが多くの質問をされていた。母親からたくさんの質問をされる子どもは、自分からもたくさんの質問を発していた。つまり、質問するという行為は相手に伝染することが明らかになったのだ。

この発見は、一九九二年にアメリカで行われた実験によっても裏づけられた。研究者は四〇人の子どもたちの家庭において、親子の言葉のやり取りを観察した。すると、親が子どもに投げか

ける質問の数には大きなばらつきがあった。親がたくさん質問をする家庭では、親が子どもの発言に応じ、それをふくらませてさらに話し合う光景が見られた。あまり質問をしない親は、「いけません」、「よしなさい」といった禁止の言葉を多用する傾向が強かった。親が言葉を管理のための手段としてではなく認知的探索の手段として用いるようすを見ていた子どもたちは、そうした言葉の使いかたを真似ることが多かった。

家庭によって好奇心の度合いに差があるように、文化によっても差が生まれる。二〇一一年のある研究では、ベリーズ、ケニア、ネパール、サモアの村や小さな町に住む三歳と五歳の子どもたちについて、日常的な会話が記録された。親はいずれも自給自足の農家か低賃金労働者という貧しい家庭の子どもたちだ。彼らが口にした言葉の一〇分の一は情報を得るための発言だった――この点はアメリカの子どもたちの観察結果とあまり変わらない。ところが、アメリカの子どもたちが情報を得るために発する質問の四分の一が「どうやって」もしくは「なぜ」で始まるのに対して、非西洋的な共同体ではそうした探索的な質問は非常にめずらしかった。具体的には、わずか二〇分の一しかなかったのである。

この論文の執筆者の一人で人類学者のロバート・マンローは、これらの共同体の母親たちは、子どもたちが従順で礼儀正しくあることを非常に重んじる傾向があると記している。子どもが出しゃばったり、しきたりに反する行動をとったりすると、ためらうことなく叱ったり、叩いたりした。ほとんどのコミュニケーションは伝達的な内容に限られている。言語は情報や考えを交換したり、冗談を言ったりするものではなく、指示を出して子どもを管理するための手段なのである。四つの国のなかで、情報収集のための問いを発する割合がもっとも高かったのはサモアの子どもたちで、いちばん少ないのはケニアの子どもたちだった。

ポール・ハリスはこの傾向の背景には、各国の相対的な教育レベルの差があると指摘する。サモアの親たちは小さいころに学校に通っていた人の割合が高く、そのため会話が情報交換の手段として用いられるモデルを経験しながら成長した割合も高い。「彼らが親になるとそのモデルを復活させ、子育ての指針として利用するのです」。またこの研究は、自由な答えを引き出し、知性を伸ばす問いかけは、生存に必要なことが満たされたあとで初めて可能になる営みであることも示唆している。経済的に豊かな家庭のほうが好奇心旺盛であるのは、そうなるだけの余裕があることと関係している。衣食住が満たされているからこそ、認知資源を好奇心に振り向けられるのだ。

## 経済的余裕のある家庭とそうでない家庭では何が違うのか

これまで見てきたように、好奇心を満たし、それを発展させるための道具として言語を使いこなす習慣は、貧しい家庭の子どもより経済的に余裕のある家庭の子どものほうが身につけやすい。このことは、貧しい家庭の子どもを知的発育の面で不利な立場に追いやるだけでなく、彼らが生まれながらにして直面する社会的格差を固定化し、さらに悪化させる要因でもある。

ペンシルベニア大学の社会学者アネット・ラローは、経済的環境のちがいが子どもの成長に与える影響に着目し、二〇年以上にわたって研究を続けてきた。アメリカの貧困および低所得層、そして中間所得層の家庭を追跡した彼女の研究は――それ自体が好奇心の力を物語るものだが――格差に関する事実とデータのみならず、各社会階層の生きた現実を映し出している。

ラローの研究の特筆すべき点は、小説にも匹敵する緻密な人物描写である。彼女は同僚と交代で数週間にわたり、それぞれの家族と密接な時間を過ごした。子どもや親と会話をしながら日常生活の細々としたことや、将来に対する期待や不安を聞き取ったりもしたが、ほとんどの時間は観察に費やした。研究チームは一家が目を覚まして一日の支度を始める早朝に現れ、子どもたちが学校から帰ってくるころにも現れた。食事時やテレビを見ながらくつろいでいる時間も観察を続けた。運動会などの学校行事のほか、医者に行くときも同行し、口げんかに涙、ハグ、会話、ゲーム、家事といったさまざまな場面を見守った。

彼らは目にしたことすべてを記録し、家族と過ごす期間が終わると、ラローが観察事項や見解を文章にまとめ、家族の日常生活の特徴を明らかにした。そして彼女の深い経験と鋭い洞察をもとに、それぞれの家族の生活のなかで作用する力学を見きわめ、周辺の社会との関わり方において注目すべき共通点や相違点を分析した。

ラローはこの詳細な分析に基づき、低所得層と中間所得層の家族では子育ての方法が大きく異なっており、それが目立たないながらも格差の恒久化に大きな影響を及ぼしているという結論に達した。中間所得層の親は「協同的子育て」の方針をとることが多い。子どもには才能があり、それを丹念に養うべきであると考え、多くの手助けをする。親は子どもにとって大切なことを中心に家族生活を組み立て、子どもの能力を最大限に伸ばそうと予定がいっぱいの英才教育を施している。

一例としてウィリアムズ一家について見てみよう。大きな反響を呼ぶことになる彼女の著書『不平等な子ども時代（*Unequal Childhoods*）』の執筆に向けて基礎資料を集めていた当時、ラローが多くの時間をともに過ごした一家だ。ラローによると、ウィリアムズ一家は「北東部の主要都市」の高級な調度品が目を引く立派な家で暮らしていた。当時九歳だったアレグザンダー（アレックス）・ウィリアムズは、ともに大学教育を経て専門職に就いているウィリアムズ夫妻のもとに生まれ、明るくおおらかで、活発な子どもだった。ある一週間の彼の活動をみると、ピアノのレッスンを受け、聖歌隊の練習をこなし、日曜学校に参加し、教会で歌い、野球とサッカーの練習で汗を流し、ゲームを楽しんでいた。両親は息子が幼いころには本を読み聞かせ、少し大きくなってからは自分で読ませるようにした。宿題を見てやり、夕食時には知的な興味を刺激する会話を心がけ、常に息子の考えや意見や感想を聞いた。夫妻はどちらも責任の重い仕事をしていたが、息子のことが最優先だった。

低所得層の家庭では、ラローが「自然な成長」と呼ぶ子育てのスタイルが多く見られた。このグループに属する親も中間所得層の親と同じように愛情深かったが、子どもの才能を伸ばすためにかける時間や労力、支出は少なく、子どもを組織的な活動に参加させることも少なかった。これは必ずしも親の意思ではない。経済的に余裕のない親は月々の支払いを済ませるのが精一杯で、ピアノを習わせたり、本を読み聞かせたりするお金や時間、気力が残っていれば恵まれているほうなのだ。低所得層の子どもたちは、自分たちだけで楽しむ時間が多くなる傾向がみられる。

ラローはふたつのタイプの子育てに優劣をつけることはしていない。「自然な成長」のスタイルがとられている家庭の子どもたちは楽しそうに過ごしていることが多く、私たちがいちばん好ましく思う子ども時代の理想像に近い。何時間も空想にふけり、一人でも友だちと一緒でも、好きなゲームに熱中していた。ラローが研究した中間所得層の子どもたちは、することがないと不満を感じやすく、特権意識が望ましくないかたちで現れることがあった。

ただしラローは、協同的子育てのほうが、大人になってから社会で求められることに対応する力が養われるのは間違いないと述べている。現代の職場や組織では――教育機関でさえも――豊かな言語能力と推論能力をそなえた積極的で自信にあふれるタイプが評価される。協同的子育てによってしつけられる子どもが身につける主な能力のひとつは、質問を投げかけるスキルだ。

ウィリアムズ夫人がアレックスを健康診断に連れて行ったとき、ラローも同行した。往きの車のなかで夫人は息子にこう言った。「アレックス、お医者さんに質問したいことを考えておくのよ。何でも好きなことを訊きなさい。恥ずかしがっちゃだめ。何でも訊いていいんだから」。アレックスはしばらく考えてから言った。「デオドラントをつけたところが、腫れてるんだ」。「そうなの？」と母親は言った。「じゃあ先生に訊いてみなくちゃ」。診察室に呼ばれると、医師は「お決まりの質問だよ」と言ってさまざまなことを尋ねた。医師はアレックスの身長は「一〇〇分の九五の範囲にあるな」と言った。アレックスは医師の言葉をさえぎった。

**アレックス**　僕が何ですって？

**医師**　きみは一〇〇人中九五人の男の子より背が高いという意味だよ。その、一〇歳の男の子のなかでね。

**アレックス**　僕は一〇歳じゃありません。

**医師**　そうだな、グラフの上では一〇歳ということになる。きみは――九歳と一〇カ月だね。グラフではいちばん近い年齢に分類されるんだ。

ラローはアレックスのこうした態度が不躾だと言っているのではない。そうではなく、彼が権威ある大人に対して自分の疑問をぶつけたのは、中間所得層以上の家庭の子どもに特有の自信と確固たる自尊心の表れなのだ。

彼らは優れた言語能力を生かし、自分が置かれたあらゆる状況を「カスタマイズする」とラローは言う。これはのちに高等教育へと進み、やがて仕事をするうえで役に立つ能力だ。協同的子育てを受けて育った大人は、到来したチャンスを最大限に生かすのがうまく、そもそもチャンスにめぐり合う可能性も低所得層の出身者より高い。彼らは状況や既存の秩序を自分の望むように変える術を知っている。低所得層出身の多くの大人は、ダン・ロススタインがマサチューセッツ州で支援したタイプに近い――自分たちの幸せに欠かせない支援組織の親しみづらく冷たい表情の担当者に、自分の意見をしっかりと伝えることができないのだ。

ウィリアムズ一家の話をもう一つ紹介しよう。アレックスと母親がキッチンのテーブルで学校の宿題について話し合い、父親が皿洗いをしていたときのことだ。父親が冗談で、どこかの本から答えを写したらどうかと言うと、アレックスはわざと、そうしようかなと答えた。

父親が慌てて発言を撤回すると、母親が息子に言った。「そういうのはね、盗用、って言うのよ」。アレックスはその言葉なら知っていると言って、著作権という概念を口にした。すると家族はその定義について話し始めた（「みんないっせいに話し出した」）。こういった会話は中間所得層の家庭の多くで日常的にみられ、好奇心とそれを追究するための言語的な能力を訓練するプロセスになっている。

もちろん、低所得層の子どもたちが本質的に好奇心に欠けるというわけではない。それどころか、ラローは私宛てのメールのなかで、彼らのほうが純粋な好奇心をみせる機会が多いと述べている。中間所得層の子どものように英才教育を受け、過密スケジュールに追われていないため、自分の考えをじっくりと深めることができるからだ。またラローによると、彼らは大好きなことになると主導権を握ることが多い。「低所得層の子どもたちが組織的な活動に参加するケースは少ないのですが、参加した場合は中間所得層の子どもたちよりも深い興味と意欲を示し、率先して取り組む姿がよく見られます*」

しかし、子どもに問いを投げかける習慣を教えることにかけては中間所得層の親のほうが優っている。親は絶えず子どもに質問し、子どもからの質問にも答える準備ができている。そうすることで、「子どもが好奇心旺盛になるように訓練している」のだとラローは述べている。

## 大人はなぜ質問をやめてしまうのか

私たちは問いを投げかけるように育てられても、大人になるとその習慣をあっさりと失い、い

＊　これは英才教育を受け、スケジュールが過密な学校で優秀な成績を収めていた生徒が、ときとして進学先で伸び悩む理由の説明になるかもしれない。アメリカの低所得者が暮らす地域で教育を提供している特別認可学校のキップ（ＫＩＰＰ、Knowledge Is Power Program＝「知識は力なり」プログラム）は、放っておけば学校教育を修了できそうにない子どもたちを大学に入学させ、優れた実績をあげて高い評価を得ている。キップは方針の一つとして、できるだけ長時間子どもとの接触を保つことを掲げており、授業時間を長くし、休暇を少なくし、課外活動や心のケアにも力を入れ、盛りだくさんのスケジュールを組んでいる。ところが、キップの出身者は大学に進むと中退率が平均を上回る。これにはいくつかの理由があるが、一つには大学で好成績を収めるには、高校時代と比べてより強い自発性が求められることが関係しているだろう。とくに、常に生徒に注意を向けている高校の出身者にとっては（最善を尽くして優れた結果を出している学校の出身者であっても）、その落差が大きい。

ざというときも問いを発せずにいることがある。経営学教授のロバート・ミッテルスタッドは著書『次の過ちが運命を決めるのか（*Will Your Next Mistake Be Fatal?*）』のなかで、問いを発しないことが大きな不幸の根本的原因になることがめずらしくないと論じている。彼は世界でもっとも有名な大惨事を例に挙げる——タイタニック号の沈没だ。初めての航海に出発したタイタニック号には、近くの船から氷山の存在に関する警告が寄せられていた。「タイタニックはいくつもの警告を受信していたが、さらなる情報を求めた記録は残っていない。近隣の船に追加情報を求めるだけの好奇心の持ち主がいたらどうだったろう」。のちになって、タイタニックの設計と建造に携わった複数の関係者が、船の安全性に疑問を抱いていたと認めている。愚か者だと思われるのを恐れ、同僚たちの前で声をあげられなかったという。

疑問は好奇心を武器に変える。好奇心によって行動を変えることができるのだ。『質問するリーダーシップ（*Leading with Questions*）』の著者マイケル・マーコードは、世界最大級の化学メーカー、ダウ・ケミカルの元ＣＥＯマイク・パーカーの言葉を引用している。「リーダーシップを発揮できないのは、質問する能力がないか、質問をためらっているのかが原因であることが多い。私は優秀な人々が——知能指数が私などよりはるかに高い人々が——リーダーとして失敗する姿を見てきた。彼らには素晴らしい話術と豊富な知識があるのに、質問するのがあまり得意ではない。そのため、上層レベルで起きていることはよく把握していても、システムの下層で起きていることには無頓着になる。彼らは質問することを恐れる。そして、どんなにくだらない質問でもきわめて大きな力になり得ることに気づいていない。質問は閉ざされた会話を開くことができるというのに*」

二〇〇二年二月、アメリカのドナルド・ラムズフェルド国防長官が記者会見を開いたときのことだ。サダム・フセイン政権に対してアメリカが圧力を強めていることについて説明が求められた。イラク政府がテログループに大量破壊兵器を供給しているという証拠はあるのか。ラムズフェルドの発言には、彼と常に結びつけられることになる難解な言い回しが含まれていた。

「誰もが知る明らかなことがあります。知っていると知っていることが。それから誰も知らないことが明らかなこともある。つまり今のところ、知らないと知っていることが。しかし、知らないことが明らかになっていないこともある——知らないと知らずにいることもあるのです」

[Known and Unknown はラムズフェルドの自伝のタイトルになった]

---

＊ もちろん、すべての質問が情報を引き出すためにあるわけではない。よくあることだが、私たちはときに無意識に、たとえば「あなたは無能だ」というような、言いづらいことを口にするのを避けるために質問の形式をとる——つまり、自分がどんなに頭がいいか、あるいは他人がどれほど無能かをほのめかす意図をもった質問だ。組織心理学者でリーダーシップ・コンサルタントのロジャー・シュワルツは、こう釘を刺す。「質問するだけでは十分ではない。どこまでも好奇心旺盛でなくてはならない」。彼はクライアントに対して「大ばか者」テストを取り入れることを推奨する。まずこれからしようとする質問を頭のなかで言ってみる。その質問の最後に、「大ばか者め」とつけ加える。それでもごく自然に聞こえたら、その質問はしてはならない。

会見が行われた当時、彼は頭が錯乱したせいで意味不明なことを口走ったのだろうと物笑いの種になった。しかし、イラクでのラムズフェルドの計画が失敗したにもかかわらず、この発言は再評価されている。言語学者のジェフリー・プラムは、「構文的にも、意味的にも、論理的にも、修辞学的にも非の打ち所がない」と評する。ラムズフェルドはアメリカの諜報活動の限界に言及しているが、同時に私たちの知識に空白があることを考慮すべきだと示唆したのである。

アメリカによるイラク占領は破滅的局面を迎え、その政策自体がイラクの状況を悪化させた。ブッシュ政権はイラク全土の秩序維持のために要する兵力を過小評価し、戦後処理については既存の統治機構の能力を過大評価した。ジャーナリストのジェイムズ・ファローズは、徹底した取材に基づく記事を『アトランティック』誌に掲載し、ブッシュ政権がそういった問題について事前に警告を受けていなかったわけではないと指摘している。それどころか、彼らは政権内部からの懸念にさえ、目をつぶったのだという。

イラクをはじめ中東諸国に精通した職員を独自に養成していたアメリカ国務省は、いくつもの重厚な報告書を作成し、イラク侵攻後にアメリカが直面する難題を予見した——敵軍のゲリラ化、インフラの崩壊、国政を維持する術を心得ているのはサダム・フセイン配下の与党のみであるという事実。だが、こうした報告書やそれを作成した人々に注意が払われることはなかった。ブッシュとラムズフェルド、チェイニーの三人には確固たる計画があり、何としてもそれを貫く気構えだった。そのため、計画に疑問を投じるような発言には断固として耳を傾けなかったのだ。彼らが適切な問いを投げかけなかったのは、自分たちが情報の空白を抱えていることを知りたくなかったからだ。ラムズフェルドは「知らないと知らずにいること」を考慮するように呼びかけた――それは賢明なことだった。ところが残念なことに、彼は自分自身の忠告に従わなかったのである。

## 大企業病――意図的な無知

小さなベンチャーが大企業に成長すると、自分たちが身を置く世界を意識するようになり、独創性と活力を失いやすくなることはめずらしくない。断片的な情報に基づいて軽率な判断を下し、競争相手や消費者について先入観を抱いたまま抜け出せなくなる。そして視野がトンネルのように狭くなる。そうなる理由の一つとして、官僚体質の組織では、幹部が問いを発するのをやめてしまう心理的環境が生じやすいことが挙げられる。そんなとき、「知識は力なり」というフランシス・ベーコンの有名な格言は意味が覆る――「無知は力なり」。

二〇一〇年一〇月、フランスの金融機関ソシエテ・ジェネラルのトレーダーだったジェローム・ケルヴィエルは、懲役五年の判決を受けた。その二年前に行った一連の金融取引は雇用主に七〇億ドル近い損失を負わせた。事件の発覚後、ケルヴィエルの上司たちは彼が周囲の監視の目をかいくぐって違法な取引をしていたと主張した――自分たちは彼の行動について何一つ知らず、もちろん許可を与えたことなどない、と。ケルヴィエルのほうは終始、上司らは状況を把握していたが、利益がもたらされているから黙認したのだと主張した。上司らはこれを否定し、彼らの関与を示す証拠はあがらなかった。二〇一一年と二〇一二年にニューズ・インターナショナル［イギリスを拠点とする新聞社。現在はニューズUKに社名を変更］を揺るがした電話の盗聴スキャンダルでも、同じような構図がみえた。ジェイムズ・マードックとルパート・マードックをはじめとする経営陣は、社内の状況に呆れるほど疎いという印象を世間に与えるのも構わず、社内の不正行為について一切関知していなかったと自己弁護に終始した。ソシエテ・ジェネラルにしてもニューズ・インターナショナルにしても、「何を知ってはいけないかを知ること」が重要な処世術だったのである。

エセックス大学の社会学者リンジー・マッゴイは、「戦略的無知」について研究している。これはつまり、知識を養うよりも無知を装うほうが好都合な状況のことだ。意図的に無知を保つことは、偏見や差別を助長する。マッゴイはエイズ問題で騒然となっていた一九八六年に、アメリカ司法省が下した決定を例に挙げる。同省は、エイズが職場に危険をもたらすことはないという医学的知識を持っていなかったと言い切れるかぎりは、エイズ感染者を解雇する行為は正当化されると明言した。

意図的な無知という戦略は、自分の権力を守ろうとする場合にもよく用いられる。大きな組織にはとくにその傾向が目立つ。というのも管理者層が厚く、彼らの多くがイノベーションや生産性の向上よりも保身を優先するからだ。マッゴイが指摘するように、戦略的無知は二〇〇八年の金融危機のさなかにも表面化した。金融関係者たちは大惨事の前兆を見落としたのではなく、むしろ見落とすことを選んだのだ。二〇〇八年の危機を回避できなかった金融機関の取締役会には経験豊かな幹部が名を連ねていた。彼らは、職務上の責任を負う事業活動の一部で非常にリスクの高い取引が行われていることに気づきながら、あまり知りすぎると自分たちの特権と、そしてボーナスが危険にさらされるのではないかと心配し、深入りしないことを決め込んだのだ。

成功が意図的な無知を生むこともある。企業が成長するにつれて難しい疑問を重視しなくなるのは、ビジネスの慣《なら》わしのようだ。うまくいっている（ように見える）現状に、どうして疑問を投げかける必要があるのか。イノベーションに関する古典として知られる『イノベーションのジレンマ』［伊豆原弓訳、翔泳社、増補改訂版、二〇〇一年］のなかで、著者のクレイトン・クリステンセンは一流の頭脳が揃った企業でさえも、どうすればよりよくできるのかと自問することをやめたばかりに失敗するようすを明らかにしている。失敗の理由はほかでもない、顧客の要望に応え、もっとも採算性の高い商品やサービスを提供することに大成功したせいで、市場を牽引するようになった企業は目立たない低価格商品の分野で何が起きているのか見過ごしやすくなるからだ。低価格の商品やサービスを提供する比較的規模の小さいライバル企業は、変化する顧客ニーズに適応するにはどうしたらいいか、新たな問いを発する必要性に迫られている。そのため彼らは革新的になり、彼らが生み出した安いながらも魅力ある商品は大企業の独占を揺るがし、やがてそれを覆すことがある。問いは弱者にとって強者に対する最大の武器になる。それはひとえに、強者が一方的に武器を手放してしまうからである。

## 質問すべきときに質問しない理由

マイケル・マーコードは、私たちが質問すべきときにそうしない理由を四つ挙げている。一つめは自分が愚かに見えないように身を守りたいという意思が働くこと。会話の途中で疑問が頭をかすめても、笑いものになるのではないかと恐れて尋ねられなかった経験は誰にでもあるだろう。悔しいことに、ほかの誰かがその疑問を口にし、周りから感心されるのを見てそれが的を射た疑問だったと気づくこともある――もっと始末が悪いのは、疑問を提示せず、答えを得ようとしなかったために、避けられたはずの問題を引き起こしてしまう場合である。

二つめの理由は忙しすぎることだ。優れた質問を生み出して育むには時間がかかる。私たちはすべきことがたくさんあるとそれで手一杯で、考えたり疑問を抱いたりするのは二の次になる。三つめの理由として、文化が質問を妨げることがある。権威主義的な国では、純粋な好奇心からわき起こる疑問は挫かれる。心理学者のアーヴィング・ジャニスの言う「集団思考」に囚われた組織では、答えにくい質問を投げかけるとたちまち居心地が悪い状況に追いやられることがある。多様な意見を尊重している文化においてさえ、あまり目立ちはしないが抑止力が働く。社会動向の研究者ダニエル・ヤンケロビッチは、アメリカの文化が「性急に行動を求める」ようすを観察している。彼は、「それについてどう行動するか?」という質問にしか耳を傾けてもらえないことが多いと言う。四つめの理由として、マーコードは私たちに質問するのに必要な能力が欠けていることを指摘している。

有意義な質問をすると、胸の躍るような「知らないと知っていること」が新たに浮上し、もっと知りたいと思う気持ちが刺激される。カリフォルニアに住む小学校六年生の生徒が、ダン・ロススタインにこう言ったそうだ。「必要なことは全部わかったと思ったとき、次の質問をしてみると、まだ知らなくちゃいけないことが山ほどあるって気づくんだ」

# 第7章 知識なくして創造性も思考力もない

目が光を求めるのと同じように、理解力は知識を求める。そして子どもたちは、知識を得ることに無上の喜びと満足を覚える。自分が尋ねたことが関心をもって受け止められ、知りたいという切なる思いを励まされ、褒められたときはなおさらだ。

——ジョン・ロック

ついに光が見えた……

——チャールズ・ダーウィン

## スラム街にコンピューターを置いてみる

一九九九年、スガタ・ミトラはニューデリーの大学で中間所得層の職業人にコンピューター・プログラミングを教えていた。彼の仕事場はスラム街に隣接し、オフィスからそのようすを一望できた。ミトラはときどき窓の外を眺め、ひしめき合う小屋のなかで暮らす大勢の子どもたちがコンピューターを使う日は来るのだろうかと想像した——もしその日が来るとしたら、どんなことをするのだろう。

ミトラが教える経済的に恵まれた生徒たちは、授業が終わるとよく優秀な息子や娘の話を始め、子どもたちが高価なコンピューターを使って驚くようなことをするんだと自慢した。ミトラはあまり考えず、ただ感心していた。ところがある日、頭にふと疑問が浮かんで離れなくなった。

「果たして、裕福な家の子どもだけがそういう才能に恵まれているのだろうか」

彼はさっそく実験することにした。スラム街と大学を隔てる塀に穴をあけ、地面から一メートルほどの高さのところに、インターネットに接続したコンピューターのモニターとキーボードをはめ込んだ。スラムから子どもたちが集まり、目を丸くした。「これは何?」と彼らは尋ねた。ミトラは知らないふりをして肩をすくめ、その場から立ち去った。

八時間後、ミトラはその場所に戻った。すると子どもたちがコンピューターに群がり、インターネットを使っていた。信じられない光景だった。子どもたちはこれまでコンピューターを触ったこともなければ、見たことさえないはずだ。それなのにコンピューターに出会ってから数時間でどうやってインターネットを使いこなせるようになったのだろう。ミトラが同僚にこの話をすると、そのうちの一人が単純な推理をしてみせた——たまたま教師か誰かが通りかかって、子どもたちにマウスの使い方を教えたのだろう。ミトラは納得しなかったが、そうかもしれないとも思った。そこでデリーから五〇〇キロほど離れた村で同じ実験を行った。そこはインドでもとりわけのどかな田舎で、「ソフトウェアのエンジニアが通りかかる可能性がきわめて低い場所」だった。

コンピューターを設置してから二カ月後、ミトラがふたたび村を訪れると、子どもたちはコンピューターでゲームを楽しんでいた。「もっと速いプロセッサが欲しい」。彼らはミトラにそう言った。「それから、もっといいマウスも」。どうやってコンピューターの使い方を覚えたのかとミトラが尋ねると、彼らは少し苛立たしそうに、ミトラが置いていった機械は英語しか使えないから、使いこなすには英語を勉強することから始めないといけなかった、と説明した。

ミトラはインドの田舎で場所を変えて実験を繰り返したが、結果はいつも同じだった。壁に埋め込んだコンピューターで遊ぶ子どもたちを撮影したビデオには、子ども同士で教え合う姿が映っていた。友だち同士で教え合い、弟が姉に教える。ミトラは発見を論文にまとめて発表し始めた。そしてこう総括した。「どんな言語のコンピューターでも構わない、子どもたちにそれを与えるだけで、彼らは九カ月後には欧米企業の秘書と同等レベルまで使いこなせるようになる」。彼がそう確信するのは、実際に何度もそれを目の当たりにしたからだ。

ミトラは次に、さらに大胆な問いを投げかけた。インド南部の村でタミル語しか話さない子どもたちは、路上に設置したコンピューターを使って、かなり高度な理解力が求められるテーマについて英語で学ぶことができるだろうか。ミトラはさすがに無理だと予想し、この実験によって何はともあれ、教師の数を増やす必要性を訴えられたらいいと考えた。彼はタミル・ナードゥ州のある村にコンピューターを設置し、DNAの複製に関する資料を読めるようにしておいてから村の子どもたちが自由に使えるようにした。二カ月後、彼はふたたび村を訪れて子どもたちにDNAの複製についてテストを行った。結果は散々だった。それからまた二カ月して訪れると、子どもたちは相変わらず何の進展もないと彼に言った。ミトラは驚かなかった。すると一人の少女が手を挙げ、タミル語まじりのたどたどしい英語でこう説明した。「DNA分子の複製の異常のせいで病気になるってことはわかったけど、あとは何もわからないの」

テストの結果は相変わらず芳しくなかったし、子どもたちは手応えを感じていなかったが、ミトラは彼らが確実に進歩していることに気づいた。そこで彼は、大人の監督役をつけることにした。村によく来ていて子どもたちと顔見知りの若い女性会計士がいたので、ちょっとした手助けを頼んだ。彼女はDNAの複製のことなど何も知らないと言った。ミトラは「おばあちゃん役」をしてくれればいいんだと安心させた——コンピューターと向き合っている子どもたちの後ろに立ち、さかんに褒め言葉をかけ、何をしているのか尋ねるのだ。

二カ月後、子どもたちのテストの正答率は五〇パーセントに跳ねあがった。インド南部のタミル・ナードゥ州の貧しい村の子どもたちは、ミトラが比較のために設定した対照群の子どもたちの成績に追いついた——対照群に選んだのはニューデリーの裕福な私立学校に通う生徒たちで、ミトラがコンピューター・プログラミングを教えていたような裕福な親の子どもたちだ。

現在、ニューカッスル大学の教育工学教授として活躍するミトラは、インド南部の子どもたちは先進国の人々にメッセージを発していると考えている――そろそろ学習の方法を変える時期に来ているというメッセージだ。欧米の教育システムは、すでに存在しない難題に対処するためにつくられたものだと彼は言う。欧米の学校は帝国を管理する有能な役人を養成するにはうってつけだが、好奇心旺盛な学習者を育むには向いていない。インターネットによって、知識を伝達する大人という意味では教師は不要なものになった。タミル・ナードゥ州の子どもたちがDNAの複製について学ぶという難題に取り組んだ方法はどんな学習にも適用できる――ブロードバンドに接続できて、友人のちょっとした助けさえあれば。

ミトラがTEDの講演で発表して以来、この研究は広く知られるようになった（私のこれまでの説明もTEDの内容をまとめたものだ）[*]。彼は講演の最後に、インターネットが普及した今となっては、人間の認知能力を大胆に捉え直すことが必要だと示唆している。これは、テクノロジーの預言者であるニコラス・ネグロポンテが指摘したことでもある。インターネットが無限の記憶容量を誇るなら、もはや事実や情報を自分の頭に留めておく必要がなくなる。知識を記憶する代わりに、私たちはそれを自由に探究できる。ネグロポンテの言葉を借りるなら、「知識は過去のものになっている」。

## 繰り返される「好奇心駆動型」教育

学校は好奇心のるつぼだ。幼い子どもたちに芽生えた学びへの意欲に活力を与えることもあれば、それをみすみす萎縮させてしまう場にもなり得る。あなたが私と同じように、社会における好奇心の役割に興味があるとすれば、学校は何のためにあるのかという幾度となく繰り返されてきた議論にも関心があるだろう。議論の争点はこうだ。学校は社会で必要とされる学問的知識を大人から子どもに伝える場であるべきか。それとも、子どもたちが好奇心に駆られたら、いつでもそれを探究できる場であるべきか。

ミトラ教授が提唱するテクノロジーによる教育改革は、この長年にわたる論争に照らして考えるとよく理解できる。「知識は過去のものになっている」という考えには、胸が躍るような未来的響きがあるが、その起源は何世紀も過去に遡ることができる。いわゆる「好奇心駆動型」の教育という発想は非常に魅力的であるため、いくつもの世代にわたって繰り返し提唱されてきた。「好奇心駆動型」の教育とはつまり、大人から与えられた学問的知識を暗記する必要性からおおむね自由になった教育のことだ。

ミトラは思想的な源流に触れていないが、彼の主要な議論と仮説は、一八世紀後半に興ったロマン主義と呼ばれる文化的運動の先駆者の一人に遡ることができる。ジャン＝ジャック・ルソー

＊ Technology, Entertainment and Design を意味するＴＥＤは、カリフォルニアで年に一度開催される講演会として始まり、「広める価値のあるアイディア」を支持する世界的ブランドへと成長している。二〇一三年、ＴＥＤはミトラに対して「自己学習」の実験をさらに深める資金として一〇〇万ドルを授与した。

は一七六二年に出版した小説形式の教育論『エミール、あるいは教育について』のなかで、エミールという仮想の少年を主人公に据え、子どもは大人から干渉されずに必要なことを何でも学ぶことができると主張した。子どもの自然な好奇心だけが教師だ。「従来の学問から、自然な魅力を感じられない知識を取り除き、本能的に学ばずにはいられないことに集中すべきである」。ルソーは、子どもに必要なのは「言葉による指導ではなく、ひたすら経験によって学ぶことだ」と述べている。

また彼はこう指摘する。大人の悪いところは、自然に反する恣意的な「知識」を若者の頭に詰め込もうと躍起になることだと。「彼らにとって何の意味もない記号を、頭に刻みつけてどうなるというのだ」と彼は問いかける。生徒たちは事実の羅列を復唱できるようにはなるが、それを理解することはない。事実は何の役にも立たないままじっと記憶に居座り、自分の力で考える能力を破壊する。子どもたちに自分の経験とは縁のない情報を学ばせるのは、人間性に対する攻撃に等しい。

いや、自然が子どもにどんな考えでも受け入れられる柔軟な脳を授けたのであれば、それは王の名や生没年、紋章に地球、地理についての用語など、彼にとって現在も将来も意味のない言葉を刻むためではない。そんな言葉の洪水は、彼の悲しく不毛な子ども時代をさらに台無しにするばかりである。

ルソーは独創的な思想家であると同時に人の心を動かす作家でもあり、子どもたちの自然な好奇心が大人の教育によって抑圧されているという彼の主張は、何世代にもわたって自己複製しながら受け継がれ、「文化的遺伝子《ミーム》」となった。エミールの物語はそれから二世紀を経て、さらに今世紀に至るまで語り継がれている。さまざまな言語に翻訳され、強調される点もさまざまでバリエーションが豊富だが、基本的なテーマは変わらない。

一九世紀の後半から二〇世紀になると、多くの思想家や教育者が「進歩的な」学校を次々と創立した。その柱となる方針は、生まれつき発見を愛する子どもの心を教師が妨げてはならないというものだ。歴史や言語、算術といった従来の科目はあまり重視しない。結局のところ、それらに自然と興味をもつ子はほとんどいないからだ。その代わり重視されたのは「行動によって学ぶ」活動だ——そこでは言葉のやり取りではなく実体験が優先される。指示的な教育は禁止されるか制限され、演劇や自己表現の修練が奨励された。

進歩的思想を具体化したもっとも有名な例はマリア・モンテッソーリの学校だ。グーグル創業者のラリー・ペイジとセルゲイ・ブリンはどちらもモンテッソーリ校を卒業し、その教育理念が自分たちの成功の一因になったと考えている。一九七〇年、ブラジルの高名な教育学者パウロ・フレイレは、教師が生徒に「存在に関わる経験」とは無縁の事実を「詰め込んでいる」と批判した。教育の役割は、生徒をまるで情報を預ける銀行口座のように扱うのではなく、子どもたちが自分のことに自分で責任をとれるように手助けすることだと彼は主張した。

進歩的思想を現代的にアレンジしたものは「学習スキル」という言葉で表現される（「高次能力」、「思考力」と呼ばれることもあり、ごく最近では「二一世紀型スキル」という表現も用いられる）。モンテッソーリや同時代の教育関係者は、教育法の理想を情熱的に議論した。「学習スキル」の支持者の関心は、子どもたちが社会に巣立っていくまでの準備期間に学校は何をすべきか、ということだった。彼らはみな、学校が伝統的な科目を教えることに大半の時間を費やすのは適切ではないという進歩的な信念を抱いていた。それに代えて、創造性や問題解決、批判的思考、好奇心といった抽象的能力を重視すべきだという主張だ。これらの能力があれば、子どもたちは将来どんな状況に直面しても対処できるというわけだ。

これは教育界の主流に深く浸透した考えである。「自分の学習を主体的に進める」生徒は高く評価され、子どもたちの自己表現を許さず指示に徹する教師は批判される。イギリスのある教育団体がホームページに掲載した報告書には、「二一世紀のカリキュラムが知識の伝達を中心に据えることがあってはならない」と明記されている。

近年では、シリコンバレーの起業家精神と独立心にあふれたテクノロジーの先駆者たちも、学習スキルの理念を掲げるようになっている。ウィキペディアとグーグルの時代は、ルソーが描いた夢そのものかもしれない。どんな子どもでもアイパッドがあれば、教師に干渉されることなく世界中の知識を自由気ままに探究できる。教育コンサルタントのサー・ケン・ロビンソンはこう述べている。「学習の手助けは不要です……子どもたちには生まれつき飽くことのない学習意欲がありますが……それは大人たちが彼らの教育に取りかかり、学業を無理やり押しつけようとした時点から消失し始めるのです」。インターネットのおかげで事実を暗記する手間が省けるようになった今、学校は思考力を伸ばすことに集中できるはずである。

## 「好奇心駆動型」教育が機能しないわけ

いかにも現代的な理論のように聞こえるが、仮に『エミール』が出版された当時の読者たちがこれを耳にしたとしても、同じように現代的だと感じたことだろう。その時代、産業主義が敵役として登場し（従来型の学校は常に「工場」になぞらえられる）、従来型の知識に疑いの目が向けられた。そこでは個人の経験が重視され、子どもたちの自由な好奇心が称賛された。皮肉なのは、「二一世紀型スキル」が象徴する学習の理想は、じつはフランスに皇帝が君臨し、アメリカがイギリスの植民地だった時代に生まれたという事実だ。

二一世紀型スキルの提唱者は不思議なことに、自分たちの思想に起源があることを認めようとしない。なんとも理解できないのは、そうした思想の誤りが繰り返し証明されているのに——現代科学が学習について解明したいかなる事実とも整合しない——まるで輝かしく斬新な思想が誕生したかのように論じられることだ。今ではルソーの主張が正しくなかったことは明らかだ。子どもの好奇心は、ルソーや彼の信奉者が提唱したものとは大きくちがう。彼の思想は魅力的ではあるが、似たような理論が次々と考案されてきたのは、それが機能しないからにほかならない。なぜ機能しないのか理解するため、まずは「好奇心駆動型」教育の支持者たちに共通してみられる三つの誤解について考えてみよう。

## 1 「子どもには指導役の教師は必要ない」

子どもの自然な好奇心が教師の指示によって抑圧されるという立場は、人間の根本的な性質を見落としている——つまり人類は、昔から年長者や祖先から譲り受けた知識に頼ってきたということだ。今を生きる私たちは火を発見する必要も、摩天楼のつくりかたを一から発明する必要もなかった。科学者は誰もが偉大な先駆者の功績を礎にし、芸術家は誰もが伝統のなかで、あるいは伝統に背を向けて活動している。周りの大人から言語を学んでいる赤ちゃんは、教育学者ポール・ハリスがいう「太古からの指導体系」に組み込まれる、もっとも新しいつながりなのだ。

子どもが大人に依存する期間が非常に長いことは、人間が自分独りで行う探究をとおしてだけでなく、他者から学ぶようにつくられていることを理解する糸口になる。文化によって大人が子どもを教育するときの向き合い方は大きく異なるが、あらゆる文化において子孫の教育はなされている。ハリスはリベリアのクペル族の父親の言葉を引用する。「枝を切るときは途中でなたを渡し、どうやって切るかを教える。手こずったら、どうやればもっと楽にできるか手本を見せてやる」。若者に意識的に物事を教えるのは、人間の本質から逸脱した現代的な行為ではなく、私たちの生物的な遺産の一部だ。エミールは気高くも一人きりで世界について学んでいた。そんな彼を描いたルソーこそ、人間の本質を否定しているのである。

積み重ねられた証拠からすると、「指導者なしの学習」にはどこか矛盾があると言わざるを得ない。カリフォルニア大学の認知科学者リチャード・メイヤーは、一九五〇年から一九八〇年代にかけて行われた研究を分析し、指導者なしの学習と従来型の教育法を比較した。どの時代においても「実験的授業」より、大人が指導する昔ながらの方法のほうが子どもたちは多くのことを効率的に学んでいた。メイヤーは数十年にわたり同じ考えが名称を変えて提唱されたが（「発見学習」、「実験的学習」、「構成主義」）、有効性が証明されたことは一度もないと指摘する。

何をどう学ぶかを直接的に指導することだけが教師の役割ではないが、それは教師の中心的な役割ではある。研究者のジョン・ハッティは、優れた実績をあげた指導法に関する八〇〇件以上のメタ分析を総合的に評価した（メタ分析のメタ分析を行った）。それによると、学習効率を高めるもっとも重要な要素は、フィードバックと指導の質、そして直接的な指導の三つであることがわかった。要するに、従来の指導法――大人から子どもへの情報伝達――は、うまく実践された場合にはきわめて有効である。これは至極当然のことだ。ところがハッティによると、この研究結果を知った教育実習生たちは非常に驚いたという。彼らは日頃から、知識の伝達の弊害について聞かされていたからだ。

大人から与えられる知識がないと、子どもたちの自然な好奇心はある程度までしか伸びない。

ベビーラボの例（第2章参照）で学んだように、知的好奇心は「学ぶ意欲に満ちている心理状態」と定義することができる。子どもの学ぶ意欲は知識によって満たされないとすぐに消えてしまうおそれがある。直接的な指導を受けずに科学を学ぼうとする学生は意欲を挫かれて混乱したり、のちの学習に支障をきたすような誤った概念を身につけたりする。インターネットはこうした問題を解決するどころか助長する。たとえば、子どもたちのグループがインターネットだけを頼りにダーウィンの進化論を学ぶところを想像してみよう。それが悪魔崇拝者の陰謀だという結論に達する子どもが現れないと言い切れるだろうか。なかにはためになる情報を手に入れる生徒もいるが、そこに至るまでには根拠のないでたらめと確かな情報を整理するのに戸惑い、膨大な時間を無駄にする。自立した学習は大きな目標だ。しかし、子どもたちがそれを出発点としたら、ほとんどの場合はあまり進歩せずに足踏みするだろう。

　学校と教師は子どもたちに何を学ぶべきかを教える役割を担っている——今は退屈に思えても、私たちが親として、また市民として知るべきと信じることに彼らの注意を向けさせるべきだ。子ども時代には学習において期せずして学ぶ《セレンディピティ》機会が重要だ。教師は、子どもたちが自分では興味を抱くと思っていない分野——つまり「知らないと知らずにいること」——や、はじめは退屈に思えたり、気後れしたりするような分野の知識に、目を向けられるように手助けすることができる。『ハムレット』の最初の一節を読み、何を言っているのかさっぱりわからないと放り出してしまったら、シェイクスピアの戯曲がどれほど魅力的なものか知る由もない。難解な概念を読み解き、先に進むように少し辛抱するよう言いきかせることのできる教師は生徒の人生すら変えることもある。子どもに必要なのは、十分な情報を得て自分のなかの情報の空白に気づくことであり、そのためには揺るぎない指導が欠かせない。そういった指導がなければ、子どもは自分の無知にいつまでも気づかないかもしれないのだ。

授業や学校によっては、想像力に欠ける教師が事実をおもしろく伝える努力をせずに授業を進め、子どもたちの好奇心を押しつぶしてしまうことがある。だが、そのことから教師による指導は基本的に悪いものだと結論づけるのは、方向性を大きく誤っている。子どもたちはいわば文化を生き延びる乗り物に生まれ落ちてきたのであり、それを賢く巧みに操れるようになるには、彼らに運転技術を教える必要がある。

## 2 「事実は創造性を台無しにする」

TEDの講演はすべてインターネット上で公開されている。講演者は国家の政策を司るリーダー、ロックスター、ノーベル賞科学者、億万長者などそうそうたる顔ぶれだ。そのなかで視聴回数がもっとも多い講演を行ったのは、TEDに出演するまでほとんど無名だった中年の温和な教育コンサルタントだった。

リバプール出身のサー・ケン・ロビンソンは、二〇〇八年に「学校教育は創造性を台無しにしているのか？」というテーマで教育改革を論じ、その講演はこれまでに四〇〇万回以上も再生されている。ロビンソンは、子どもたちが成長して上の学年に進むにつれて、標準テストの創造性を示すスコアが低下すると説明した。子どもたちはみな、小さいうちは好奇心が旺盛で独創的だったのに、工場スタイルの学校のせいでつまらない人間に変えられていると結論づけた。工場スタイルというのは、子どもたちに学問的な事実を教え込むことに大半の時間を費やし、自己表現の力を養おうとしない学校のことだ。ロビンソンが子どもたちの幸せを心から願っているのは明らかだし、話術も巧みだ。しかしながら、その魅力的な話の内容はまったくもって根拠に乏しい。

スコットランド啓蒙主義の思想家デイヴィッド・ヒュームは、金という言葉にも、山という言葉にも、とりたてて興味深さは感じられないと指摘する。ところが、金山となるとどうか？　何やら魅力的な響きだ。創造性は組み合わせから生まれる。ロビンソンのような進歩的な教育の専門家は、既存の知識を新しいアイディアの敵とみなす。だが、新しいアイディアを分解してみれば、すべては古いアイディアが基礎になっていることがわかる。翼のある馬《ペガサス》は、馬と翼からできているように、スマートフォンはコンピューターと電話から生まれた。頭のなかにすでにある知識が多いほど意外な組み合わせや類推の可能性はふくらむ。事実とは、広い世界を構成する要素の一つであり、それらの結合によって新たな世界が切り拓かれる。

私たちが子どもの好奇心を美化するのは、それが純粋無垢であることに魅了されるからだ。しかし、創造性は空白から生まれるわけではない。優れたイノベーターや芸術家は膨大な知識を蓄えていて、必要な情報を無意識に引き出すことができる。それぞれの分野の法則を熟知しているからこそ、それを書き換えることに集中できるのだ。彼らはアイディアや主題を何度も混ぜ合わせ、そこから類推を働かせ、変わったパターンに目を留め、ようやく独創的な飛躍に至るのである。

イノベーションが生まれる原理の解明にあたる研究者たちは、科学者や発明家が偉業を成し遂げる年齢が次第に高くなっていることに気づいている。世代を経るごとに人類の知識は深まり、その習得により多くの時間が必要となる。そのため、現在の技術水準を凌駕したり、新しい何かを付加したりする道のりが長くなっているのだ。* 天才と呼ばれる人々であっても、傑作を創造するには長年の鍛錬をとおして専門知識を蓄えなければならない。神童のなかの神童として名高いモーツァルトでさえ、芸術的に評価される作品を初めて作曲したのは音楽を始めてから一二年目のことだった。心理学者のスティーヴン・ピンカーが指摘するとおり「天才はガリ勉だ」。子どもは知識や経験を積み重ねなければ、粘土をもたない彫刻家と同じだ——いくら創造性豊かといっても具体的な形にはならない。

ここで例として、深い知識によって好奇心と創造性が養われた人物を何人か紹介しよう。

---

＊ 例として、ベンジャミン・F・ジョーンズの論文「年齢と偉大な発明（Age and Great Invention）」を参照のこと。

**ウィリアム・シェイクスピア**は、サー・ロビンソンをぞっとさせるような学校に通っていた。生徒たちは一〇〇以上におよぶラテン語の修辞技法を反復練習させられ、自分たちの身にはほとんど関係のない、セネカやキケロといった大昔の偉人の作品を読むことを求められた。シェイクスピアがどれほど学校を楽しんでいたかは記録がないのでわからないが、学校が彼の創造力を失わせなかったことを示す証拠は十分にある。シェイクスピアは前人未到の創造性を発揮し、数々の偉大な作品を後世に残しただけではない。シェイクスピア学者のレックス・ギブソンはこう説明している。「シェイクスピアは学校で学んだあらゆることを戯曲のなかで用いている……彼の驚くべき想像力は、暗記や反復練習といった現在では不毛な訓練とみなされている教育のおかげで大きく開花したのである」

昔ながらの厳格な学校に通っていた労働者階級の少年、**ポール・マッカートニー**は、成績が優秀でとくに英語とラテン語が得意だった。ビートルズに加わったころのことを振り返り、彼はこう語っている。「僕は読んだり書いたりするのが大好きだった。『エリナー・リグビー』［一九六六年発表の曲］は素晴らしい詩人になったつもりで書こうとした」

**チャールズ・ダーウィン**は一八四四年に友人の植物学者J・D・フッカーに宛てた手紙のなかで、彼の深い洞察は整然とした事実の積み重ねから生まれたと明言している。

私はガラパゴスの生物の分布状態にすっかり目を奪われ……種とは何かということに多少

なりとも関係のありそうな、あらゆる種類の事実を片っ端から集めようと決心しました……事実の収集をやめたことは一度もありません。そしてついに光が見え、(私の当初の予測とはまったく反しますが)確証に近い見解に至ったのです——(まるで殺人の罪を告白するようなものですが)種は不変ではないと。

二〇〇件以上の特許を保有する精力的な発明家**ジェイコブ・ラビノー**は、心理学者のミハイ・チクセントミハイから独創的な思考に必要なものは何かと訊かれた。ラビノーは「ビッグ・データベース」とも言うべき、頭に記憶された知識が何よりも大切だと答えた。「たとえば音楽家は、音楽について多くのことを知らなければいけない……もしも無人島に生まれて一度も音楽を聴いたことがなければ、ベートーベンにはなれないでしょう……鳥の鳴き声は真似できたとしても、交響曲第五番は作曲できないはずです」。彼は、データベースの構築を始める時期は早いほどいいという。「たくさんの情報を蓄えられるような雰囲気のなかで育てば……人生の初めの小さなちがいは、四〇年、五〇年、八〇年と経ったとき、とてつもなく大きな差となるのです」

優れた教師はこうした雰囲気をつくる手助けをする。子どもたちの好奇心を積極的に導き、拡散的好奇心が知的好奇心へと変わるように支援する。すると今度はデータベースの構築が始まり、やがて独創性を発揮することが可能になるのだ。

## 3 「学校は知識を教えるのではなく思考力を養うべきである」

一九四六年、オランダの心理学者でチェスのグランドマスター〔世界チャンピオンに次ぐタイトル〕でもあるアドリアン・デフロートが、学習に関する専門家の考えを覆すことになる実験を行った。彼は被験者にほんの数秒間、ゲームの途中の状態を再現したチェスボードを見せた。グランドマスターとマスターたちはほとんど完璧に駒の位置を再現することができた。上級のアマチュアはおよそ半分しか再現できず、初心者は三分の一がやっとだった。

チェスは一見すると、純粋に思考力だけがものをいうゲームのように思える。だが、チェスの勝敗の鍵となるのは、じつは知識なのだ。名人は多くの局面を記憶しているので、瞬間的に記憶を甦らせ、すべての意識を次の手（もしくは次の数手）に集中できる。ウィリアム・チェースとハバート・サイモンは、デフロートの実験にひねりを加えた実験を行った。被験者に実際のチェスの局面だけではなく、駒を適当に配置した、現実にはあり得ない局面も見せたのだ。名人は実際の局面についてはデフロートの実験と同じように正確に再現したが、でたらめな局面になるとアマチュアと差がなかった。

チェスとは抽象的な思考力よりも知識が問われるゲームである。トッププレイヤーは何万もの局面を記憶に留めている。これまでに物理学や数学、医学などの分野の専門家についても似たような実験が行われてきたが、結果はどれも同じだった。課題にひねりが加わり専門分野から逸れると、専門知識を応用するのは難しい。専門家の能力は、かなり狭い分野に紐づけられているのである。

言い換えると、知的能力は分野を問わずあらゆる課題に応用できるアルゴリズムではないと表現できる。「学習スキル」は特定の分野の特定の知識から有機的に構築される――事実を基礎として発展するのだ（これには客観的事実だけでなく、『ハムレット』の筋書きといった文化的知識も含まれる）。知識の幅が広がると知性の幅が広がり、ひいては新しい情報から得るものはより大きくなる。したがって、学校は知識よりも「学習スキル」を重視すべきだという議論は誤っている。そうしたスキルの土台となるのはほかでもない、蓄積された知識なのだ。* 私たちは知れば知るほど思考力を強化できるのである。

## 人間の長期記憶が果たす役割

過去五〇年で科学が精神の仕組みについて解明したことが一つあるとすれば、次のことだろう――人間の記憶はコンピューターのメモリとは異なり、データを蓄えて取り出す場所ではない。それは思考という営みの中核を成すものであり、とくに「長期記憶」は知性と洞察力、創造性の源である。

＊　もちろん、知性は事実の記憶よりもはるかに深いものだ。しかし両者には根本的な共生関係がある。科学ライターのジョシュア・フォアの言葉を借りれば、知性と記憶は「筋肉のつきかたと運動の素質のように、密接に関係し合っている」。

私たちの精神は、作業記憶（短期記憶とも呼ばれる）と長期記憶という二つの場所のどちらかに情報を保存する。作業記憶というのは一時的に意識に留めることのできる記憶を指す。頭のなかのメモ帳ともいうべき心的空間であり、私たちはそこで文章をつくったり、計算をしたりといった思考作業を行う。どちらかというと狭い場所だ。留めておけるのは一度に数項目に限られ、それは一つ、二つと消えて思い出せなくなる。一九五六年に認知心理学者のジョージ・ミラーが行った画期的な研究によると、一度に覚えていられる数字は七つほどで、反復しないかぎり、そこに蓄えられた記憶は三〇秒以内にほとんどが消えてしまう。人は数字を単に記憶するのではなく、文字通り処理しているとき——たとえば暗算をしているとき——たいていは二つか三つのことしか対応できない。

私たちは処理能力を上げるために、心理学者が「チャンキング」と呼ぶ戦略を利用する。たとえば42×7という暗算をするとき、問題をいくつかのかたまり（チャンク）に分け、それぞれを処理しながら答えに到達する。しかしこれは簡単にはいかない。まずは一つめのかたまりをつくり（40×7＝280）、それを作業記憶に留めたまま次のチャンキング操作を行い（7×2＝14）、最後に二つを足し合わせる。これがうまくいかないと途中で作業記憶からかたまりが一つこぼれ落ち、最初からやり直すことになる。あるいは投げ出してしまうかもしれない（パソコンのソフトウェアなら返品してもっと高性能なものに換えてもらいたくなるだろう）。チャンキングを活用しても作業記憶には限界があるので、いくつもの要素が絡む思考は非常に難しい。しかしありがたいことに、私たちにはそんな制約からうまく逃れる、驚くべき能力がそなわっている。作業記憶がワンルームマンションくらいの広さだとしたら、長期記憶は巨大な地下倉庫だ。過去の記憶をすべて収めておくだけの空間がある。単語や人名、多くの国の首都、科学知識、ギリシャ神話、斜辺の長さの計算方法、トランプマジックの演じ方やヒューズの取り換え方。なかには取り出すのに苦労するものもあるが、多くは簡単に、何も考えずに呼び出すことができる。この能力は、私たちの思考力を飛躍的に向上させている。試しに、五秒間で次の一四の数字の連なりを暗記してみよう。

7 4 8 3 0 5 8 2 8 9 4 0 6 2

きっと覚えられなかったのではないだろうか。たいていは覚えられないものだが、それは短期記憶に頼るしかないからだ。では、こんな二四の文字の連なりで同じことをしてみよう。

LUCY IN THE SKY WITH DIAMONDS

今度は一秒もかからなかったのではないか。あまりにも対照的なので、まったくちがった問題のように思えるかもしれない。だが本質的には同じことだ。どちらも「気まぐれな記号」の連なりである。一つは数字で、もう一つは文字。異なるのは、片方が長期記憶に保存された知識とのつながりを呼び起こしたことだ。私たちは文字を組み合わせて自分の知っている単語として捉え、単語の組み合わせを理解できる文として理解する。そして、ポップカルチャーに関する背景知識を利用して、全体をビートルズの曲のタイトルに置き換える。データベースの奥深くに保存されている知識が、私たちの思考をより早く、より簡単にしている。

暗算に戻ってみよう。たとえば22×11という問題なら比較的簡単に解けるはずだ。この場合、長期記憶に蓄えた知識を利用できるからだ。22×10が220になることは、どんな数でも10を掛けるときは最後に0を一つ加えればいいと覚えているから簡単だ。あとは220に22を足すだけでいい。この部分は作業記憶だけで処理できる。ところが基本的な知識を長期記憶に保存していなければ、たとえ掛け算のやりかたを学んでいても、プロセス全体はずっと難しくなる。

長期記憶は認知能力の背後に隠れている力だ。それがなければ誰一人として、往来の激しい道を渡ることも、オムレツをつくることも、Eメールを書くこともできない。複雑な知的活動ほど、長期記憶の果たす役割は大きくなる。テニスプレイヤーがショットを選ぶとき、飛行機のパイロットが乱気流に突入するとき、法廷弁護士が主張を組み立てるとき、彼らは似ている状況を保管した倉庫を本能的に検索する。長年かけて築き上げた知識の倉庫のおかげで、初めての状況に出くわしても一からじっくりと考える必要はなく、基本的な特徴を瞬時につかんで反応できるのである。

知識は人を賢くする。ある題材について豊富な知識があるということは、いわば透視眼を得たようなものだ。奥深い本質に焦点を絞って斬り込むことができるので、本質を覆い隠す表面的な情報のために脳の処理能力を使い果たさずにすむ。ある古典的な実験で、ミシェリーン・チーと共同研究者たちは物理の専門家と初学者に、物理に関する問題を特徴ごとに分類することを求めた。初学者は表面的な特徴にしたがって問題を選り分けた――バネが関係する問題なのか、それとも傾斜が関係する問題なのか。専門家は問題を解くために必要となる物理法則にしたがって分類した。このような思考力は教師が教えるには適さない。知識に基づいて自然に育まれるものだからだ。

事実の吸収を重視する学習に批判的な立場からは、次のような疑問がある。「子どもがヘイスティングズの戦い〔ノルマンディー公ギヨーム二世（＝のちのウィリアム一世）がイングランドを征服した戦い〕の年号を知って何の役に立つんだ」。なぜ役に立つのか。それは、長期記憶に保存された事実は孤立した島ではないからだ。事実はほかの事実に合流して互いに結びつき、理解を手助けするネットワークを形成する。ヘイスティングズの戦いの年〔一〇六六年〕を知っていれば、ざっくりとでも、たとえばマグナ・カルタ制定の年〔一二一五年〕や、エリザベス一世の即位の年〔一五五八年〕といった流れのなかで、それがどの辺りに位置するのか把握できる。ひとたびそうした知識の足場が整えば、忘れてしまってもいい。知識がかたまりとして長期記憶に保存され、やがてイギリスの発展史といったより深い問題に取り組めるようになるからだ*。

## 知識こそが、好奇心を持続させる力

思考力もそうだが、好奇心というものは理論を説いたからといって養えるものでも教えられるものでもない。好奇心は知識を吸収することで押し殺されるのではなく、それによって成り立っているのだ。子どもにとっては、あるテーマについて思考をめぐらせるのに必要な基本的情報がないかぎり、気まぐれな好奇心（拡散的好奇心）を持続的な好奇心（知的好奇心）へと発展させることは難しい。イギリス史をもっと知りたいと願い、さらに多くの疑問を感じる段階に到達することは期待すべくもない。サー・ケン・ロビンソンは、子どもたちが学習意欲を失い始めるのは教育を受ける年齢からだと主張するが、その認識はまったく正しくない。好奇心が失われるのは、親や教師から知識を与えられないときだ。ほんの少しの興味が湧いても、十分な背景知識がなければ「自分には向いていない」と思い、投げ出してしまう。知識こそが、好奇心を持続させる力なのである。**

インターネットという便利な道具があるのに、私たちはどうして暗記という面倒な義務から逃れられないのか。一九世紀の首相の名前や元素記号、単語の綴りをなぜ覚えないといけないのか。そんな疑問が生まれるのは、やはり脳の働きについて根本的な誤解をしているからだ。インターネットを検索しているとき、私たちはあの鈍くて容量の小さい作業記憶を利用している。背景知識が少なければ、新しい情報を処理して理解し、一時的な記憶に留める作業に多くの知力を費やさなければならず、内容をじっくり考える余力がそれだけ失われる。長期記憶の蓄えが少ないほど思考は難しくなる。いつかまたグーグルで検索できるからといって事実を頭に入れることをやめたとしたら、文字通り頭が空っぽになってしまうのである。子どもたちは長期記憶に情報を蓄

＊　ロンドンの教師で教育ブログを発信しているジョー・カービーは、生徒に第二次世界大戦を題材にした詩人について尋ねたところ、こんなふうに訊き返されてショックを受けたという。「先生、それってつまり、一度めの戦争があったってことですか？」生徒の多くはチャーチルと聞いても、保険会社のコマーシャルに登場するブルドッグしか思いつかなかった。カービーの同僚で貧困家庭の子どもが集まる学校で英語を教えている教師は、生徒のあいだで英語は一九六〇年代に考えられたとか、シェイクスピアが聖書を書いたといった馬鹿げた間違いが蔓延していることを知った。基本的な知識が欠けている生徒が思考力を身につけ、社会の一員として満足に暮らしていくのはかなり難しいだろう。それなりに頭がよくてやる気のある生徒でさえ、たいして知識を身につけずに学校をあとにする。二〇〇九年にイギリスのある一流大学の教授が、入学一年目の学生にイギリス史に関する基本的な質問をし、その結果を発表した。彼は学生があまりにも無知なことに愕然とした。一九世紀のイギリスの首相の名前を一人も挙げられない学生が八九パーセントにも達したのだ。ちなみに、この調査に参加したのは歴史学専攻の学部生だった。

＊＊　思考を進めるにあたって背景知識が重要であることを考えれば、多くの子どもたちが学校はひどく退屈だと感じる理由もわかるはずだ。教育を受けた大人と比べれば、どれほど頭脳明晰な子どもでも、わずかな知識の蓄積しか持ち合わせていない。長期記憶からの支援が乏しいため、思考力を要する課題を与えられると作業記憶に大きく依存せざるを得ない。心理学者で教育の専門家でもあるダニエル・ウィリンガムは、背景知識が少ないと、思考は「時間がかかり、骨が折れ、不確かなもの」になると述べている。教師や学校は、早い時期の学習に必ずつきまとう挫折と退屈という副産物について、過大な責任を負わされている。

積するように大人から背中を押されないかぎり、潜在能力を台無しにし、学ぶ意欲を挫かれるにちがいない。インターネットに子どもたちを任せきりにすれば、彼らの知的好奇心をみすみす死なせてしまうことになる。

進歩的な立場の人々は知識と好奇心を相反するものと捉えようとするが、それは間違っているし、有害でもある。彼らがいちばん助けたいと願っている社会の底辺にいる子どもたちを、さらに傷つけることになるだろう。

## 知識は知識に引き寄せられる——マタイ効果

就学前の子どもを対象とした調査でも、彼らの将来の成功を予測しようとするなら、知能指数よりも知識の習得度合いに注目すべきであるという結果が表れている。アメリカ教育省の支援のもとで行われた長期的研究では、二七〇〇人の子どもたちの成長を就学前から一〇年以上にわたって追跡した。すると、将来の学業成績を予測するもっとも信頼性の高い指標は、語彙力を含む一般知識であることが判明した(二番めは手先の器用さで、三番めは自己抑制、やる気といった性格的特徴だった)。

子どもたちが内なる学習意欲に駆られて一般的な知識を獲得するとしたら喜ばしいことだが、実際はそうはいかない。知的好奇心は自分自身の情報の空白を気にかけることを求め、それにはまず——ジョージ・ローウェンスタインが指摘したように——何かを知る行動が必要だ。早い時期により多くの知識を身につければそれだけ学習がはかどり、学習を楽しむこともできる。ちょうどベンチャー企業が成長に弾みをつけるため、多額の資金を借りなければならないように、子どもたちに芽生え始めた知的好奇心を大きく花開かせるには、教師から授けられる知識が不可欠なのである。

知識は知識に引き寄せられる。すでに述べたように、新しい情報は自らを結びつけるネットワークを探り当てることができないと、三〇秒もしないうちに作業記憶から抜け落ちてしまう。たとえば、トマス・ジェファソンが死去した日が七月四日だと初めて聞いたとき、ジェファソンが誰で、アメリカ建国においてどんな役割を果たし、その特別な日がどれほど重要かについて背景知識があれば、その日付を記憶に留める可能性はずっと高くなる。背景知識の幅が広いほど、新しい情報は脳に定着しやすい。情報をすくい取る網は大きいほど有利だ。

小さな網しか持たない人は、いつも遅れを取り戻す努力をしなければならない。社会学者はこのことを「マタイ効果」という言葉で説明する。新約聖書のマタイによる福音書の「持っている人は更に与えられて豊かになるが、持っていない人は持っているものまでも取り上げられる」［マタイによる福音書第一三章一二節、日本聖書教会新共同訳］という一節に由来する社会学的概念である。要するに、知識が豊富だとますます知識は増え、知識が乏しいと一段と乏しくなるということだ。本を読むために必要な背景知識が不足している六歳の児童は、同級生に比べて本から知識を吸収することに難しさを感じるだろう。授業中に新しい情報が与えられたとき、その子は周囲の子と同じ努力をしても、みんなと同じようには記憶を定着させることができない——なぜなら、入って来る情報を処理するのに多くの認知資源を注ぎ込まなければならないからだ。周囲に後れを取るうちに、やがて落胆して努力をやめてしまうかもしれない*。

小さな差はすぐに拡大する。ヴァージニア大学の認知心理学者で学習のプロセスを研究しているダニエル・ウィリンガム教授は、マタイ効果をわかりやすく示すため、仮想の計算を行った。サラが一万件、ルーシーが九〇〇〇件の事実をそれぞれ記憶に留めているとして、二人に毎月五〇〇件の新しい事実を提示する。サラはそのうちの一〇パーセント、ルーシーは九パーセントを記憶する。一〇カ月めの終わりには、サラとルーシーが記憶している事実の数の差は一〇〇〇から一〇四三に広がり、ルーシーがさらに努力しないかぎり差は拡大するばかりになる。実際にはサラの学習のスピードが加速しているので、ルーシーが追いつくのは至難の業だ。

おおよそのところ、これが知識の乏しい子どもが学校生活を始めたときに直面する現実だ。だが幸いなことに、マタイ効果は双方向に作用する。教師や親がルーシーの知識の水準を引き上げようと手を差し伸べれば、彼女をこの悪循環から救い出して好循環へと導くことができる。そうなれば彼女はより多くを学び、より多くを吸収して、さらにはもっと学びたいという気持ちになるはずだ。反対に、教師が直接的に知識を伝えることをよしとしない学校では、彼女は必要な支援を得ることができない。

未熟な子ども——背景知識が比較的少ない生徒——は、大人が指導することでとくに大きな利益を得られることを示す証拠がある。アメリカで行われた約七〇の調査研究を総合すると、学習能力の高い生徒は指導が少ないほうが多くを学び、学習に困難を感じている生徒は誘導的な指示がないと習得の度合いが著しく低下することがわかった**。代数の問題を与えられたとき、未熟な学習者が利用できる認知資源は作業記憶にかぎられる。方程式に関連する基礎的な法則について、初めて触れるような状態で取り組まなくてはならないからだ。したがって、彼らが問題を解くには外的な認知資源――すなわち教師――に頼らなくてはならない。すでに代数の知識がある生徒は作業記憶にプラスして内なる資源――自分の長期記憶――を利用できる***。

## 教育上の進歩主義と社会的な進歩主義はまったく別のもの

進歩的な教育理念が進歩的と称されるのは、そこに教師の権威的立場や伝統的な科目といった

＊　進歩的な立場の論客は、W・B・イェイツの「教育とは知識を詰め込むことではなく、学問への情熱の炎を灯すことである」という言葉が好きなようだ。この比喩はインターネットが知の源泉としては頼りにならない理由のわかりやすい説明であるだけでなく（もちろん、イェイツがネットに言及しているわけではないが）、じつのところ進歩主義者の弱点を露わにしている。炎が燃え続けるには、燃料が欠かせないはずである。

＊＊　もう一つ重要な発見がある。能力の低い学習者は指導が少ない方法で学ぶ状況に置かれると、それを好む傾向がみられるが、学習の度合いは低下する。学校は学習を強制しなければ楽しさが増すかもしれないが、学習の場としての価値は損なわれる。

概念を否定する反階級的な要素があるからだ。反対に、知識重視の教育はエリート主義的とみなされようとしている。しかし、進歩的教育の実践は社会的序列を固定する傾向があることに注意すべきだろう。進歩的教育は知識の乏しい学習者よりも、知識の多い学習者に有利に働くのだ。そして知識の豊富な子どもとは、典型的には前章のアネット・ラローの研究に登場したアレグザンダー・ウィリアムズのように、本に囲まれ、親が積極的に子どもの教育に関与しようとする、経済的にも恵まれた家庭の子どもたちだ。知識の重視がエリート主義的なのではなく、エリートが知識を完全に支配しかねない心配がある。

イタリアの社会党員で「権力に対して真実を語る」姿勢を貫いたアントニオ・グラムシは、ムッソリーニと対立したため投獄され、自らを不労特権階級の天敵と考えていた。彼はイタリアで教育に関する進歩的な思想が根を下ろすようすを案じて、こう書いている。「『機械的な』教育法を捨て、『自然な』教育法に移行すべきだという考えは有害なまでに過大評価されている……かつて生徒たちは少なくとも、たくさんの具体的事実を与えられ、それを整理整頓することを求められた。これから先、彼らは整理すべき事実を見失うことになるだろう……なかでも最大の矛盾点は、このような新しいタイプの学校は民主的だと謳われているのに、実際には社会的格差を永続させ、それをさらに鮮明にするものでしかないということだ」

一九七八年、教育学者E・D・ハーシュは、ヴァージニア州リッチモンドのコミュニティカレッジにおいて、自分が教えているヴァージニア大学の授業で使用した課題を使って、読解力に関する調査を行った。黒人が大半を占めるコミュニティカレッジの学生は、文章を朗読する流暢さでも読解力でも、ヴァージニア大学の学生に引けを取らなかった。ところが驚いたことに、彼らはアポマトックスでのリー将軍の降伏というアメリカ建国史のなかでもとりわけ有名な出来事について触れた一節について、まったく理解できなかった。ハーシュは悟った――誰もが知る最低限の文化的知識や情報の蓄えを得る機会がなければ、コミュニティカレッジの学生たちはどんなに頭が良くて勉強家でも、いつまでも不利なままである。

ハーシュはライフワークとして、読み書きや計算、歴史、科学、文学といった伝統的な科目の厳格な指導を重視する教育カリキュラムを普及させる活動に力を注いだ。そのため彼は保守的と評されることもあったし、実際にそうなのかもしれないが、それはあくまでも教育に関しての立場だ。ハーシュが述べるように、「教育上の進歩主義と、社会的な進歩主義は対極に位置づけら

＊＊＊　進歩的な教育法を擁護する立場からは、グーグル創業者のラリー・ペイジやセルゲイ・ブリンはかなり活躍しているではないかという指摘があるだろう。もちろん、型にはまらない学校に通っていた経験があっても大きな成功を収めている大人がいるのは確かだ。だが私が思うに、ペイジとブリンはどんな学校を出ても成功していただろう。従来の学校よりもモンテッソーリだったことでさらに才能が伸びたという可能性はあるかもしれないが（それは誰にもわからない）、仮にそうだとしても、それはじつのところ、進歩的な学校の問題点を示すものである――つまりそうした学校の教育方針は、恵まれていない家庭の子どもたちよりも、家族からのサポートがとりわけ手厚い家庭の優秀な子どもたちにはるかに有利に働くということだ。

れる」。進歩的教育が社会の現状を肯定し、維持する手段であるのに対し、教育上の保守主義——知識重視の一般的なカリキュラムに従って学ばせる——は、「恵まれない環境にある家庭の子どもたちが、自分自身の状況を変える力となる知識や技能を手に入れる唯一の着実な手段」なのだ[*]。

アントニオ・グラムシは「権力に対して真実を語る」重要性を信じていたが、教育について言えば、権力者はすでに真実を見抜いていた。フランスの社会学者ピエール・ブルデューが「文化資本」と名づけた概念の根底にあるのは知識にほかならない。文化資本とは、あらゆる社会において権力者にとっての共通基盤であり、権力者同士の関係を円滑にし、深める役割を果たす。だからこそ世界各地の上流階級の親たちは、知識を重視し、伝統的科目を教師主導で教える学費の高い私立学校に子どもを通わせている。だが、そのような教育はすでに文化資本を手にした人々に独占させるのではなく、公共の教育システムによって可能なかぎり広く普及させるように工夫すべきではないだろうか。

ハーシュは背景知識を酸素になぞらえている——なくてはならないのに軽視されやすい。それがどんなに素晴らしく、欠乏したらどれほど困るのか、なかなか気づかない。しかし、好奇心の炎は真空状態では決して燃え上がらないのだ。

本章を締めくくるにあたって、知識を十分に得られない子ども時代を過ごしたせいで、このうえなく聡明で好奇心旺盛な子どもたちが人生の好機をふいにしかねないことを示す痛ましい例を紹介しよう。

## 「好奇心」や「やり抜く力」だけでは足りない——一流高校に入れなかったチェスマスター

ジャーナリストのポール・タフは、アメリカの教育現場に関するデータと専門的研究によって示された証拠をもとに『成功する子 失敗する子——何が「その後の人生」を決めるのか』〔高山真由美訳、英治出版、二〇一三年〕という説得力のある本を著した。そのなかで彼は、学習効果に対する知能の影響が過大評価され、「非認知的特質」——簡単に言えば「性格」——の重要性は過小評価されていると主張する。彼は学習意欲のなかでもとくに「粘り強さ」に注目し、心理学者アンジェラ・ダックワースの研究を重要視している。ダックワースは子どもの（大人も例外ではない）成績が「やり抜く力」の強さに依存していることを示す画期的な研究成果を発表した。やり抜く力とは、自制心や集中力、失敗や失望からの回復力を統合した力を指す。ダックワースによれば、将来の成績を予測する指標としては、知能指数よりも単調な課題に一生懸命に取り組む能力のほうが信頼性が高い。そして、優秀な成績を収めるのは必ずしももっとも知能の優れた生

---

＊ ハーシュは時代遅れとされた理念を訴え続けた結果、今ではアメリカで支持を勝ち取っている。「統一カリキュラム」と呼ばれる、満ち足りて不自由のない大人に成長し、よき市民になるために必要な基本的知識をすべての子どもたちに身につけさせることを目的とした教育方針は、彼の考えを基盤としている。ここ数年で、ほぼすべての州がこれを導入した。

徒ではない、あきらめない学生こそが抜きんでた成績を収めると言う。

タフは自らの主張をこうまとめている。「子どもの発達において何よりも重要なのは……幼少期にどれだけ多くの知識を頭に詰め込むかではない。本当に重要なのは、子どもが粘り強さや好奇心、誠実さ、やり抜く力、自信といった幅広い資質を身につけられるよう、大人が手を差し伸べることだ」。タフはジャーナリストであるが、「詰め込む」という軽蔑的な表現からは、知識重視の教育を批判する進歩主義の主張を連想させる。だが彼は著書のなかで、事実を学ぶことの重要性を示す逸話を紹介している。

それはブルックリンの公立中学第三一八校のチェスチームの感動的な物語だ。三一八校は主に近隣の貧しいアフリカ系とヒスパニック系のアメリカ人が通う学校で、生徒の大多数は生活の苦しい低所得層の家庭の子どもたちだ。そんな学校のチェスチームが全米大会で健闘するとは意外に思われるかもしれない。そもそもチェスチームがあることすら驚きだ。しかし過去一〇年以上にわたり、この学校の六年生から八年生で結成されたチームは、チェスの大会で常に上位を占めてきた名門私立学校のチームを打ち負かしている。

三一八校のチェスチームの目覚ましい活躍を支えた立役者は、エリザベス・スピーゲルという教師だ。彼女は時間を惜しまず生徒たちに寄り添い、プレイ中の駒の動かしかたを一つずつ検証し、どこで間違い、どんな手が最善だったのかを教えた。そしてきっと素晴らしい結果を残せると勇気づけ、生徒たちも彼女の期待に応えようと並外れた努力を重ねてきた。

スピーゲルが育てた優秀なプレイヤーの一人にジェイムズ・ブラックという少年がいた。ブルックリンでもとくに貧しいベッドフォード＝スタイベサント地区に住むアフリカ系アメリカ人だ。スピーゲルの手ほどきによって、彼は一三歳になる前に「マスター」のタイトルを獲得した。アフリカ系アメリカ人でこれを達成したのは彼を含めて三人しかいない。そして全米大会で優勝も果たした。タフはスピーゲルが、ジェイムズをニューヨーク屈指の公立名門校のスタイベサント高校に入学させようと受験勉強の指導をするようすを描いている。彼女は周囲からそんな挑戦は不毛だと言われた。とくに副校長からは、ジェイムズのように州の統一テストでいつも低い点数しか取れない生徒がエリート校の試験に受かった例は聞いたことがないと釘を刺された。

スピーゲルはこういった忠告は無視することにした。彼女はジェイムズは飛び抜けて知能が高く、知的好奇心が旺盛なことを知っていた。彼がチェスに関する知識をあっという間に吸収するのを目の当たりにしていたからだ。集中的に個人指導をすれば、ジェイムズならできると信じて疑わなかった。彼女はタフにこう語っている。「頭のいい子が本気で頑張ったら、半年あれば何だって教えられると思うの。そうでしょう？」ジェイムズは頭がいいだけではなく、好奇心や集中力、粘り強さでも並外れていた――つまりやり抜く力を持っていた。

この逸話には、周囲の人々の予想を覆して大勝利をつかむハッピーエンドがふさわしい。そうなれば誰もが感動するし、タフが著書で述べた「性格を磨くことが学業成績を伸ばす切り札になる」という主張を裏づけることにもなる。だが、タフは正直に事実を伝えている。スピーゲルとジェイムズの物語は、タフの主張とは食いちがう事実を示唆する結果となった。確かに、好奇心とやり抜く力は学業成績を左右する重要な要因ではあるが、その効果が現れるには基礎知識が欠かせないのだ*。すでに触れたように、チェスは高度なレベルになると記憶力とパターン認識が鍵となる。ジェイムズのようなマスターは、有効な戦略とそうでない戦略を一瞬で判断できる。ところが、読み書きや地理といった知識が中心となる領域は多面的で漠然としていて、明確な境界を定めるのが難しく、領域同士が互いに依存している――数学を使わずに物理を学ぶことも、言語能力なしで歴史を学ぶこともできない。短期間ですべての科目の成績を上げるのは至難の業だ。タフも述べているように、エリート校の試験で好成績を収めるには「長い年月をかけて身につけた知識や技能が必要であり、その大半は子ども時代を通して家族や文化から知らぬ間に吸収されたものである」。

スピーゲルは授業時間以外にジェイムズの受験勉強の指導を行い、彼も固い決意をもって懸命に学習したが、基本的な知識の欠如を克服することはできなかった。地図でアフリカやアジアを見つけることも、ヨーロッパの国の名前をたった一つ挙げることもできず、語彙が乏しく、計算力も著しく欠けていた。早い段階での教育が欠落しているのに、より高度な問題に着手するのは無謀な挑戦だったのである。

ジェイムズはスタイベサント高校への合格を勝ち取ることはできなかった。チェスで彼に勝てる生徒は一人もいないであろう学校に入学できなかったのだ。理由は好奇心が欠けていたからでも、やり抜く力や知能が足りなかったからでもない。ジェイムズの挑戦が残念な結果に終わったのは、中流家庭の子どもたちとはちがい、早い時期に「知識を詰め込む」教育を受けなかったからだ。

彼の好奇心のエンジンは、燃料がほとんど空の状態で動いていたのである。

## 知識こそが、創造性と好奇心の源泉

これまで述べてきたように、子ども時代の好奇心は子どもと大人が協力して育むものだ。放っておけば台無しになってしまう。知的好奇心とは、その妨げになるものを取り除くだけで花開く「自然な」心理状態ではなく、意識的に取り組むべき共同プロジェクトなのだ。デジタル機器や自分専用の道具を与えただけでは、子どもは正しい情報を得ることも、集中力を保つこともできず、やる気を失ってしまう。このことはスガタ・ミトラのような改革者たちが何とかして助けようとしている子どもたち、つまり貧しい生まれの子どもたちに、とりわけ当てはまる。

ミトラの研究はとても興味深く、多くの点で感動的だが、彼が導いた結論は危うい誤解を与えかねない。知識を積み重ねることは充実した長期記憶を構築するために必要であって、時代遅れ

＊　この点については、『エデュケーション・ネクスト』誌に掲載されたE・D・ハーシュによるタフの著書の書評を参考にさせてもらった。

でも何でもない。知識こそが、私たちの洞察と創造性、好奇心の源泉なのだ。「好奇心駆動型」の教育スタイルの致命的な欠陥は、好奇心が知識の獲得の原動力になるのと同じくらい、知識が好奇心を育む原動力になることを見落としている点である。人はそもそも、自分の興味の範囲外にある事柄を学ぶのが苦手だ。だから、とくに子どものうちは他人の力で適切な場所に導いてもらう必要がある。

教育の分野においては、好奇心は過小評価されると同時に過大評価されるという不思議な位置に置かれている。学校制度はともすると、学習に喜びを吹きこむことを軽視し、試験や就職に向けた準備ばかりを優先する。それも大事なことではあるが、現在の教育事情に弊害があるのは明らかだ。それから、子どもの好奇心は解き放ってやるだけでよいという先入観にも問題がある。好奇心を解放するだけで素晴らしい知的発見の世界が広がるとしたら喜ばしいことだが、実際はそうはいかない。学校が知識のデータベースの構築を放棄するなら、多くの子どもたちは自分がまだ何を知らずにいるのか知らないまま成長する危険がある。そうなると自分自身の無知に関心をもつこともなく、自分より豊かな知識をもつ——したがって好奇心の旺盛な——同級生に比べて一生不利な立場に置かれることになる。やがては自分が二極化した好奇心の不利な側にいることに気づくだろう——大人たちがそのような状態を食い止めないかぎり、彼らの未来はしぼんでいくしかない。

ソール・ベローの小説『学生部長の十二月』〔渋谷雄三郎訳、早川書房、一九八三年〕の語り手は、夜の闇に響く犬の遠吠えを聞いて、それは自分の狭い認識を広げたいと願う叫びだと受け止める。「お願いだ、もう少しだけ世界を広げて見せてくれ！」知識はたとえ浅いものでも――多くのことについて少しずつしか知らなくても――認知上の帯域幅を広げてくれる。劇場や美術館を訪れても、小説や詩、歴史の本を読んでも、より多くを得られるということだ。あるいは、『エコノミスト』紙を開いて記事の最初の数パラグラフを斜め読みしただけで全体の流れを把握し、そのテーマをめぐって議論もできる。ランチを楽しみながら隣の客と幅広い話題について意見を交わし、会議では多くの有意義な貢献を行い、怪しげな主張には疑いの目を向け、出会った誰に対しても鋭い質問を投げかけることができる。どんな立場にあろうと、人生における目標がどんなものであろうと、知識があれば、世の中をより多くの可能性で満たし、微かな光が暗闇を照らす機会を増やすことになる。知識があれば、世界はあともう少しだけ広がるのだ。

# 第3部

# 好奇心を持ち続けるには

# 第8章 好奇心を持ち続ける七つの方法

## 1 成功にあぐらをかかない

### ウォルト・ディズニーとスティーブ・ジョブズ

過去一〇〇年のビジネス史において比類のない影響力を誇った二人の巨人には、いくつもの共通点がある。どちらもカリフォルニアを拠点として、独創性にあふれる美的センスを無数の人々の日常生活に浸透させた。彼らはハーバード・ビジネススクール教授のクレイトン・クリステンセンが「破壊的技術」と呼ぶところの革新性をもって、揺るぎない帝国を築き上げた。一途で激しい性格も似ている。また二人とも「認知欲求」が高く、そんな気風を自分の会社のカルチャーにも根づかせた——少なくとも、彼らが生きていたあいだは。

ウォルト・ディズニーはシカゴに生まれ、若いころにカンザス・シティに移った。広告会社カンザス・シティ・フィルム・アド・カンパニーで働き始めたのを機に、アニメーションの新技術に出会った。彼は関連書籍を読みあさり、遠からず「切り絵」の時代が終わり、「セル・アニメーション」の時代が到来すると確信した。やがて彼は自分の会社を興して「ラフ・オー・グラムズ」と題する短編作品を製作し、地元の映画館で上映した。すぐにハリウッドを意識するようになった。兄のロイとともにハリウッドに移り、叔父ロバートの家のガレージで最初のディズニースタジオを立ち上げた。

一九二〇年代、全米で映画館に足を運ぶことが一般的になると、「オズワルド・リ・ラッキー・ラビット」をはじめとするディズニーのキャラクターたちは人気者になった。一九二八年、ミッキーマウスが登場する『蒸気船ウィリー』は音声つきアニメーションの先駆けとなった。一九三二年、ミッキーマウスのシリーズで初めてのオスカーを手にした。一九三〇年代の終わりにはバーバンクにディズニースタジオを建設し、『白雪姫』や『ファンタジア』、『ダンボ』といったフルカラーの長編作品を製作した。

テレビが普及すると映画産業は斜陽になり、ディズニー社の事業も危ぶまれた。ところが彼らは急速に広まる新技術を味方につけた。ミッキーやドナルドダック、グーフィーなど人気キャラクターをテレビに登場させ、さらにはデイヴィー・クロケットなど生身の主人公が登場するまったく新しい実写版のドラマを製作した。一九五〇年代半ばには観光産業の拡大に乗じる方法をひらめき、カリフォルニア州のアナハイムにディズニー初のテーマパークを建設した。また、彼らはアニマトロニクスなどの新技術の開発も牽引した。一九六四年から六五年にかけて開催されたニューヨーク万国博覧会では、イリノイ州のパビリオンを訪れるとエイブラハム・リンカーンのロボットが出迎えたが、それをつくったのはディズニーの技術者たちだった。

一九六六年にウォルト・ディズニーが亡くなるとディズニー社は失速した。イノベーションの才覚を失い、ミッキーマウスと並ぶような新しいキャラクターを生むことも、コンピューター・アニメーションなどの新技術と共存することもできなかった。一九八〇年代には積極経営に転じ、財務上は勢いを取り戻した。しかし高い利益をあげる世界有数のブランド企業でありながら、ディズニー社を世界的企業に押し上げた創造性を復活させることはなかった。

二〇〇六年、ディズニー社の取締役にアップル社のスティーブ・ジョブズが加わった。ディズニーが買収したコンピューター・アニメーション製作会社ピクサーのCEOで大株主だったのが縁だった。ピクサーは一九九五年に『トイ・ストーリー』を発表してから一〇年ほどのあいだに一九三〇年代のディズニーと並ぶような独創的作品をいくつも発表し、商業的成功を摑んだ。そのあいだディズニーはピクサー作品の配給を手がけていたが、ピクサーを羨望の眼差しで見るしかなかった。ディズニー社のCEOマイケル・アイズナーとジョブズの関係が冷え込んでいたため両社は一定の距離を保っていたのだ。しかしディズニーはアイズナーの退任を機に、ピクサーを打ち負かせないなら買収しかないという現実を受け入れたのだった。

ジョブズはウォルト・ディズニーと同じく、カリフォルニアのガレージ――彼の場合は両親の家のガレージだったが——で世界を変えることになるビジネスを始めた。以前から仲の良かった天才エンジニアのスティーブ・ウォズニアックと試行錯誤を重ね、まったく新しいコンピューターを開発した。家庭で使うのにふさわしい、小さくてシンプルで、洗練されたコンピューター。一九八三年には、アップル社はフォーチュン500にランク入りした。ジョブズは一九八五年に自分の会社を追われたのち、新しいデジタルアニメーション技術の虜になった。それはジョージ・ルーカスの製作会社ルーカスフィルムの小さな部門で研究されていた技術で、ルーカスはその部門をジョブズに売却することに合意した。こうして誕生したのがピクサーだ。ジョブズはピクサーで何をするか具体的には思い描いていなかった。はっきりしていたのは、ピクサーの挑戦に興味があるということだけだった。

　スティーブ・ジョブズは非常に聡明で優秀な技術者ではあったが、誰よりも独創的な思考の持ち主ではなかった。彼を特別な存在にしたのは、成功を求める猛烈な意志と、燃えるような知的好奇心だろう。ジョブズはあらゆることに興味をもった。バウハウス運動［二〇世紀初頭にドイツに創立された総合造形学校の流れをくむ芸術運動］、ビート・ジェネレーション、東洋の哲学、ビジネスの仕組み、ボブ・ディランの歌詞、消化器官の仕組み。ジョブズを知る、ある大学講師はこう振り返る。「彼は探求心がずば抜けて強かった……一般的に受け入れられている常識であっても無批判に受け入れようとはせず、自分で何でも調べたがりました」[*]。ジョブズはただ興味を惹かれたという理由でカリグラフィーの授業も受けていた。[**]

ジョブズは並外れて好奇心が強かったからこそ、独創的な自己とビジネスを生み出し、革新を重ねることができた。テクノロジーの世界では彼ほど幅広い知識をもった人物はほとんどいなかったから、インターネットがさまざまな業界の垣根を打ち壊したとき、彼は誰よりも有利な立場に躍りでた。アップルは少なくとも四つの異質な文化を融合した。どれもかつて彼が深く傾倒したものだ。一九六〇年代の反体制文化、アメリカに受け継がれる起業家の文化、デザインの文化、そしてコンピューターオタクの文化である[***]。ＭＰ３の発明を機にデジタル音楽の普及が確実になると、ジョブズは音楽への個人的な関心から、競合企業に先駆けてＭＰ３プレイヤーを大々的に商品化し、ヒット商品に育て上げた。そして真っ先に合法的な音楽配信事業を開始した。音楽への関心はビジネスチャンスの発掘に有利に作用しただけでなく、音楽業界の重鎮と語り合う共通言語を習得することにもなった。そしてのちにＵ２のボノをはじめとするロックスターたちを説き伏せ、ビジネスのさらなる発展のために支援を取りつけることができたのである。

ジョブズはルーカスフィルムの一部門の創造性に強く惹かれ、やがてそれを手に入れた。業績が厳しいときも投げ出すことはなかった。彼は生涯にわたって若きウォルト・ディズニーがカンザス・シティ・フィルム・アド・カンパニーで示したような、斬新なアイディアと技術に対する関心を持ち続けた。ディズニーが過去の栄光を再現できずにいたのは、創業者の好奇心をカルチャーに吹き込めなかったことが一つの原因になっていた。ディズニー社はこともあろうに、過去の財産から利益を生むことばかりを考えていた。ジョブズは隣で起きている成功物語から学ぼうとしないマイケル・アイズナーに苛立ちを感じていたようだ。

ピクサーはディズニーのビジネスをうまく刷新して素晴らしい作品を次々と製作しているのに、ディズニーは失敗ばかりだった。当然、ディズニーのCEOはピクサーのやりかたに興味を抱きそうなものだ。ところが、両社は二〇年も協力してきたのに、そのあいだに彼がピクサーを訪れたのは合わせて二時間半だった……彼には好奇心が欠けていた。私には驚き

---

＊ アマゾンの創業者ジェフ・ベゾスも、好奇心旺盛なことで知られる。彼の母親は、幼い息子が自分のベビーベッドを工具で解体しようとしている場面に出くわしたことがあると証言している。ティーンエージャーのときには、探究心の強い子どもたちを集めて「ドリーム・インスティテュート」というサマースクールを開催した。『ワシントン・ポスト』紙はベゾスの経歴を紹介する記事で、その活動について記している。「子どもたちは『ガリバー旅行記』や『砂の惑星』、『ウォーターシップ・ダウンのウサギたち』といった作品を読み、ブラックホールについて研究した。アップルのコンピューターで自分の名前をスクリーン上でスクロールさせる簡単なプログラムを書いたりもした」

＊＊ ジョブズは初代マッキントッシュに使用するフォントにこだわり抜いた。家庭用コンピューターに必ずクラシカルなフォントが搭載されるようになったのは、ジョブズのカリグラフィーに対する興味があったからだ。

＊＊＊ イノベーションの歴史においては、あるものをそれと反対のものと組み合わせて斬新な価値を創造するプロセスが繰り返されてきた。たとえば、釘抜きつきのハンマーは釘を打つ機能と釘を抜く機能を統合したものだし、鉛筆に消しゴムをつけたのも同じ発想だ。ジョブズはビジネスマンとヒッピーという、真っ向から対立する文化を融合し、対照的な要素を結びつけるパターンを具現化した。

だった。好奇心はものすごく重要だ。

あらゆる企業において——技術革新に常に対応しなければ生き残れない業界ではとくにそうだが——経営トップのみならず、すべての社員が好奇心を研ぎ澄ますような精神的文化を育むことは重要であり、難しい課題でもある。探究心に突き動かされるコミュニティをどうやってつくり、維持すればよいのか。それを実現する公式はない。しかし、国家の興亡に注目してみると、いくつかの手がかりが得られるはずだ。

## 中国の帝国はなぜ没落したか

歴史学者のイアン・モリスによると、中国は一七〇〇年ごろまで「地球上でもっとも豊かで力強く、創意にあふれる場所だった」。ところが一八世紀になると西洋の国々が経済的にも学問的にも急速に発展し、その流れは二〇世紀の終わりまで続き、その一方で中国は衰退した。ヨーロッパ、そしてのちにアメリカが、中国やインドをはじめとするアジア諸国より急速かつ順調に工業化に成功した。その要因は法的枠組み、教育制度、天然資源など多岐にわたるが、非常に重要な要因として指摘できるのは、西洋では人間の好奇心に秘められた力を解放したが、東洋ではそうしなかったという点だ。強大な勢力を誇った東洋の大帝国のいくつかは、歴史学者トビー・ハフが「好奇心のマイナス収支」と呼ぶ状態に陥っていた。中国のエリート層は現状にすっかり満足し、西洋の知識や技術を探究することに興味をもたなかった。

一七世紀のカトリック教会はガリレオの発見を抑圧しようと必死だったが、かといって知的好奇心が欠けていたと断定するのは正しくない。聖職者の多くは新しい科学的知見を学び、ときには独自に研究を手掛けることもあった。ガリレオの『星界の報告』〔山田慶児、谷泰訳、岩波書店、一九六七年〕が出版されると、ロベルト・ベラルミーノ枢機卿はイエズス大学の最高の数学者と天文学者たちにそれを研究するよう命じた。

ベラルミーノが一六一六年のガリレオの異端審問を取り仕切ったことも示唆に富んでいる。教会は宇宙の本質に無関心だったわけではない。彼らは、そのような知識はそれを扱う能力のある者、すなわち自分たちのような立場の人間だけに留めるべきだと信じていたのだ。権力者たちがガリレオに怒りの矛先を向けたのは、彼が『星界の報告』を出版したからではなく、それがエリートの言語たるラテン語ではなく、イタリア語という大衆の言葉で書かれていたからだ。

じつのところ、ガリレオ望遠鏡を中国やタイに伝え、ガリレオの研究成果を中国語に翻訳したのはイエズス会だった。一五八三年に中国に赴いたイエズス会士のマテオ・リッチは非常に学識豊かな人物で、当時よくみられた鼻持ちならない西洋人の宣教師とはまったくちがった。彼は中国語の読み書きと会話を習得し、中国人の優れた学者であり、キリスト教徒に改宗した徐光啓《じょこうけい》と長年にわたって親交を深めた。二人は協力して、中国の支配階級や知識人にヨーロッパの目覚ましい新発見について興味をもたせようとした。だが大きな成果は得られなかった。

中国の学者たちは何百年も前から天体を観察し、ヨーロッパ人よりも先に太陽の黒点を発見した。だが彼らの天文学は、経験的観察をもとに築かれたというより、精神的、宗教的な思想を基礎として発展したものだった。リッチと徐光啓は、中国の天文学者がヨーロッパの学者たちと対等の立場で研究できるように三角法や惑星のデータ、望遠鏡といったものを導入しようと努めた。彼らは日食や月食を正確に予測して中国人を驚かせた。異なる学説同士で有効性を競ってみると、リッチらはいつも中国の伝統に則った天文学者たちを抑えて優位を証明した。中国人に最新の武器を披露した宣教師もいた。ところがたいていの場合、中国の権力者たちはめずらしいヨーロッパの文物や知識に接しても、尊大な態度で肩をすくめるだけだった。

中国人の支配者層は、西洋人がいくつかの優れた考えや技術をもっていることは認めていたが、基本的には興味がなかった。当時の中国は、明朝の統治下で史上稀にみる繁栄の時代にあった。世界の経済活動に占める中国の役割はヨーロッパをはるかに凌いでいた。自分たちには輝かしい伝統があり、経済的にも繁栄を謳歌しているのに、どうしてヨーロッパの成り上がり者たちの動向など気にかける必要があろうか？

「中国で西洋人が影響力を振るうくらいなら、優れた天文学など要らない」。一七世紀の中国の偉大な学者である楊光先《ようこうせん》はそう断言している。かつて中国文明が隆盛を極めた漢の時代を例にとっても、天文学者は太陽と月の関係について非常に乏しい知識しかなかった、と彼は指摘した。それでも、「漢王朝は四〇〇年にわたり威厳と繁栄を享受したのだ」。ついには中国人はキリスト教徒に対し、望遠鏡や大砲をもって故郷に帰れと命じた。中国が西洋科学の理論を受け入れたのは二〇世紀になってからのことで、彼らは今ようやく、明朝以来の学問的、経済的な遅れを取り戻そうとしている。

イアン・モリスは著書『人類5万年 文明の興亡――なぜ西洋が世界を支配しているのか』〔北川知子訳、筑摩書房、二〇一四年〕のなかで、西洋と比べて中国が衰退したことについて、地理的な事情を無視することはできないと指摘する。すなわち、大西洋と太平洋の大きさのちがいだ。東西五〇〇〇キロ近くに広がる大西洋は「いわばゴルディロックスの海」だ――つまり大きさとしてちょうどいい〔ゴルディロックスは童話『三匹のくま』に登場する少女の名前。「ちょうどいい状態」の比喩として用いられる〕。アフリカ、ヨーロッパ、南北アメリカという異質な文化を囲み、各地から多彩な産物がもたらされる。大西洋はその点では広大だが、エリザベス女王時代のガレオン船で航海できる程度の大きさでもある。

これに対して、太平洋はあまりにも広大すぎて貿易には適さず、探検するのは難しかった。中国とカリフォルニアはおよそ一万三〇〇〇キロも離れているため、どれほど勇敢な中国人でも、西ヨーロッパ人より先に南北アメリカを植民地化することは不可能だったろう。中国は侵略や攻撃に悩まされることが少なく比較的安泰だったが、世界を探索する機会には恵まれず、あえてそうする動機もなかった。

これが好奇心のマイナス収支の根本的な原因だった。一七世紀、ヨーロッパ諸国は大西洋各地の沿岸に新たな市場経済を創出し、もっとも優れた頭脳の持ち主が風向きや潮の流れを理解することに力を注ぎ、結果的に自然の秘密が次々と解き明かされ、それが科学革命につながった。そして思想や政治の分野でも、現在では啓蒙運動という名で知られている革命が起きた。ヨーロッパ人はほかの文化をよく知っていたからこそ、優れた社会とはどのようなものかを問う素地が整っていたのだろう。その一方で中国は内向きだった。長い歴史と比類ない豊かさを誇る自国の伝統ばかりを見つめ、キリスト教徒が遠方から運んできた新しい文化にはあまり興味を示さなかったのである。

## 自分の領域の外に目を向ける

好奇心をふくらませるうえで成功は邪魔になる。業績が好調な企業の経営者は、一七世紀の中国人のように内向きになり、自分たちの領域の外にあるアイディアに背を向けようとすることがある。「探索」と既存の資源の「活用」のバランスが、後者に大きく傾いてしまうのだ。ディズニー社は優れた新作を発表できない時期が続いたが、創造性が休眠しているあいだも財務的には安泰だった。潤沢な利益は同社にとっての太平洋だった。過去の資産から利益を得られたがために、ディズニーらしい魔法でファンをあっと言わせる新しい方法を探究する動機が失われていたのである。

アップルはスティーブ・ジョブズが復帰してから長いあいだ好業績を維持したが、イノベーションの手を緩めることはなかった。ジョブズの猛烈な好奇心も重要な要因だが、彼が復帰するまでの一〇年ほどのあいだ低迷期があったので、同社は自信過剰に陥らないですんだ。ジョブズが亡くなった今、アップルは好奇心を保てるのか、それともディズニーのように大金がゆらめく太平洋に漂流するのか、まだわからない。

　すべての企業に当てはまることだが、組織の将来性を占ううえで重要な手掛かりとなるのは、そこに所属する人々に自分たちの知らないことを知ろうとする姿勢があるかどうかだ。一九世紀イギリスの偉大な物理学者ジェイムズ・クラーク・マックスウェルは、「科学の世界では大きな進歩を実現するには、無知をはっきりと自覚することが第一歩になる」と述べている。ビジネスパーソンにしても政治家にしても、「無知をはっきりと自覚する」姿勢――知らなかったことに目覚め、それを知ることに没頭する――を養えば、環境に変化が生じても、足元をすくわれることはないだろう。

　スティーブ・ジョブズは三〇歳になったとき、早くもこう考え始めていた。人は三〇歳を過ぎたあたりから柔軟性に欠ける考えかたをするようになるのはなぜか。五〇歳を迎え、癌によってすでに死期が近づいていた彼は、スタンフォード大学の卒業式でスチュアート・ブランドについて語った。ブランドはカリフォルニアの反体制文化を率い、テクノロジーの可能性を信じる人物だ。ジョブズはスピーチの最後でブランドのモットーに触れた。「貪欲であれ《スティ・ハングリー》、愚かであれ《スティ・フーリッシュ》」。そしてこう締めくくっている。「私も常にそうありたいと願い続けてきました」。どうすればそうした姿勢を組織全体に根づかせることができるのか。その具体的な方法について、ジョブズは明確な指針を示すことなく、この世を去ってしまった。

## 2 自分のなかに知識のデータベースを構築する

### 広告業界のバイブルに学ぶ

私が大学を卒業して最初に就職したのは、広告会社ジェイ・ウォルター・トンプソンのロンドン支社だった。当時の新入社員には必ず薄い本が二冊配られた。どちらもかなり前に亡くなった、ジェイムズ・ウェッブ・ヤングという同社の重鎮が書いたものだ。一冊は『広告マンバイブル』〔今井茂雄訳、小林保彦解説、阪急コミュニケーションズ、一九九四年〕という本だった。* かび臭い表現に苦笑する箇所もあったが(「販売とは、他者の心に訴える言葉で提案することによって、人間のあらゆる行動に影響を与える技術にほかならない」)、誰もが熟読した。鋭い助言が説得力のある言葉で語られ、少しも色あせない内容だった。

ヤングは『マッドメン』〔広告代理店が集まる一九六〇年代ニューヨークのマディソン街で働く人々を描いたドラマ〕の設定より少し前のマディソン街で働いていた。『マッドメン』主人公のドン・ドレイパーの一つ上の世代で、アメリカが第二次世界大戦に参戦するころにはすでに説得の達人として名を馳せていた。アメリカ政府は、彼にドイツ人の士気を挫くプロパガンダを起草してくれないかと打診した。彼は大胆さと隙のない論法、徹底した現実主義をうかがわせる進言をした。それはまるで粉石鹸の広告企画書のようだ。政府に「必要なのは、わが国がプロパガンダを売り込む市場から最大の利益を引き出すアイディアだ――つまり、できるかぎり短期間に潜在顧客の士気を最小限に封じ込めることを確実にし、なおかつできるだけ顧客の反発を買わないこと……私が考えるに、その条件を満たすコンセプトは『避けがたい敗北』である」。

新入社員に渡されたもう一冊は『アイデアのつくり方』〔今井茂雄訳、阪急コミュニケーションズ、一九八八年〕という作品だ。セミリタイアしたヤングが一九六〇年に広告業界向けに書いたものだが、ほかの分野にも応用できる教訓が詰まっている。控えめな語り口ながら、創造的な思考プロセスに関して類書など要らないくらい充実している。パンフレットほどの薄い本だが、きわめて実用的だ。天才的な創造性の神秘について難解なことを語るわけでもなく、脇道にそれることもほとんどない。そんななかで何よりも重視されているのが好奇心だ。

## アイディアを得るための5つのステップ

ヤングは五つのステップから成るアプローチを提唱する。一つめのステップは「資料の収集」

＊ 私たちに配られたものはすべて、ペンで「マン」にバツがつけられて「人《パーソン》」に訂正されていた。

だ。ここでいう資料とは商品と消費者に関する知識のことである。商品やそれを買う消費者について改まって論じることなどあるのかと思うかもしれないが、そこに執着すべきだと彼は説く。真剣に観察をすれば必ず何かが浮かびあがってくる。ヤングは、ギ・ド・モーパッサンが年長の作家から受けた言葉を引用する。「パリの街を歩き、一人の御者に目を留めてみたまえ。きみの目にはただの御者にしか映らないだろう。だが、彼を世界中の御者の誰ともちがう一人の人間として描けるようになるまで観察することだ」。ヤングは商品と顧客に関する知識について述べるとともに、「広告とは関係のない一般的な題材を幅広く収集する作業」も同じくらい重要だと言う。

私がこれまでに広告業界で出会った有能で創造性あふれる人々には、二つの際立った特徴が共通していた。一つは、エジプト人の埋葬の儀式だろうが、現代アートだろうが、この世のあらゆることに興味をもっていることだ。もう一つは、いかなる分野についても、ある程度の知識を持ち合わせていること。……広告の世界では、商品と人間に関する深い知識と、人生やさまざまな出来事に関する幅広い知識の斬新な融合からアイディアが生まれる。

ヤングの公式は単純にして強力だ。創造的思考が求められる課題は、それに関する深い知識と、その課題や当事者（あるいは読者や視聴者）が属する文化に関する背景知識を持ち合わせた人物が牽引したときにうまくいく。これらの知識が融合したとき、異質な要素が偶発的にぶつかり合い、素晴らしいアイディアが生まれやすい。ヤングと同じ世代で、国際的な広告代理店の社名にその名を残すレオ・バーネットは、こんなことを言っている。「飛び抜けて創造性豊かな人がいるが、その秘密は人生のあらゆる局面でみせる好奇心にある」

優れたアイディアというものは、頭をひねったところで生まれない。それは数カ月、数年、数十年間にわたる人生の積み重ねから湧き出すものだからだ。一瞬のひらめきの産物であるかのような印象を与えるアイディアも、じつは長い時間をかけて養われた思考習慣の結実なのだ。ヤングはこう表現する。「ある人にとって、個々の事実は点在する知識にすぎない。だが別の人にとっては、知識の鎖の輪の一つである」。彼はどうやら、私たちがこれまでに考察してきたことを直感的に理解していたようだ――知識の蓄積が多いほど、そこに付け加えられる新しい知識は吸収されやすく、より創造的な可能性を秘めたものになる。知識は知識に引き寄せられる。

好奇心旺盛な人々は、長期記憶をじっくりと養ってきたため、ある種の拡張現実（ＡＲ）のなかで生きているといってよい。目にするものすべてに、ほかの人には見えない意味や可能性の層が重なって見えるのだ。ファッションデザイナーのポール・スミスはこう表現する。「私は物事を理解する目をもっている。たいていの人はものを見ることはできるが、理解する目をもっていない。暗闇を照らす明かり、荒々しさと繊細さ、絹と並んだハリスツイード。そのちがいは私には大きな意味がある。建物を眺めればドアや窓の構成比に意識を留め、そこから上着のポケットや開口部が見えてくる。あるいは、静寂のなかにほんの少しだけ華やかなフレーズのある音楽を耳にすると、私には花柄のシャツを合わせた濃紺のスーツが思い浮かぶ」

ヤングが提唱する残りのステップは、最初のステップから発展していく。二つめのステップは「集めた資料の検証」だ。一つひとつの事実を多角的に解釈し、ほかの事実との意外な組み合わせを試し、面白くて新しいつながり、あるいは新しい合成を模索する。この段階では優れたアイディアが生まれるとは限らない。現にヤングも、何一つ調和せず、何の洞察も生まれず、それまでに吸収した知識が頭のなかでただ混沌と渦巻くばかりで、絶望の壁に突き当たるかもしれないと述べている。ヤングは、この絶望的な段階に至るのは、じつのところ喜ばしいことだと言う。それはつまり、次の段階へと進む準備がととのったことを意味するからだ。

三つめのステップは「直接的な努力はまったく必要ない」段階だ。無意識という魔法を引き出し、目の前の課題とは少しも関係のないことによって刺激を与えてやるのだ。ヤングはシャーロック・ホームズがよく、事件のさなかにワトソンを無理やり音楽会に連れていくことに触れている。ホームズが融通の利かないパートナーの反対を押し切ってまで外出するのは、懸命に考えたあとでは、意識が何かまったく別のことで占められているときのほうがひらめきを得やすいと知っているからだ。

四つめのステップはもっとも神秘的で、脳の奥まった部屋のなかで起きる。ヤングは音楽会から帰ったらベッドに入り、「課題を無意識の手に委ね、眠っているあいだに働いてもらいなさい」

とアドバイスする。すでにひらめきを生む地盤は整えたので、やがてふいにひらめきが訪れるという。それは「髭を剃っているときやシャワーを浴びているときなど、まだ半分眠っているようなときによく起きる」。そして五つめの最後のステップでは、まだ不完全なアイディアに調整や修正を加えて実際に使えるものに仕上げればいい。

## ひらめきは偶然ではない

誰でも「ひらめきの瞬間」があることは知っている。アイディアがふと頭に浮かぶような気がする瞬間だ。だが実際にはヤングも示唆したように、こうした洞察に偶然の要素はほとんどない。洞察は情報の「収集」と「検証」から生まれる――慎重に時間をかけ、根気よく知識を積み重ねることが欠かせない。

フランスの偉大な数学者アンリ・ポアンカレは、若いころに技術者として働き、ときどき鉱山の事故調査を依頼されることがあった。ある純粋数学の問題と格闘していたとき、実地調査のために鉱山の現場に呼び出された。彼はのちに、遠出したことによって、数カ月間かかりきりになっていた問題を忘れられたと振り返っている。ただし、彼の無意識は働き続けていた。

クタンスに着くと、次の場所に向かうため馬車に乗ることになった。ステップに足をかけた瞬間、着想が浮かんだ。それまでの思考過程に現れた何かに導かれた感触はなかったが、私がフックス関数を定義するのに用いた変換が、非ユークリッド幾何学の変換と同じであることに気づいたのだ。検証はしなかった。馬車の席に座ると、すでに始まっていた会話を続けなければならず時間がとれなかったからだが、間違いないという確信があった。だが念のため、カーンに戻る道中で時間ができると、手にした結論について検証した。

ポアンカレはのちに、ある時点では脈絡のない数学的知識の集合に見えたものが、じつは突然のひらめきに欠かすことのできない下地になっていたと振り返っている。彼の無意識のなかでいくつものアイディアが「流動的な原子」となって互いに衝突し、その配列を何度も変えながら複雑な組み合わせをつくり、最終的に「もっとも美しい」組み合わせが意識に浮上した。その瞬間が訪れたのが馬車に乗り込むときだったのだ。

近年の科学者たちは、カフカのような芸術家やエジソンをはじめとする発明家が創造的な活動の源泉としてきた、無意識あるいは意識がぼんやりとした状態における神経メカニズムに関心を寄せている。そうした研究により、はっきりとした夢を見ることが多いレム睡眠（急速な眼球運動を伴う睡眠）が現れているとき、創造性が高まることが明らかになってきた。レム睡眠のあいだは脳がもっとも自由に、知識のネットワーク同士を結びつけることができるからと考えられる。

これもまた、ルソーと彼を支持する進歩主義教育者たちの誤りを浮き彫りにする。私たちが新しい知識を得たとき、それは呼び起こされるまでずっと孤立した状態で無意識のなかに留まっているわけではない。新しい知識は、意識のうえでは結びつかないような領域で、多様な課題にいつでも応えられるように準備をととのえている。眠りは長期記憶に対して、パーティーにおけるアルコールのような役割を果たすのだろう。思考を支配する意識が手綱をゆるめ、記憶に蓄えられた事実が自由に対話するようになる――一つの知識が離れた場所にある別の知識と交流を始めるのだ。私たちは、仕事中は具体的な課題に対処するために精神を働かせているので、仕事に集中していない夜の時間に知識が結合し、突破口が開けることが多くなる。

人間の記憶はコンピューターに比べれば非効率で頼りないが、脳のそんな気まぐれなところが独創的な発想の源になっている。普段は意識によって隔離されている異質な原子が衝突したとき、頭をひねっても思いつかない結合が生まれる。まったく想定外の突破口へと通じるセレンディピティは人間に特有の現象だろう。少なくとも現時点では、無意識が想定外のパターンを構成し、重要な意味を秘めた関連性を見抜けるようにする、人間ならではの活動をデータベース技術によって再現することはできない。そう考えると、自分の脳で記憶することをやめてグーグルに頼れば頼るほど、無意識から派生する素晴らしい創造性を遠ざけてしまうことがわかる。

創造力豊かな人々はよく夢のなかでひらめきを得るが、だからといって夢を見ること自体を創造的な活動と考えるのは正しくない。教育論について著書のある教師のデイジー・クリストドゥルは、生徒に「デザイナーのように考える」ことを求め、空想にふけるように指導する学校の取り組みを紹介して支持している。彼女が指摘するように、専門家と素人では空想にふけるといってもその中身はまるでちがう。熟練デザイナーの場合、膨大な量の背景知識と身に染みついた経験が蓄えられているため、それが空想へと流れ込んでくるのだ。

ジェイムズ・ウェッブ・ヤングは『アイデアのつくり方』の最後で出発点に立ち戻り、好奇心をいつまでも持ち続けなさいと説く。「とくに力を込めて伝えたいステップが一つある――アイディアを生む貯蔵庫に幅広い材料を蓄えることだ……アイディア次第で成否の分かれるあらゆる仕事において直接的に、そして他人を通して間接的に、経験の幅を常に広げようとする姿勢がきわめて重要だ」。データベースを構築することは、やがて誰かのデータベースになるようなアイディアを創造する、もっとも確実な方法と言えるだろう。

## 3　キツネハリネズミのように探し回る

### スペシャリストかジェネラリストか

知識が重視される仕事では学習戦略が必要だ。スペシャリストになるべきか、それともジェネラリストになるべきか――少ないことについて深く知るべきか、それとも多くのことについて少しずつ知るべきか。

二〇世紀以降、スペシャリストに対する需要は次第に高まっている。ただし歴史家であれば、内戦に詳しいだけでは十分でなく、内戦を題材にした音楽についても知っていなければならない。今の時代、『マッドメン』のドン・ドレイパーがクライアントに自己紹介するとしたら、広告会社のクリエイティブ・ディレクターと名乗るだけではなく、ソーシャルメディアや有力なコンテンツにも通じていることをアピールするだろう。シリコンバレーの企業がこぞって採用したがっているのは、最先端のソフトウェア工学はもちろん、iOSやアンドロイドのアプリケーションのコーディングにも精通したエンジニアだ。

ところがデジタル革命——あるいはデジタル技術やネットワーク技術によってもたらされる絶え間ない革命——の時代にあっては、反対の潮流も生まれている。ニューヨーク近代美術館の建築・デザイン部門のシニア・キュレーター、パオラ・アントネッリによれば、キュレーターは「保存」に力を入れるタイプと、「狩猟採集」に力を入れるタイプに分かれるそうだ。[*]アントネッリは確実に後者であるという。彼女はジェネラリストを自認しており、デザインや建築に始まり、科学、テクノロジー、哲学に至るまで、異質な分野からさまざまな題材を集めて統合することを目指している。彼女は自分のことをこう表現する。「好奇心旺盛なタコね。いつも触手を伸ばして、いろんなところから何でも集めているわ」

＊　アントネッリは、この区別はニューヨーク近代美術館の先任者の一人、エミリオ・アンバースから借用したものだと教えてくれた。

アントネッリは、今ではデザイナーたちはグループで仕事をする機会が多くなり、専門外の知識に素早く順応する能力が求められていると指摘する。デザインの世界では専門主義の風潮はほとんど残っていない――なかには本のデザインだけを手がける装丁家もいるが、むしろ例外だ。今日のデザイナーは、技術者のほかマーケティングや会計の専門家と協働することもある。アントネッリは言う。「たとえば、ブランディング・デザイナーが、テキサスの石油企業のイメージ戦略の立案を任されたとしたら、石油の採掘を手掛ける技術者を含めたチームを結成することになるでしょう。そうしなければ、正しい答えは得られないはずです」

日常生活にデジタル技術がますます浸透し、それに伴って異なる領域の境界線がゆらぎ始めている。「デザイナーは物質的なものだけでなく、経験や相互作用の観点からも考えることが求められるようになっています」とアントネッリは言う。そうなると、デザイナーは今まで以上に多才でなくてはならない。それはつまり、ほかの人々が得意とする分野に関心を寄せるということだ。たとえば、音楽産業で成功したければソーシャルネットワークを理解しなければならないし、言語学で名を成したければデータ解析に精通することが欠かせない。

純粋に身体的な能力が問われると考えられることの多いスポーツの世界でも、知識の重要性が高まり、幅広い能力が求められている。たとえば、今ではサッカーチームの監督として成功するには、戦術的フォーメーションに関する深い知識と統計的手法についてある程度の知識が必要だ――さらには心理学や経済学の知識が要求されることもある。ひと昔前なら監督に求められた要件はただ一つ、かつて優れた選手だったことだ。ところが最近では、ヨーロッパの有力チームには、大きな怪我をしたとか、選手としては芽が出なかったといった理由から選手としてのキャリアを断念した監督が多い。レアル・マドリードやチェルシーの監督を歴任しているジョゼ・モウリーニョはまさにその典型だ。こういった変化について背景を尋ねられた彼は答えている。「早く引退したほうが、監督として学ぶ時間をたくさんとれるから有利なのです*」

幅広い知識をもった人物の頭のなかで、さまざまな分野が交流することによって新しいアイディアが生まれやすくなるのは間違いない。DNAを発見したフランシス・クリックは物理学者

＊　イギリスのサッカー界で史上最高の名将と評されるサー・アレックス・ファーガソンも、若くして指導者に転身した（スコットランドのクラブ、セント・ミレンの監督に就任したのは三二歳のときだった）。いっときは造船所で働いていたことがあり、大学とは無縁の彼は、とてつもないハングリー精神の持ち主だ。監督としてキャリアを積むかたわら、ワインに競馬、エイブラハム・リンカーンの生涯、アメリカ南北戦争について専門家並みの知識を身につけた。映画にも詳しく、さらには大変な読書家でもあり、ロバート・カロによるリンドン・ジョンソン元大統領の伝記全五巻を読破している。控えめに言っても、これだけの興味の幅を持ち合わせているのはサッカー界ではめずらしい。ファーガソンの勝利へのこだわりと、選手の意欲を引き出す能力はもちろん素晴らしいものだが、知的好奇心が彼の成功の一因となったのは確かだろう。ファーガソンが指導者の立場にあった数十年のあいだにゲームのスタイルは大きく様変わりしたが、彼はそのたびに順応した。同世代の監督の多くは、サッカー界に統計分析などの新しい手法が登場しても真剣に取り合わず、従来の手法にこだわった。ファーガソンはきっと新しいことを知るたびに、それを学ぶべきこととして受け入れたのだろう。

として研鑽を積んだ経験があり、その背景知識があったからこそ、生物学者たちがとうてい解決できないと思い込んでいた問題でも必ず解けると信じられたと語っている。ピカソの場合、アフリカの彫刻を西洋絵画に取り入れたのを機に新境地が切り拓かれた。

## 多才なキツネと堅実なハリネズミの雑種

人材市場では今後も希少な知識をもつ人々の争奪戦が熾烈になるだろう。一方で、幅広い知識も重視されている。これら二つの潮流は二項対立の関係にある。そうなると、あなたは自分の得意とするニッチな分野の知識を深めるべきなのか、それとも知識の土台を広げるべきなのか？

この命題を考えると、ハリネズミとキツネの物語を連想せずにはいられない。昔からさまざまにかたちを変えて語り継がれてきた話だが、基本的な筋書きはどれも同じだ。キツネは攻撃してくる相手から、独創的だが骨の折れるさまざまな方法で身をかわす。ところがハリネズミは、確実に有効だとわかっている一つの戦略を貫き通す――つまり、うずくまってハリを立てるのだ。古代ギリシャの詩人アルキロコスはこう表現している。「キツネは多くのことを知っているが、ハリネズミは大事なことを一つだけ知っている」

哲学者のアイザイア・バーリンは、思想家は誰もが二つのタイプのどちらかに当てはまると述べている。世界をある一つの概念から成るレンズを通して見るタイプと、さまざまな視点から眺めるタイプだ。プラトンはハリネズミで、モンテーニュはキツネ。トルストイは自分ではハリネズミだと思っているが、キツネのように書かずにはいられない。この分類は政治やビジネスの世界にも当てはまる。ロナルド・レーガンはハリネズミでビル・クリントンはキツネ。スティーブ・ウォズニアックはハリネズミでスティーブ・ジョブズはキツネ——だからこそ、二人は意気投合したのかもしれない。

今後、思想家として成功する可能性がもっとも高いのは、これら二つの生き物を交配した新種になるだろう。競争の激しい高度な情報社会では、一つか二つ大きなことを知っていて、なおかつそれについて同時代の誰よりも深く、詳しく知っていることが欠かせない。ただしその知識を本当に生かすには、さまざまな視点から考え、異なる専門分野の人々と効果的に協力する能力が必要だ。

たとえば、チャールズ・ダーウィンはミミズの生態やフィンチのクチバシについては世界中の誰よりも詳しかった。しかし、ほかの博物学者を引き離して決定的な理論を打ち立てることができたのは、経済学者トマス・マルサスを読んでいたからだ。もっとも、ダーウィンが幅広い分野に精通していたからといって、生物学について深い専門知識がなければ、画期的な理論に到達することはなかっただろう（仮に思いついたとしても、誰にも信じてもらえなかったにちがいない）。また、彼がほかの分野から盛んに知識を吸収していなければ、進化の根底にある論理を見抜くきっかけになる洞察を得ることはなかっただろう。ダーウィンは「キツネハリネズミ」という彼の聞いたことのない種の典型だったのである。

ウォーレン・バフェットのパートナーで、彼らのもはや伝説的ともいえる投資会社バークシャー・ハサウェイの副会長でもあるチャーリー・マンガーは、史上もっとも成功した投資家の一人として知られる。株式の銘柄選択にかけては世界随一の知識があり、経験もこのうえなく豊富だ。しかし、それだけでは彼が飛び抜けて秀でている理由の説明としては不十分だ――同じくらい深い知識と経験をもつ投資家はほかにも存在するだろう。それでもマンガーが際立っているのは、彼がキツネハリネズミのように知識を求めているからだ。彼は自分が得た情報にフレームワークを与え、それをさらに再構築するため、常に専門外の分野の本を読んでいる。マンガーは彼自身が「複合モデル」と呼ぶ発想法を実践している。事業の評価にあたっては数学や経済、工学、心理学など、異なるレンズを通して多角的に分析する。複合モデルが重要な理由は、誰もが目にするデータに接したときでも、自分だけの答えが得られるようになるからだとマンガーは説明する。複合モデルは事実を物語に変え、情報を洞察へと変える。深さも重要だが、幅を広げることも同じくらい重要なのだ。「株の優れた目利きになる前に、まずは一般教養を身につけなければならない」と彼は言う。

キツネハリネズミは、IBM社で「T字型」と呼ばれている知識体系を持っている。二一世紀にもっとも評価されるのは、専門分野に関する深い知識（T字の縦軸）と、他分野に関する幅広い理解（T字の横軸）の両方をそなえた知識労働者だ。前者は専門性が求められるプロジェクトを実行に移すことを可能にし、後者は他分野との文脈的なつながりを理解することを可能にする。

独自の強みを持つことはキツネハリネズミを市場で際立たせ、それが組織の内外におけるその人物の価値になる。その一方でT字の横軸は、他分野の仲間と建設的に連携し、キャリアを通して遭遇するさまざまな難題に柔軟に対応する力を与えてくれるだろう。

キツネハリネズミとして目覚ましい活躍をしている人物の例として、統計家で作家のネイト・シルバーを挙げよう。彼が最初に注目を集めたのは、メジャーリーグの選手の成績を予測するシステムを開発したときのことだ。だが彼の興味は昔からスポーツに収まらず、二〇〇八年の大統領選が近づいてくると、「ファイブ・サーティ・エイト・ドットコム」というブログを始めた（ブログ名はアメリカの選挙人団が五三八人であることに由来する）。彼は統計的手法を駆使し、党の予備選挙とのちの総選挙の結果を驚くべき精度で予測した。その後、『ニューヨーク・タイムズ』紙の専属アナリストとして、二〇一二年の大統領選では、ベテランの専門家たちが苦戦するなかで最終結果を的中させ、大きな注目を集めた。二〇一三年にはスポーツ専門のテレビ局ESPNに引き抜かれ、統計的手法をスポーツから政治、映画など、さまざまな分野に応用している。

世界にはシルバーよりも高度な手法を駆使する統計家がいるかもしれない。だが彼を際立たせているのは、統計学の専門知識をさまざまな分野の知識に結びつける能力だ。それはつまり、彼が独創性に満ちた、価値の高い分析を提供できるということだ。シルバーは『ハーバード・ビジネス・レビュー』誌のインタビューで、いわばキツネハリネズミを育成するような教育を支持していることを示唆した。「教えるのがいちばん難しいのは、問うべき大事な問題を特定する直感です。知的好奇心と言ってもよいでしょう……教育を受けるなら、さまざまな筋肉をたくさん動かせるように、できるだけ多様な科目を学ぶべきです……専門的な技能はいつでも学べるし、そういうことは解決すべき問題に直面したり、現実的な必要性に迫られたりしたときのほうが学ぶ意欲が高まるものです。そういう意味で、あまり早い時期に分野を絞り込むのは得策ではありません」

## 大学教育の問題

ヨーロッパやアメリカの政策立案者たちは、アジアの新興国が優秀な科学者や技術者を輩出していることに危機感を感じ、経済競争力を維持するため、学校や大学ではハリネズミを育てることに注力すべきだと訴えている――卒業後に労働市場できちんと居場所を確保できるようなスペシャリストの養成が重要であると。しかし、それは考慮すべき問題の半分でしかない。アジアで先頭を走る国々の教育者たちは、西洋の名門大学が伝統的に実践してきた複数の分野にまたがる幅広い教育が、二一世紀においても変わらず重要だと知っている。シンガポール国立大学学長のタン・チョー・チュアン教授は次のように語っている。

私がますます強く感じるのは、幅広い知性の重要性です。理由は二つあります。一つには、私たちが仕事や生活のなかで直面する課題の多くが複雑化していることがあります。課題がさまざまな分野や領域に関連するようになっているのです。幅広い知的基盤がなければ、複数の分野にまたがる潜在的な関連性を見抜くことはできないでしょう。もう一つには、かつては私たちが生涯に手掛ける仕事は三つか四つくらいだと考えられていましたが、今では平均的な卒業生は一〇とか一二といった種類の仕事をこなす可能性があります。それらの仕事がいくつもの異なる分野にまたがることも想定されるので、軽快に頭を切り替えられるような知的基盤を持たなくてはいけないのです。

ハリネズミとキツネの議論は、どちらになるべきかという二者択一になりがちだ。しかし深い専門性のみならず、異なる分野のぶつかり合いから生まれる革新的な洞察が高く評価される今日の世界では、どちらも欠かせない。私たちはキツネハリネズミになるべきなのである。

## 4　なぜかと深く問う

### アイルランド和平の立役者

二〇〇七年三月二六日、世界中で何百万人もの人々がテレビの前で見守るなか、一人の男が並んで席に着き、用意された声明文を読み上げた。北アイルランドの強硬派で歯に衣着せぬプロテスタントの指導者イアン・ペイズリーと、アイルランド共和国軍（ＩＲＡ）の元司令官として知られるカトリック教徒のジェリー・アダムズは、まさに宿敵だった。両陣営は数十年にわたって抗争を繰り広げ、何千もの人々の命を犠牲にし、数え切れないほど多くの家族を引き裂いてきたが、二人はそのなかでももっとも強硬な立場を象徴する存在だった。信じられないことに、そんな彼らが並んで座っただけでなく、協調を誓うというのだ。

会見会場のテレビカメラには映らない場所に、もう一人の男が控えていた。解決不可能と思われたこの積年の争いを終結に導いた数少ない立役者の一人、ジョナサン・パウエルだ。トニー・ブレア首相の時代に首席補佐官を務め、北アイルランドでイギリス政府の交渉責任者として尽力した人物である。彼は和平交渉の内幕を記した著書『大いなる憎しみ、一縷の望み（*Great Hatred, Little Room*）』のなかで、重要人物たちとの終わりの見えない一〇年におよぶ交渉について詳しく述べている。交渉は国家機関の大広間で行われることもあったが、郊外の住宅や過激な共和派グループの拠点の最深部にあたる教会で人目をさけ、緊迫した状況下で行われることもあった――いずれも王室の紋章がついたブリーフケースが運び込まれるのにおよそふさわしくない場所だった。

パウエルは痩身で背が高く、中年になっても少年のような巻き毛の髪を失わずにいた。笑うと目じりにしわが寄って親しみやすい雰囲気だが、非常に威勢がよく、こちらが面食らうほど早口で頭の回転も速い。また、まっすぐな性格で、外交官であるにもかかわらず（マキャベリを称える本の著者でもある）、嘘をつくくらいなら断然人を怒らせることを選びそうな印象がある。この資質は彼の今の仕事で役立っているにちがいない。というのも、その仕事を遂行するには、人をまったく信じない相手から信用されることが欠かせないからだ。

パウエルは現在、各国政府とテロ組織との仲介を目的としたＮＧＯを率いている。政治家や外交官は、政治的な理由や安全上の問題からテロリストに会いたがらないのが普通だが、長引く戦いを終息させるには対話する必要もあることを自覚している。そこでパウエルは政府のために地下組織との秘かな対話ルートを確保すべく、両陣営のあいだを頻繁に往き来して直接会談を成立させる交渉に当たっている。

私が取材したとき、彼は世界各地で八つの紛争に関わっていると教えてくれた。* 彼は急遽、南米に飛ぶことになり、家族と訪れていたコーンウォールでの休暇を切り上げて戻ってきたところだった。** パウエルは仕事の詳細については明かさなかったが、私が彼に訊きたかったこと、つまり交渉において好奇心が果たす役割については喜んで語ってくれた。

---

＊　パウエルの仕事は一般市民を殺害するプロたちと多くの時間を過ごすということだ。「それはすごく……神経を使うのでは？」と私は尋ねた。「そうです、非常に危険です」と彼は答えた。

＊＊　このインタビューがあってから間もなく、コロンビア革命軍とコロンビア政府が一〇年ぶりに直接対話による和平会談を開始したというニュースが飛び込んできたのは、偶然ではないだろう。

## 交渉の達人――「なぜ」を問う

ハーバード・ビジネススクールの教授、ディーパック・マルホトラとマックス・H・ベイザーマンは、著書『交渉の達人』〔森下哲朗監訳、高遠裕子訳、日本経済新聞出版社、二〇一〇年〕のなかで、あるアメリカ企業のクリスという名の交渉担当者について語っている。彼が勤める会社は、ヨーロッパのある小さな企業からヘルスケア製品の原料を調達する交渉に臨んでいた。価格については合意したが、重要な条項をめぐって交渉は決裂寸前だった。アメリカ側は独占販売条項を要求したが、ヨーロッパ側がこれを頑なに拒んだ。アメリカの交渉担当者たちは価格の上乗せを提案したが、それも功を奏さなかった。彼らは最後の望みをかけてクリスに電話を入れ、ヨーロッパまで来て交渉に加わってくれと助けを求めた。マルホトラとベイザーマンは、それから起きたことを次のように書いている。

クリスが到着すると、さっそく独占販売条項に関する協議が再開した。彼は双方の主張に耳を傾けてから、ある単純な言葉を投げかけた。すると交渉の流れは変わった……その言葉とは「なぜ」だった。

クリスは原料メーカーに単刀直入に質問した。生産量のほとんどを買い取ろうと大企業が申し入れているというのに、そんな好条件をなぜ受け入れないのか。ヨーロッパ側の答えは意外なものだった。独占権を認めると、親戚が経営している会社との約束を破ることになるというのだ。その親戚はヨーロッパの小さな市場で販売する製品を製造するために、その原料メーカーから毎年一〇〇キロほどの原料を購入しているという。この情報をつかんだクリスは、二つの企業が即座に合意できる解決策を提示した――原料メーカーは、毎年一〇〇キロ程度を親戚の会社に販売することを除き、クリスの会社に独占的に販売する。

クリスの同僚たちは疑問を投げかけようとしなかったが、それはおそらく、答えはわかりきっているという先入観があったからだろう。自分たちが「知らないと知らずにいること」があるかもしれないと想像できなかったのだ。交渉学の専門家であるダイアン・レヴィンがこの話を引用して述べているのだが、彼らは社会的圧力のせいで問いかけることをためらった可能性もある。立ち入った質問をするのは不躾だと思われる不安があるからだ。人は踏み込んだ質問をされると、愚か者だと責められているような気分になることがある。しかし、交渉に関するいくつかの本を読むと、こじれた争点を解きほぐすには「なぜか」と問うことが非常に重要なことがわかる。

『無理せずに勝てる交渉術』〔青島淑子訳、阪急コミュニケーションズ、二〇〇〇年〕の著者リチャード・シェルは、経験豊かな交渉人の「容赦のない好奇心」を称えている。バーナード・マイヤーとアリソン・テイラーは、名著『仲介人のつくりかた(*The Making of a Mediator*)』において、「好奇心と探究心を徹底して発揮すること」を奨励している。

ジョナサン・パウエルは、交渉(および仲介)の場面では、好奇心そのものをことさらに称賛してはいない。目的を明確にせずに延々と質問することは控えるべきだと警告する。だが、当事者双方が相手の立場を自分の視点からしか理解しないときは、交渉が暗礁に乗り上げるのは確実だ。肝心なのは、相手の要求の根底に何があるのか問いかけることだ、とパウエルは言う。「基本的な問いは『何が』ではなくて『なぜ』なのです」

## 共感的好奇心が物を言う

双方が交渉開始時点の立場に固執するならば、結果はどちらかが利益を得ればもう一方が不利益を被るトレードオフの状態になる。「ところが」とパウエルは言う。「相手の要求の根底にある関心事を問えば、想像力に富んだ解決策に到達する可能性が高まるはずです」。つまり核心を突く鋭い質問を投げかければ、相手は用意した筋書きを手放し、自分たちの陣営の内側からどのような圧力がかかっているのかを打ち明けてくれる。そのとき、相手がなぜそれを求めているのかを知ることができる。

ずいぶんと単純な話に聞こえる。しかし交渉の舞台では同じ過ちがいつも繰り返される、とパウエルは言う。「私には驚きなのですが、たいていの人は相手の考え方を本気で理解しようという気持ちがないまま交渉に臨んでいます。交渉力に優れた人々は聞き手としても優秀です――これは単に相手側の主張をよく聞いてから、自分の主張を述べるということではありません。注意深く耳を傾け、相手がどういった立場に置かれているのかを徹底的に理解するのです」

パウエルが述べている姿勢は「共感的好奇心」と言い換えることができる。カリフォルニア大学の生命倫理学者であるジョディ・ハルパーン博士は、かつて精神科の臨床医だったころ、医師の患者に対する共感的好奇心について考えた。* 彼女は、心から関心をもって患者に接する医師のほうが、専門家らしく客観性を保とうとして感情を表さない医師よりも、患者とのコミュニケーションがよくなることに気づいた。ところが、患者に心から同情する医師はときとして、患者が本当に必要とすることを理解したり、それに対応したりする能力が劣ることにも気づいた。彼女は二〇〇一年に関係者に大きな影響を与える著作を発表し、そのなかで同情よりも共感が重要であると論じた。共感するとは、患者の視点について「意識的に関心」をもつことを意味する。「人は誰でも共感的好奇心という人間的な資質をもっている。つまり他人の視点に対する純粋な関心と感情的反応だが、それは作動させることも停止させることもできる機能である」とハルパーンは述べている。医師の場合、それを停止させていることがあまりにも多い。

パウエルによれば交渉にあたる人々も同じだ。ビジネスや政治における意思決定では、万人にとって利益と損失がおおむね平等になるような結果を目指す傾向がある。だが、議論が長引くときは、本質的な交渉内容とはあまり関係のない、道徳や感情をめぐる潜在的な葛藤が原因になっ

＊ ハルパーンは「共感的好奇心」という表現を診療に関して使っている。本書ではもっと広く、他者の思考や感情への関心という意味で用いているが、どちらも同じことを意味しているのは言うまでもない。

ていることが多い。「意識的な関心」を向けるだけで、交渉担当者や仲介者はそうしたより深いところにある動機の輪郭を見きわめ、ひいてはそれに対処する方法を発見することができる。

二〇〇四年から二〇〇八年にかけて、社会心理学者のジェレミー・ギンガスと人類学者のスコット・アトランは、四〇〇〇人のパレスチナ人とイスラエル人（難民やハマス支持者、ヨルダン川西岸地区のイスラエル人入植者を含む）を対象として政治的、社会的観点から調査を行った。研究チームは、現実味のある仮の和平協定案をいくつか提示し、意見を聞いた。すると参加者のほとんどがすべての案を即座に拒絶した。理由を尋ねると、協定案は自分たちにとって神聖な価値観を害する内容だからだという答えが返ってきた。イスラエル人入植者の多くは、神によって与えられたと信じるヨルダン川西岸地区のいかなる土地についても取引するつもりはないと語った。そしてパレスチナ人は、イスラエル領へ帰還する権利は譲歩と引き換えに得るようなものではなく、やはり神聖なものであると考えていた。

心理学者のフィリップ・テトロックは、このような心理的影響をもたらす取引を「タブー視される取引」と呼んでいる。交渉当事者は神聖と考えているものを世俗的なものや物質的なものと交換する提案を受けると感情的になり、態度を硬化させ、経済合理性に基づく議論に耳を貸さなくなる。実際のところ物質的な提案は火に油を注ぐだけになる可能性がある。金銭的な動機づけを絡ませることで、柔軟な交渉はより難しくなることもあるのだ。

アトランとギンガスは仮の協定案に金銭的インセンティブを追加した――たとえば、パレスチナ人に年間一〇〇億ドルを提供するといった内容だ。回答者は怒りをさらに強めるだけだった。研究者たちは対立する両陣営の政治指導者層からも見解を聞いたところ、交渉役として経験豊富な彼らでさえ、金銭的な提案に対して同様の反応を示すことが明らかになった。ハマスのある指導者はアメリカからの資金支援を追加する和解案が提示されると、「どれだけカネを積まれても、自分たちの身を売るつもりなどない」と語気を荒らげた。

アトランとギンガスは、この状態を打開しうる唯一の提案は、感情的な痛みを伴う、象徴的な歩み寄りであるという結論に達した。パレスチナ人の強硬派は、イスラエル人が一九四八年の戦争でパレスチナ人を強制退去させたことを公式に謝罪すれば、イスラエルの存在を認めることについて前向きに考える意思があった。イスラエル人の回答者は、パレスチナ側がイスラエルを国家として承認するならば、一九六七年の戦争以前の状態にきわめて近い境界線を検討する用意があるとのことだった。

こういった感情は、意思決定は経済的合理性に基づいてなされるという理論を信奉する欧米の交渉人にとっては理解しがたいものだ。中東問題にかかわる政治家は、根深い対立には「ビジネスライク」な手法をとるべきだとか、雇用や電力供給といった物質的要求に関する領域で進展があれば和平はあとからついてくると楽観的な発言をすることがある。確かに経済協力が進展すれば何らかのポジティブな効果があるかもしれないが、価値観の対立をさらに浮き彫りにする可能性もはらんでいる――価値観とは、アイデンティティや道徳観に基づく揺るぎない信念だ。もし答えが見つかるとすれば、それは「何が」必要なのかと問うことではなく、対立が「なぜ」起きているかという理由の奥深くにある。それを見つけられるのは、相手側の根本的な信念や感情について十分に関心をもつ交渉人だけだろう。

北アイルランドについてパウエルは次のように述べている。「ＩＲＡの武装解除の問題は長年の懸案事項でした。勝者と敗者がはっきり分かれるゼロサムゲームになっていたのです。ＩＲＡは、ユニオニスト［北アイルランドがイギリスに帰属することを支持する立場］との連立政権が成立する前に武器を放棄することは、切り札を手放すことにほかならないと抵抗しました。かたやユニオニストたちは、私兵を抱えた集団とともに政治を行うつもりはないと言いました。両者の言い分はもっともでしたが、結果的に交渉は行き詰まっていたわけです。そこで私たちがすべきは、問いを発することでした。『あなたたちにとって本当に重要なことは何か？』と」

ようやく、ユニオニストが本当に望んでいるのは相手の武装解除ではないことが明らかになった。所詮、武装解除が実現したとしても、ＩＲＡはその気になればいつでも新たに武器を調達できる。ユニオニストは、ＩＲＡが暴力の恒久的放棄を公式に表明する象徴的な措置を取ることを望んでいた。ＩＲＡとしても再び暴力に訴えるつもりはなかった。ただし、降伏を強いられたような屈辱は避けたがっていた。この紛争では体面や自尊心、敬意といったものが、少なくとも具体的な合意内容と同じくらい重要だったのである。

パウエルとブレアは武装解除までは至らないが、象徴的な重みのある代替案を模索していた。

「武器を倉庫に集めるというアイディアはコソボとボスニアから思いつきました。イギリスの将官たちから、武装放棄の代わりに両者に武器査察の受け入れを認めさせたという話を聞いていたのです。そこで私は、ウエスト・ベルファストのある家を訪れ、ジェリー・アダムズに会って査察の提案をしました。彼はこう言いました。『そんなことは何があっても絶対に受け入れられない』。しかし、それから一カ月後、アダムズがまったく同じ提案を携えてやってきたのです」

武器の埋葬ともいうべきこの象徴的な措置は、恒久的な和平協定への道を切り拓くことになった。「過激な活動家たちも、自分たちが犯罪者集団ではなく、正当な政治運動を展開していると認められたいと望んでいたのです」とパウエルは私に言った。彼らは、正当性を認められること、つまり敬意を求めていたのである。

## 人はなぜ「なぜ」を避けるのか

アメリカでもっとも有能な将官に数えられるスタンリー・マクリスタルは、イラクやアフガニスタンの戦争で重要な役割を果たし、学者並みの知性に加えて戦闘における冷徹さでも知られるようになった。退役後のインタビューで、バグダッドに侵攻してから何年ものあいだ、アメリカ軍が現地に順応するため厳しい道のりを辿ったことを振り返っている——時間こそかかったが、それは最終的に暴力の連鎖を封じ込めることにつながった。

最初の疑問は「敵はどこにいるのか」というものでした。戦争状態における諜報活動の通常の疑問です。われわれはもう少し学習して、ちがう問いかけをしました。「誰が敵なのか」。それで私たちは賢くなったと満足していました。やがてそれも正しくないと気づいて問い直しました。「敵は何をしているのか、あるいは何をしようとしているのか」。さらに踏み込んで、ようやく「彼らはなぜ敵なのか」という問いに達したのです。

よく指摘されることだが、アメリカ軍は短期的な結果にこだわるあまり、結果的に長期的目標を見失うことがある。だが、これは軍に限った問題ではない。私たちには文化的に、「なぜか」と問うべきところを「何が」という問いですませようとする傾向がある。状況が許すかぎり、感情や因果関係が渦巻く不透明なことは避け、測定可能なことだけに注目するのだ。一般的に経済理論は、個人が「合理的行為者」であるとする行動モデルを前提としている。人はインセンティブの有無だけに反応し、それ以上の複雑な動機などないと考えているのだ。また投資家は、長期的な成長性よりも四半期決算の数字で投資判断をしている。

二〇世紀に入ると心理学者までがかなり長いあいだ、人間がある行動をとるのはなぜかと問うのをやめ、どのような行動をとるかばかりを研究していた。一九三〇年代から四〇年代にかけて心理学界の中心的存在として幅を利かせていた行動主義者たちは、人間の内なる感情や思考、欲望といったものを理解しようとするのは無駄であり、研究に値するのは行動と環境、つまり刺激と反応の相互作用だけだと主張した。行動に関する動機があらためて検証されるようになったのは、一九五〇年代になって「認知革命」の時代が到来してからのことだった。

「なぜか」と問うことを避けようとする傾向は、近年のビッグデータの流行にも現れている。コンピューターの処理能力が飛躍的に向上し、日常生活のあらゆる場面にデジタル機器が介在しているため、人間の行動に関するデータは幾何級数的に膨張している。企業はインターネットや携帯電話の利用状況を分析し、消費者が次に何を買おうとしているのか探ろうとする。社会科学者やジャーナリスト、活動家たちも、病気や犯罪、飢餓などの広がりを把握し、あるいは予測するために同様のデータ分析を活用している。

たとえば、国家がどのくらいのレベルの危機にさらされているかを示す指標として、国家破綻指数というものがある。一三万件におよぶ公開データをもとに難民の流入、貧困の脅威、安全保障上の脅威といった一二の指標に基づいて「国家にかかる圧力」を測定し、各国の総合的な状態を評価する。政策立案者と一般市民に対して、早い段階で危機に関する警告を与えることが目的とされている。

『ワイアード』誌の元編集長のクリス・アンダーソンは、ビッグデータの可能性に大きな期待をかけている。

言語学から社会学に至るまで、人間の行動に関する理論はすべて捨てることだ。分類学も形而上学も心理学も忘れないといけない。人間のすることの理由など誰が理解できるというのだ。重要なのは彼らが実際にしていることであって、私たちはそれをかつてないほど忠実に追跡し、評価できるようになっている。ビッグデータがあれば、数字が自ずと語り始めるのだ。

アンダーソンは、ビッグデータを蓄積すれば、なぜかと深く問う《ビッグホワイ》必要はなくなると考えている。あらゆる疑問はミステリーではなくパズルとして扱うべきだと。だが、あらゆる疑問がそうした分析を受け入れてくれるわけではない。国家破綻指数は、やがてアラブの春として知られることになる二〇一二年の中東と北アフリカの破綻をまったく予測できなかった。こうした出来事を予測するには、関係国の政治問題や歴史を深く理解し、その背景を分析し、連鎖反応を想像する専門家の知恵が必要だ。

ビッグデータの恩恵については慎重な指摘もされている。ビッグデータは大きな可能性を秘めているが、それでもやはり「人間による判断を加えるプロセスは欠かせない。人間の直感や常識、セレンディピティが働くような余地を確保する必要がある」。「何か」を知ることは優れた判断や発見には欠かせないが、「なぜか」と問うことはいかなる場合でも重要なのだ。

なぜかと問う能力は人類の本質的な特徴である。私たちは問うことをやめればカンジと変わらない。カンジは周囲の環境を観察し、要求し、指示に従うことのできる賢いサルだが、より深い真実を理解することはない。私たちは、敵対する相手が本当のところ何を求めているのかを問いかけなくてはならない。

## 5　手を動かして考える

### 油は波を静めるか――フランクリンの実験

一七七三年一〇月、強風が吹きつける雨の日に、ベンジャミン・フランクリンは男たちの一団を率いてイギリス南岸のポーツマス港へ向かい、二艘の船を出航させた。フランクリンが乗った船は岸から数百メートルのところで碇を下ろした。もう一艘はフランクリンの指示により、もう少し沖まで進んでから同じ場所を行ったり来たりし始めた。そして船に乗り込んだ一人が大きな壺を傾け、コルク栓にあけた「ガチョウの羽の軸よりも少し大きな」穴からオリーブ油を海に流した。実験を取り仕切るフランクリンは、波にもまれて大きく揺れる小船の上で冷たいしぶきを顔に受けながら、そのようすをじっと見つめていた。

フランクリンは海上の波が油によって静められるかを確かめようとしていた。彼は実験記録のなかで、油には水面を静める性質があるかもしれないと興味を抱いたのは一六年前のことだったと記している。それは彼がアメリカ植民地の使節として初めて外交上の任務を果たすため、船でイギリスに向かう途中のことだった。甲板に立っていた彼は、併走するほかの船と比べ、自分の乗っている船が残す波跡が際立ってなめらかに見えることに気づいた。そこで船長に理由を尋ねると、彼は少し軽蔑した表情を浮かべて、それは料理人たちが油まみれの汚水を捨てたところだからだと答えた。

そして一七六二年にイギリスからアメリカに戻るとき、フランクリンは水を入れたグラスに油と芯を浮かべて読書用のランタンをつくり、船室の天井から吊り下げた。彼は手元の本よりも、ランタンのなかで起きていることが気になって仕方がなくなってきた。船が大きく揺れると油の層の下で水が「大きく振動」した。ところが、翌朝になって薄い油膜だけが残ったとき、船が同じように揺れても水はあまり動かなかった。

フランクリンは同じ船に昔船長だったという乗客がいたので意見を求めた。その老人は、バミューダ諸島では荒波を静めるために油を使っていたし、リスボンでも同じようなことをしているのを見たことがあると言った。ほかの乗客にも意見を求めると、地中海では海に潜るとき、口に少量の油を含み、海に潜るとそれを吐きだし、頭上の水面をなめらかにしてより多くの光が差し込むように工夫しているとのことだった。

アメリカに戻ったフランクリンは自分が観察したことを、学識のある何人もの友人に話して聞かせた。彼らはみな、それは興味深い、あとで調べてみようと請け合うのだが、すぐに忘れてしまうのだった。ところがフランクリンはちがった。自分が説明できないことはどんなことでも頭から離れなかった。ある伝記作家はこう書いている。フランクリンは「紅茶を飲むにしても、カップの底の茶葉の沈み方を考えずにはいられなかった」。

数年後、ふたたびイギリスを訪れた彼は、ロンドンの南のクラッパム・コモンの大きな池のほとりにしゃがみ込んでいた。風の強い日で、波立つ池に少量の油を垂らすとみるみる広がり、水面があっという間に静まり、池の四分の一が「鏡のようになめらか」になった。これ以降、彼はどこへ行くにも竹のステッキのくぼみに油の入った小瓶を忍ばせ、小川や池や湖を通りかかるたびに同様の実験を行った。

そうこうするうちに彼は波を静める効果は風で軽く波立つ池だけでなく、大きな波がうねる海でも有効なのだろうか、もしそうならば、荒波のなかで船員たちが上陸するのを助けるために利用できないものかと考えるようになった。彼はロンドンのグリーンパークの池でオランダ伯ベンティンクと、海軍大佐でアマチュア発明家でもあるその息子を招いて実験を行った。ベンティンク大佐はフランクリンをただちにポーツマスに招き、彼が考えている大規模な実験に必要な船を提供し、自らも同行した。

フランクリンの鋭い好奇心はどんな疑問も逃さなかった。彼はイギリスとアメリカのあいだの航海が、西へ向かうときは東へ向かうときよりも二週間長くかかることを知ると、地球の自転が関係しているのだろうかと思った。ところが、ナンタケット島の捕鯨船乗組員との会話から、西へ向かうときは暖流によって船のスピードが落ち、東へ向かうときはスピードが上がることに気づいた。彼はこの暖流をメキシコ湾流と名づけ、大西洋を航海する際に海水の温度を記録し、流れを図で表した最初の人物になった。船の甲板にはくる日もくる日も海水の温度を測り続ける彼の姿があった。

## ミクロとマクロ、具体性と抽象性を統合する

「考える（think）」と「自分の手を動かす（tinker）」を合成した「手を動かして考える（to thinker）」という造語の起源は定かではない。私がこの言葉を初めて聞いたのはニューヨーク近代美術館のパオラ・アントネッリとの会話の中だったが、彼女は二〇〇七年にジョン・シーリー・ブラウンの講演で聞いた言葉だと言う。ブラウンはシリコンバレーの伝説的な人物で、二〇〇〇年まで同じく伝説的なゼロックス社のパロアルト研究所で要職を務めていた。ブラウンとアントネッリは社会的ネットワークを基礎とした協同的な働きかたを意味するものとしてこの言葉を用いているが、ここでは具体性と抽象性を統合した認知的探究の流儀を意味する言葉として使わせてもらいたい。細部と全体像を切り替え、ズームアウトして森を俯瞰してからズームインして木を調べるようなアプローチだ。ベンチャーキャピタリストでイーベイの共同創業者のピーター・ティールは、スタンフォード大学で起業家精神について論じた一連の講義の導入として次のように述べている。

私たちが考えなければならない根本的な課題は――人生においてもビジネス活動においても――いかにして、あらゆる物事に意味が与えられるようにミクロとマクロを統合するかだ。人文科学の分野では世界について多くを学ぶことだろう。だが、それを学んだからといって、仕事で本当に役立つ能力が身につくわけではない。反対に工学専攻では、技術的なことについて非常に細かく学ぶ。だが仕事を始めたとき、身につけた技術をなぜ、どうやって、どこで生かすのかということは学ばずじまいになるかもしれない。優れた学生、労働者、思想家は、これらの問題を一つの物語へと集約することになる。

ティールはまさに具体性と抽象性を統合する思考の重要性について語っている。ベンジャミン・フランクリンは統合的思考の達人だった。彼が知識人であることはもちろんだが、オーギュスト・ロダンが表現したような、世の中の雑音から逃れ、一人座り込んで静かに考え込む思索家のイメージとは相容れない。フランクリンは行動力があり、信じられないほど多くのものを生み出した。印刷機などすでに存在するものを改良し、消防隊や民主共和国の組織など、まだ世の中に存在しなかったものを考案した。また、体を動かすことも好きだったし（テムズ川をチェルシーからウェストミンスターまで泳いだこともある）、きわめて社交的でもあった。友人や出会ったばかりの人とコーヒーを片手にテーブルを囲み、どうしたらより良い世の中になるか議論するのが大好きだった。フランクリンは選挙の票の集計や仕事の体系化に関する最良の方法といった具体的なことだけでなく、自由や美徳といった抽象的な事柄について議論することにも通じていた。そして形のない抽象的なことでも具体的に考えた。フランクリンはあらゆる驚きや欠陥や不確かさを含め、世の中に愛情を抱いていた。彼の知的好奇心はまるで池に垂らした油のように、実験の積み重ねによって大きくふくらんだ。一八世紀には大勢の人々がライデン瓶〔一七四六年にオランダで発明された静電気を蓄える器具〕を使っていたが、瓶のなかではじける火花が天空に閃く光とどう関係するのか、それを考えるだけの十分な知的工具を持ち合わせていたのは一握りの人だけだった。

## 知識と技術、思索と行動は依存しあっている

一九九〇年代、経済学者のロバート・ライシュは「シンボリック・アナリスト」という表現を使い、具体的な商品を製造したり動かしたりするのではなく、テクノロジーを駆使して概念を構築し、それを加工して売る仕事が増えていることを指摘した。マーケティングやソフトウェア開発、金融の世界には多くのシンボリック・アナリストがいるだろう。彼らはパワーポイントでプレゼンテーションを行い、人間の試みのあらゆる分野に同じ概念ツールを適用する。経営コンサルタントなら、テレビ番組の製作と、人命をあずかる病院の経営をまったく同じように扱うだろう。

ライシュは世界中で経済活動が大きな変化の過程にあることを読み取っていた。中国が最たる

例だが、新興国は世界の製造の大部分を引き受け、欧米諸国は「知識経済」へ移行し、製品でなくアイディアを輸出するようになっていた。かつて、フランクリンは自分の手を動かして読書用のランタンをつくりながら重大な着想を得た。今日の知識経済においては、このような洞察を得る機会が少なくなっているように思われる。物理的なプロセスよりも壮大なアイディアに関心が向かい、段階的な進歩よりも発想の飛躍的進歩が重視されている。その一方で、世の中の技術的な知識は急速に細分化が進み、少数の専門家だけが扱う領域になっているが、彼らは白分たちが知っていることをほかの分野の人々にうまく伝えることも、ティールが指摘するように自分たちのミクロな知識を職場や世の中のマクロなニーズに結びつけることもできずにいる。

三〇〇年も前のことになるが、デイヴィッド・ヒュームは、経済には思索家と行動家がバランス良く存在する必要があり、両者が互いに高め合うことを見抜いて、こう論じている。「偉大な哲学者や詩人を生む時代には、優れた織物職人や船大工が大勢いるものだ。天文学について無知な国家や、道徳がないがしろにされている土地では、完璧な仕上がりの毛織物がつくられることはない」。また、技術的な細かいことが軽んじられている社会や企業では、偉大な思想が花開くことは期待できない。ここでもまたスティーブ・ジョブズの言葉を引用しよう。彼はシンボリック・アナリストのようなタイプの人々から英雄視されると同時に、製造の世界でも崇拝されている。

言うまでもなく、アップルにとっての深刻な痛手の一つは、私が去ったあとにジョン・スカリーがとても重い病にかかったことだ。それは、本当に素晴らしいアイディアを創造することが仕事の九〇パーセントを占めていると勘違いする病だ。それで、周りのスタッフに「こんなに素晴らしいアイディアを思いついた」と言えば、彼らはもちろんすぐに取りかかってそれを実現してくれるだろう。ただし、忘れてならないのは素晴らしいアイディアと素晴らしい製品のあいだにはとてつもない職人技が介在しているということだ……ひとつの製品をデザインするには五〇〇〇のことを頭に留め、望みのものが得られるようにそれを新しい方法で残らず組み合わせなければならない。そして毎日のように、新たな問題や、ほんの少しちがう組み合わせをつくる別の方法など、何かしら新しいことを発見する。その過程こそ魔法にほかならない。

「先見性《ビジョン》」という言葉は使い古されているが、スティーブ・ジョブズはまさに先見性《ビジョナリー》のある人物だった。だが、彼が細かいことに強いこだわりをもっていたこともよく知られている。スティーヴン・P・ジョブズという名前が発明者の一人として記されているアップル社の特許は三二三件にのぼる(アップルストアで使われているガラスの階段もその一つだ)。彼の姿勢のこうした二つの面は矛盾するものではなく、互いに依存し合っている。ジョブズはパソコンについて誰ともちがう考えかたをすることができたが、それはパロアルト研究所を訪れてマッキントッシュの前身となる「アルト」をいじくり回してからだ。ジョブズは手を使って考えるタイプだったのだ。

重要な概念を生み出した人々は、細かいことへのこだわりが非常に強いのが普通だ。『種の起源』を初めて読んだら、期待していた内容とはずいぶんちがうと感じることだろう。そこには知的革命を高らかに宣言するような言葉は見当たらず、何ページにもわたって犬や馬の繁殖に関する記述が続いている。世界を変えるダーウィンの着想は、経験的観測から有機的に成長したものだったのである。同じように、アダム・スミスの『国富論』を読み始めると、市場の見えざる手に話が及ぶ前に、針工場の作業をつぶさに観察したようすが記されている。

ポーツマスの港で行った実験は失敗に終わった。フランクリンと調査に加わった仲間たちは、船の周りの水面が少しばかりなめらかになるのを観察したが、岸に押し寄せては砕け散る白波の高さや勢いにはほとんど影響がなかった。だがフランクリンにとってはそれでも構わなかった。彼は「たとえうまくいかない実験でも、将来の実験の手がかりになるかもしれない」と考えて丁寧に記録をつけていた。実際に、フランクリンの波を静める実験は、彼が亡くなってから生かされた。最近『バイオフィジカル・ジャーナル』誌に掲載された論文によると、彼の実験はのちの科学者たちが、水面に浮かぶ厚さが分子の直径ほどの薄い層（「単分子層」）の動きを調べるきっかけとなり、最終的には細胞膜（すべての生き物の構成要素を包む半透過性の膜）の性質をより詳しく理解することにつながった。

私たちが生きている世界はベンジャミン・フランクリンが生きていた時代とは大きく異なる。技術がはるかに複雑に発達し、その結果として抽象化がはるかに進んだ。私たちの大半は、現代の自動車のエンジンやスマートフォンがどんなふうに動作しているのか少しも理解できない。抽象化はまさにデジタル革命の根本原則だ——世界はすべて1と0に置き換えられる。インターネットはあらゆるものの上辺をすくい取ってざっと目を通すだけで、詳しく調べなくても要点をすくい出すことを可能にする。私たちに必要なのは手を使って考える努力をすることだ。大きなことを考えながら小さなことを真剣に追究しなければならない。過程と結果、ごく細かな事柄と壮大な構想の両方を統合する努力をしないかぎり、フランクリンの時代の精神を取り戻すことはできないだろう。

## 6 ティースプーンに問いかける

### 退屈会議

ある寒さの厳しい日曜日の朝、私はロンドンのイーストエンドで、遠くの角まで延びる行列に並んでいた。並んでいるのはロンドンでも流行に敏感な地区に住む若者ばかりで、土曜の夜を楽しんだ翌朝に早くから出かけるほど覇気があるようには見えない一団だ。分厚いコートを着込み、毛糸の帽子を被って耳当てをして、手袋をはめたままスマートフォンの画面をいじっている。列は少しも進まなかった。誰かが言った。「文句は言えないよね。だって退屈会議《ボアリング・コンファレンス》だもん」

ようやく列が動き始め、私たちはヨーク・ホールというすきま風のひどいヴィクトリア朝の建物のなかに入った。昔はボクシングの試合会場として有名だった場所だ。ステージに向かって五〇〇の席が整然と並び、ステージ上には演壇と大きなスクリーンがあり、郊外の何の変哲もない通りの写真がゆっくりと流れている。写真に重ねて写し出されているのは、味気ない字体で書かれたこんなメッセージだ。「退屈2012へようこそ。去年ほどにはうまくいかないでしょうが」

こんな警告にもかかわらず、会場は期待に包まれてにぎやかだった。ときどき歓声も聞こえてきた。ホールの片隅で、オフィスチェアに座り、ひと蹴りで誰がいちばん回転できるかを競うゲームが始まっていた。私の後ろの列に座っているグループはどうしたらいちばんうまく回れるか作戦を練っていた。「回り始めたら脚を引き寄せて腕を広げるの。それが勢いを保つ秘訣よ」

最初に登場したのは、退屈会議の発起人のジェイムズ・ウォードだった。彼はしきりに恐縮しながら簡単に開会の挨拶をすると、退屈2012のために選りすぐった話題を披露した――スーパーマーケットのセルフレジの歴史だ。「袋詰めコーナーの意外なアイテム」と題する彼の発表*が終わると、今度は郵便配達の仕事をしていたという人物が郵便受けについて語った。ドアの受け口に取りつけられた「雨風よけの固いブラシ」の難点についての考察だった。

次に登場したのはライラ・ジョンストンというおしゃれな格好をした若い女性で、スターバックスなどの店舗で使われているIBM製のレジスターにどんなに心を奪われているか語った。彼女はIBMのレジがシャープや東芝より優れていることを力説した。そして、買い物をしたときに見つけたIBMのレジのさまざまなモデルの写真を、その所在地を示すグーグルマップの地図まで添えて紹介した（「さあ、特別なものを披露しましょう。EPOS5600の白です――私の白鯨《モービー・ディック》です」）。ぴったりしたシャツを着た男性は家で完璧なキツネ色の「ホテル風トースト」をつくる方法について語った。彼はまず、自分はパンをトースターに入れるとき、原則的には縦方向に置くのが好きだが、「それは言うまでもなく、パンの縦横比による」ということから説明し始めた。会場は寒かったが、発表を明らかに楽しんでいる聴衆の熱気によって暖かくなっていた。これでもかと言わんばかりに退屈な軽食（キュウリのサンドイッチ）がふるまわれてしばらく休憩すると、今度は音楽ジャーナリストが黄色の二本線［車道の端にひかれた、常時駐車禁止を示す標識］について語り始めた。

ウォードは普段、企業のマーケティング部門の責任者として働いている。仲間と「文房具クラブ」を立ち上げ、メンバー同士でペンや紙やクリップについて語り合う活動の主宰者でもある。二〇一〇年、彼は「面白会議」という催しが中止になったことを知り、冗談半分にツイッターで、代わりに退屈会議を開いたらどうかと提案した。驚いたことに、寄付や支援の申し出や、アイディアが次々と寄せられるなど大変な反響になった。そこで彼は、何人かにとっておきの退屈なテーマを見繕って短い発表をしてほしいと頼み、会場を予約し、その手付け金をまかなえるだけのチケットが売れることを願った。最初の五〇枚は七分で売れ、残りも早々に売り切れた。

第一回の退屈会議の会場はロンドンの劇場の上の一室だった。クイーンのヒット曲をテーマにしたミュージカル『ウィー・ウィル・ロック・ユー』のロングラン公演を行っている劇場だ（この年の会議の合い言葉は「We Will Not Rock You」となった）。第一回目の幕開けとして、まずはウォードがパワーポイントのグラフを駆使し、自分のネクタイのコレクションについて発表した（たとえば、その年の六月から一二月にかけて、コレクションのうち単色のネクタイの割合が四五・五パーセントから一・五パーセントに落ち込んだことが紹介された）。ウォードの気まぐれなツイートが現実の催しとなり、それが国内外のメディアの注目を集め、彼は『ウォールストリート・ジャーナル』紙のある記事で「退屈大使」に任命された。

以来、会議は毎年開催され、会場は年々大きくなっている。「平凡で身近なのに見過ごされているもの」にひたすら情熱が向けられている。これまでに取り上げられたテーマは、ハンドドライヤー、塗料の色見本、くしゃみ（発表した男性は三年間にわたって自分のくしゃみの記録をつけた）、駐車場の屋根、バスの路線などさまざまだ。会議はとぼけた皮肉と自虐的なユーモアで彩られているが、その根底には真面目な目的が隠れている――つまり、どんなことでも面白くな

＊　ウォードは一度だけ、ポートベローマッシュルームを普通のマッシュルームに紛れ込ませて、スーパーマーケットで数ペンスをだまし取ったと告白した（「マッシュルーム詐欺を働いているあいだ、すぐ隣に警備員が立っていました。あのときほど生きていると実感したことはありませんでした」）。

ると証明することだ。

「私は退屈なものが好きだ」というウォードのブログのタイトルは、アンディ・ウォーホルの言葉だ。ウォーホルは思いつく限りもっとも退屈でありふれたもの――スープの缶――を題材に選び、何百万もの人々がそれを鑑賞する機会をつくった。ウォードは退屈なものとは、注意を向けないから退屈に見えるだけだと考えている。彼はまた、前衛的な作曲家ジョン・ケージの言葉を引用する。「あるものが二分たっても退屈だったら四分試してみなさい。それでもまだ退屈なら八分。それでだめなら一六分。三二分。やがて少しも退屈ではないと気づくはずだ」

ウォードは鋭い視線を向ければ変化が起きると言う。駐車場の屋根、ハンドドライヤー、牛乳――どんなものでも集中して観察すれば、隠れていた面白さや意味や美しさが明らかになると。

ライラ・ジョンストンはヨーク・ホールの聴衆に、スコットランドの小さな町で過ごした子ども時代について語った。近くにIBMの工場があった。工場は町の暮らしを支える欠かせない存在であり、駅の名前は「IBM停車場」だった。どこの家でも親はIBMの工場で働き、子どもたちはIBMの部品を入れる袋をおもちゃにして遊んだ。ジョンストンはそんなふうにして育ったことで、電子機器への深い関心が育まれただけでなく、ビッグブルー〔IBMの愛称〕への変わらぬ愛情が植えつけられたのだと説明した。聴衆はすっかり引き込まれていた。一見退屈そうな話題は、人が子ども時代の想い出をどれだけ大切にするかという深い話へと変わっていた。

## 何も起きないときに何が起きるか

ウォードはジョルジュ・ペレックというフランスの作家を敬愛している。ペレックは、「特別なこと」とは正反対の「なんでもないこと」を愛していた。人生のBGMであり、日々当たり前と思って気にもかけないようなことだ。使い慣れた道具や習慣的な言い回しというのはあまりにも当然でありふれているため、それがもつ本来の魅力に目を向けることを忘れてしまう。『パリのある場所を語り尽くす試み』というエッセイのなかで、ペレックはカフェの窓際に座り、目に見えるものすべてを描写した。あくる日も同じ場所に座って同じことをする――また次の日も、そのまた次の日も。彼は「何も起きないときに何が起きるか」を知ろうとしていた。そして、読者に「目の前のティースプーンに問いかけなさい」と呼びかけている。

ヘンリー・ジェイムズは、H・G・ウェルズから芸術のために人生を犠牲にしていると非難されたことがある。ジェイムズはこう応じた。「私は生きている。真剣に生き、生きることによって精神が養われている。私の価値観は、それがどのようなものであれ、人生を表現するための私なりの方法だ。人生をつくり、興味をかき立て、かけがえのないものを生むのは芸術である」。人は何かに興味を抱いたり、反対に退屈したりすると、その原因となったものに意識を向けて、それを称賛したり批判したりする。しかし、世の中のあらゆることに「興味をもつ」ことが得意な人がいるのも事実だ。それは才能であり、もっと厳密に言えば技能である。ヘンリー・ジェイムズは人生によって精神が養われていたというが、その人生は大半の人々の人生と比べてとくに面白かったわけではない——それどころか、ウェルズが暗に指摘しているように、どちらかといえば退屈なものだった。しかし彼は、公園を散歩中に観察したことや、晩餐会で耳にしたうわさなど、面白そうには見えない題材についてじっくりと考え、それを想像力豊かで躍動感のある小説へと変えたのである。

ジェイムズはあえて経験を追い求めるような必要性は感じず、日ごろの経験のなかに興味深い事柄を見つけることを好んだ。彼の伝記を書いたヘイゼル・ハッチンソンによると、ジェイムズの小説は友人から聞いた逸話をふくらませたものがほとんどだという。「彼は聞いた話を持ち帰り、じっくりと考えて、ある人がどうしてそんなふうに振る舞ったのか、その理由を分析したのです」。ジェイムズは若い作家たちにこんな助言をしている。「何も見落とすことのない人間になるよう努めなさい！」

つらいことを最小限にとどめ、幸せを最大にする素晴らしい力が欲しいなら、小さな物事をよく観察すべきである。

——サミュエル・ジョンソン

## 「つまらない」を「面白い」に変える技術

かつて教師だったローラ・マキナニーは、フルブライト奨学金を得て、今は教育学で博士号の取得を目指している。彼女は学部生のころにマクドナルドでアルバイトをしていた。朝のシフトでは毎日のように四〇〇個の卵を割って調理した。「叩いて、割って、ジュッと焼いて、できあがり。はいもう一度！」うんざりするほど退屈な仕事だった。というより少なくとも、彼女が自分のしていることに興味をもつ能力がなかったら、そうなっていたかもしれない。彼女はだんだんと卵に興味をもつようになった。タンパク質が熱によって破壊され、液状から固形へと変わる過程が面白く見えたのだ。

あるとき急に、マキナニーには一つひとつの卵が小さな戦場に見えてきた。タンパク質が熱の戦士に抵抗しているように見えたのだ。どのタンパク質が最初に息絶えるのか、卵を丹念に観察し始めた――中心と端のタンパク質のどちらが先なのか。また日によっては、ドイツのワイマールで受けた歴史の授業で学んだ、卵一個の値段が四分の一ライヒスマルク［一九二四年から一九四八年に用いられたドイツの通貨単位］から四〇億ライヒスマルクに跳ねあがったという話を思い出した。あるいは、卵を道徳と結びつけて考えることもあった――ニワトリから卵を盗むのは倫理的に正しいことだろうか。マキナニーにとって卵はただの卵ではなくなった。

キャロル・サンソンは大学生のとき、専攻の講義が退屈だったので単位にはならなくても興味のある内容を扱っている講義に出席するようになった。義務的に出席している講義では、彼女は教育学者たちが「表面的な学習者」と呼ぶ学生の典型だった。効率を最優先して単位を取るのに必要なことだけをした。純粋な関心から受けた講義――美術史や文学、文芸創作――では「深い学習者」になった。すっかり夢中になり、とにかく理解したいという一心で努力した。教授たちは自分のクラスに熱心な学生がいることを喜んだが、彼女から単位のために学習しているのではないと聞かされると、腑に落ちない表情を浮かべた。

サンソンも腑に落ちなかった。世の中にはどうして、重要だからすべきことと、楽しいからすることがあるのか。言い換えれば、他人が設定した目標――良い大学を卒業し、一流の仕事に就くこと――を達成するためにすることと、ただ興味を惹かれるからという理由ですることがあるのはなぜなのか。ユタ大学の心理学教授になった彼女は、人がつまらないことを面白くするために用いる方策について研究している。

私たちはみな、親、教師、上司、あるいは自分自身の良心の圧力を受けて、いつの間にやら苦痛なくらい退屈な作業を強いられるようになる。作業を遂行する過程では、結果として得られる報酬や教師からの褒め言葉、やらなかった場合の不利益を想像することで意欲が湧くこともある。しかしひとたび興味をもったことには時間を忘れて没頭できるという人間の性質を理解していれば、ありふれた作業でも好奇心を刺激するものへと変えることができる。

よく言われることだが、人の意欲を高めるには将来について考えさせるのが効果的だとされる。自分はどこまで到達できるのか、あるいはどんな人物になりたいのか。教師や人生のメンターがモチベーションについて語るとき、目標を設定することの重要性を力説するのが一般的だ。この仕事で成果をあげれば昇進できるでしょう。あともう一セットベンチプレスをこなすには、理想の二頭筋を思い浮かべて。これはもっともなことだ——私たちは退屈でも不愉快でも避けられない作業をなんとかやり遂げるために、将来得られる利益を思い描いて励みにする。しかし、目標に意識を集中してやる気を高める方法には問題がある。将来に焦点を合わせると現在を楽しめず、結果的に自分がしていることを面白いと感じなくなり、ひいては最後までやり抜く気力まで薄れてしまう。

この現象について、シカゴ大学と高麗大学ビジネススクールの研究者グループが共同で調査を行っている。彼らはジムでトレーニングをする学生を一〇〇人募集した。そのうち半数の学生には目標——たとえば「体重を落としたい」といったこと——を聞き、トレーニング中もその目標を常に意識するように指示した。もう半分の学生にはトレーニングが始まってから経験したこと——ジムで体を動かしてどんな気分だったか——を説明してもらい、その後もずっと自分の経験について考えながらトレーニングを受けるように指示した。

トレーニングを始める前は、目標をはっきりさせた学生の多くには、経験を意識する学生よりもランニングマシンでたくさん走る意欲がみなぎっていた。ところが実際により長い距離を走り、運動をさらに楽しむようになったのは経験を意識した学生たちだった。[*] 私たちは将来のことだけ

* 研究グループはこのほかにも、折り紙やヨガ、歯の手入れなど、いろいろな講座やプログラムを始める人々に同様の実験を行った。いずれの場合も結果は同じだった（どうやら真剣に取り組めば、歯の手入れさえ興味深いものになるようだ）。

に関心を向けると、今取り組んでいることに飽きやすくなる。そうなると、昔から言われている動機づけの理論には若干の修正が必要になる。外的な報酬は必ずしも第三者から与えられたり、課されたりするとは限らない。私たちは自ら外的な報酬を設定することがあり、それに向かって努力するうち、知らぬ間に内発的動機づけが蝕まれる可能性があるのだ。

それでは、あなたが経営者か教師だとしたら、社員や学生には好奇心の探究を奨励するのが最善の策なのだろうか。もし、課題達成までの時間が厳格に決められているとしたら、答えはノーだ。すでに述べたように、何かに関心を抱くということは、将来の目標の重要性を相対的に低下させることを意味する。サンソンと仲間の研究者たちは、学生のボランティアに決められた時間内にひたすら文字を書き写す作業を与え、途中から写しかたを工夫し、偶然できた文章を読むように指示した。このように作業が自然と面白くなる要素を加えた場合、被験者が時間内で書き写す文字の数は少なくなった。ところが時間の制約をなくし、好きなだけ作業に取り組んでもらった場合、興味を高める工夫をした学生はより多くの文字を書き写した。なぜなら、彼らはより長い時間にわたって作業に没頭することができたからだ。好奇心は望ましい成果をもたらす効果があるようだが、それには期限に追い立てられていないことが条件となる。

好奇心には充足感を高める効果もみられる。拡散的好奇心が新しい刺激からくるひらめきであるとすれば、知的好奇心はどれほど険しくても突き進みたくなる道のようなものだ。その旅の途中には付随的な恩恵があるかもしれない。イギリスの哲学者ジョン・スチュアート・ミルは、幸福とは目的を追求しているときに思いがけず訪れるものだと述べている——「まるでカニのように」どこからともなく現れるものであると。この考えは心理学者のミハイ・チクセントミハイの研究の先駆けになっている。彼は人がある活動に没頭して無我夢中になっているときにもたらされる幸福感を「フロー」という言葉で表現している。活動の内容はギターを弾くことでも、ロッククライミングでも、分子遺伝学の研究でもいい。人はヘンリー・ジェイムズのように、一見平凡に見えることも含めて物事に興味を抱く才能があれば、そうでない場合に比べてさらに幸福になる可能性が高くなるのである。

## 夫婦生活の退屈は痴話喧嘩よりも有害

これは夫婦や恋人の関係にもあてはまる。ニューヨーク州立大学ストーニーブルック校の心理学者アーサー・アーロンは、長期的な恋愛関係について研究している。彼はこの分野に関心をもつようになったとき、従来の研究に偏りがあることに気づいた。ほとんどの研究がいさかいに注目していたのだ——男女はなぜ言い争うのか。嫉妬や怒りや不安についてはいくらでも研究があった。ところがもっと地味で、もっとありふれた問題は見過ごされていた——男女は退屈するとどうなるのか。

アーロンと仲間の研究者たちは、夫婦について長期間にわたる研究を行った。調査対象はミシガン州の一〇〇組以上の夫婦で、年に一度それぞれの自宅を訪れて夫婦別々に話を聞いた。アーロンは結婚六年目と七年目に差しかかった夫婦から、三つの質問に関してデータを集めている。まずは「この一カ月で結婚生活がマンネリ化している（もしくはしかけている）とどのくらいの頻度で感じましたか」という質問。次に「全体的にみて、結婚生活にどのくらい満足していますか」という質問。そして最後に、親密さの度合いを視覚的に測るため、二つの円がさまざまな割合で重なり合っている図を見せ、「あなたの結婚生活をもっともよく表している図」はどれかと訊いた。

この調査から、結婚して七年が過ぎた時点で互いの関係が少し退屈になったと感じていた夫婦は、不和や言い合いの程度に関係なく、それから九年後の満足感が著しく低くなることが明らかになった。互いに刺激を感じていない夫婦は、自分たちの親密さを表す図として、円の重なりが少ないものを選ぶ傾向があった。退屈は単に刺激が欠如しているだけの中立的な状態ではなく、夫婦の距離を静かに広げる有害な要因だったのである。しかもある意味で、はっきりとした対立よりも危険だ。アーロンはこう表現する。「少なくとも、言い合いをする夫婦はまだ一緒にすることがあるということです」

さまざまな研究から、結婚の満足感は早い段階で急激に落ち込む傾向があることが明らかになっている。夫婦に隔たりができる理由の一つは、相手がいることで自分が変わる新鮮な気持ちがなくなるからではないかとアーロンは推測する。他人の目を通して世の中を見るのは胸が躍る経験だ。それは自分という存在が他者の存在によって再構築される感覚である。ところが、互いのこだわりや風変わりなところ、意外な強さといったものを知り尽くし、レストランや旅行先の好みも熟知し、互いの友人とも知り合いになると、今度は目新しさの蓄えを積極的に補充しなければならないとアーロンは指摘する。実際にそうしている夫婦は幸せな状態を保っていることが多いという。

ただし、新しいDVDのボックスセットを注文すればいいという話ではない。夫婦はともに何かを学んだり、達成したりする要素を含む活動を行うべきである。アーロンはまた、別の調査を行うため、大学内で二八組のカップルを募った。結婚している夫婦や、つきあい始めてまだ二カ月という恋人同士も含まれている。全員を体育館に集め、二つの異なる課題のうちどちらかに参加してもらうことにした。半分のカップルには「ありふれた」課題が与えられた。パートナーの一人がボールを体育館の真ん中まで転がし、そのボールを取りに行って元の場所に向かって転がす。そしてもう一人はそのようすを見ている。もう半分のカップルには、互いをバンドで縛った状態で障害物のあるコースをうまく通り抜けるという「奇抜で刺激的な」課題が与えられた（ややSM趣味的な課題だが、ここでの「刺激的」という言葉は、あくまでも心理的、精神的な刺激のことを言っている）。

課題を終えたカップルには互いの関係について質問に答えてもらい、何組かについては二人が会話するようすを撮影し、確立された手順に従って会話の内容をデータ化した。すると「奇抜で刺激的な」課題をこなしたカップルは、それを機に二人の関係に満足感を覚え、相手にロマンチックな感情を抱く割合が格段に高くなった。アーロンによると、恥ずかしさや気まずさやストレスを感じたカップルは、仲たがいすることが多くなるという。それでも退屈するよりはまだましなのだ。

アーロンはまったく新しい体験を無理にでも探すようにと指南しているわけではなく――「去年はパラグライダーを体験したから、この夏はペルーの笛を習ってみよう」――普段からしていることでもいいから、変化をつけてささやかな喜びを得るようにと勧めている。彼は夫人と連れ立ってスロヴェニアの山を歩くのが趣味だが、そのたびにルートを変えているのだと教えてくれた（夫人もやはり心理学者で、共同研究者でもある）。また、ウェスタンワシントン大学のジェイムズ・グラハムという研究者は、良好な関係を保っているカップルは料理や育児、日曜大工といった日々のありふれた共同作業のなかに面白さを見つけるのがとてもうまいことを突きとめている。

ヘンリー・ジェイムズは好奇心を利用して、人生のありふれた出来事を偉大な芸術へと変えた。それは彼が天才だったからだが、そうでない私たちでも、少なくとも好奇心によって人生をもっと面白いものにすることはできる。あくまでも自分がどうするかだ。ナイフやフォークに問いかけることもできれば、ありふれたものを退屈なままにしておくこともできる。ローラ・マキナニーはこれをうまくまとめている。

あなたがどこか退屈な場所で生きているとき――そもそも私たちは誰もが退屈な場所で生きている――その場所をどう見るか、二つの選択肢がある。一つは普通の人たちと同じような意識で日々を過ごすことだ。同じものを何度も目にしても、それがどんなふうにそうなったのか、どうしてそんな状態に留まっているのか、どうしたらもっとよくなるのか一度も考えずにいる。もう一つは学ぶという選択肢だ。学ぼうと決めて周囲のものに好奇心を抱いたら、あなたはもう二度と退屈しないことを選択したのである。

## 7 パズルをミステリーに変える

### 暗号のエキスパート

一九五五年、口ひげをきっちりと整え、蝶ネクタイをした白髪の男が、ワシントンにあるアメリカ国家安全保障局のオフィスから荷物を片づけた。ウィリアム・フリードマンは、ごく限られた人々しか知らない、世界を変えるような任務に携わる日々に終止符を打とうとしていた。

彼は執務机のガラス板の下にはさんでいた一枚の写真を持ち帰った。軍服を着た七一人の将校が二列に並び、その前に平服の男女が五人座っている。一見すると何の変哲もない写真のようだが、じっくり見ると写っている人々のようすがどこかおかしい。人によって、体はカメラにまっすぐ向いているのに顔だけ右を向いていたり、カメラをまっすぐ見据えていたり、体ごと横に向けていたりと姿勢がさまざまなのだ。

フリードマンは三〇年以上にわたり、アメリカ政府の暗号解読者として中心的な役割を果たしてきた。ドイツの「エニグマ」に匹敵する日本の暗号「パープル」［米軍がつけたコードネーム］を解読したチームを率い、アメリカ政府に日本の動向に関するきわめて重要な機密情報を提供した。なかには有効に利用されていたら、真珠湾攻撃を回避できたかもしれない情報も含まれていた。彼はまた、アメリカ軍で最高峰の暗号機の共同開発者でもあり、現代の暗号研究の創始者の一人に数えられている。本書では好奇心におけるパズルとミステリーのちがいについて述べた。フリードマンはパズルの専門家だったが、研ぎ澄まされた好奇心が難題に立ち向かう力になることを教えてくれる。

フリードマンはルネサンス期の偉大な哲学者フランシ

ス・ベーコンを敬愛し、暗号に魅せられたのもベーコンがきっかけだった。ベーコンは「二文字暗号」と呼ばれる暗号方式を発明した。わずか二つのシンボルを五つ一組として用い、アルファベットのすべての文字を表す方式だ。たとえば二つのシンボルをaとbとすると、A＝aaaaa、B＝aaaab、C＝aaaba という具合だ。重要な点は、二つの種類に分かれるシンボルだけを使って、解読の難しい暗号を作成できると提案したことだ。二つの種類の書体でも、呼び鈴とトランペットでも、リンゴとオレンジでもなんでも構わない。ベーコンが述べているように、この方式によって「あらゆるものを用いてあらゆること」を伝えられるようになったのだ。

ベーコンの方式は軍事機密の伝達という彼が想定した目的には使われなかったが、文学界における探偵たちが推理に使う道具となった。一九世紀後半以降、教養のある大勢の人々が、シェイクスピアの戯曲は本当は彼が書いたものではないと信じるようになった。本当の作者は誰なのか。*もっとも有力視されたのがフランシス・ベーコンだった。シェイクスピア＝ベーコン説を信じる人々は、作品に二文字暗号が隠されているはずだと考えた。この奇想天外な疑問にとくに興味を抱いた人物の一人に、アメリカ最大の綿織物会社の後継者で変わり者の富豪ジョージ・ファビアンがいた。ファビアンは、シカゴの西を流れるフォックス川ほとりのリバーバンクという土地に

＊ ヘンリー・ジェイムズやマーク・トウェイン、ジークムント・フロイトなどもシェイクスピア別人説を唱えており、頭脳明晰な才人でも非常におろかなことを信じてしまうことを示している。

研究所を所有していた。そして、ベーコンに関する非常に名高い研究書を著したエリザベス・ギャラップをそこに招き、「文学界における最大の難題」の調査にあたることを要請した。ギャラップは前衛的な科学者グループに参加し、ファビアンが「創造主からその秘密を手に入れる」と呼ぶ作業に身を捧げることになった。

ファビアンの私有地には、フランク・ロイド・ライトが設計した母屋、日本庭園、灯台、動物園（ハムレットという名前のゴリラがいた）、レンガを一つひとつはがしてオランダから移築した風車などが点在していた。こうした奇妙な環境のなかで、ファビアンに雇われた科学者のグループが、それぞれの研究テーマを探究していた。一九一五年、ウィリアム・フリードマンが加わった。コーネル大学で植物生物学の博士号の取得を目指していたところ、ファビアンにリバーバンクで小麦の品種改良について研究するように説き伏せられたのだ。暗号や書誌学に大きな関心をもっていたフリードマンは、すぐにエリザベス・ギャラップの解読部門に加わることになった。

ほどなくして、彼はギャラップの研究手法と目的に疑念を抱くようになった（かなり後年になって、彼はギャラップを含むシェイクスピア＝ベーコン説信奉者たちの主張を否定する本を共同執筆している）。それでも、彼の暗号に対する好奇心が生涯の楽しみへと成長したのはリバーバンクにおいてだった。彼は暗号を組み込んだかつてないほど複雑なデザインを考案した。たとえば人に送るカードに植物を描き、その植物のすべてのパーツを二文字暗号として表現した（根には「ベーコン」、花には「シェイクスピア」、葉にはそれぞれエリザベス朝の作家たちの名前が隠されている)。

フリードマンは、一九世紀に作曲されたスティーヴン・フォスターの名曲「ケンタッキーの我が家」の楽譜もデザインしている。よく目を凝らして観察すると「敵が迫っている/夜明けに進軍開始」という秘密のメッセージが隠されている(音符の縦線にわずかに切れ目があるものとそうでないものがあり、それがaタイプとbタイプを表している)。フリードマンは楽譜の下に、「あらゆるものであらゆることを伝えられる一例」と記している。

## パズルの裏にミステリーを探す

パズルには好奇心が必要だが、それは解けるまでのことだ。それに対してミステリーは、いつまでも問いかけることを求める。私たちは新しい課題を突きつけられると本能的にそれをパズルとして扱おうとする。答えは何だろう? しかし必要な情報を周到に集めると、同じ課題がミステリーに姿を変えることもある。そうなると、好奇心はいつまでも持続する。

パズルに出会ったときには、その背後にミステリーが隠れていないか必ず注意して観察すべきだ。ウィリアム・フリードマンは純粋な意味でパズルを愛していた。だがパズルに対する彼の好奇心は誰よりも深かった。彼はリバーバンクで過ごすうちに暗号学のもっとも基本的な原則――「あらゆるものであらゆることを伝えられる」――を尽きることのないミステリーと捉えるようになり、そこにいつまでも変わることのない深い喜びを発見したのである。パズルはミステリーへの第一歩だ。私たちは多くのミステリーを探究するほどより多くの知識を引き寄せ、知性や教養の幅を広げることができる。

第一次世界大戦中、アメリカ政府はリバーバンクでのフリードマンの活動を聞きつけ、軍の部隊に暗号の解読法を指導することを依頼した。その任務を終えたフリードマンは自ら軍に入隊して暗号の解読に従事し、赴任先のフランスから戻るとふたたびリバーバンクで数年間を過ごした。そして妻とともにワシントンに移った(彼の妻はエリザベス・ギャラップの助手の一人だった)。二人は暗号解読の技能をアメリカ政府のために捧げた。フリードマンは日本の暗号を解読した功績により、国家安全保障局の暗号解読部門の責任者に昇進した。彼が残した多くの業績は、その後何十年にもわたって暗号学の分野の指針となった。

フリードマンは折に触れ、もっとも意外な場所に意味が潜んでいるかもしれないと語った。彼の机にはさんであった写真は、一九一八年のある冬の日に、イリノイ州オーロラの訓練学校で撮影されたものだ。彼はそこで妻とともに、まもなくフランスに派遣される将校たちに暗号の解読法を教えていた。最前列の端には内側に顔を向けている若かりし頃の彼がいる。同じ列の真ん中には妻の、反対の端には威厳に満ちたジョージ・ファビアンの姿もある。そしてフリードマンの目には、ありふれた光景に潜むメッセージも映っている。彼が細心の注意を払ってポーズを調整した甲斐あって、将校たちはフランシス・ベーコンのもっとも有名な格言を綴っていた——「知識は力なり(KNOWLEDGE IS POWER)」。

# おわりに　さあ、知識の世界を探究しよう

## アメリカの土地を踏まなかった男の判断

北アメリカに最初に上陸したヨーロッパ人はクリストファー・コロンブスではなく、ノルウェーの探検家レイフ・エリクソンだった。最近になって考古学上の証拠によって裏づけられたスカンジナビアの伝承物語によると、エリクソンはヴィンランドと呼ばれる場所に入植地を築いた。今ではカナダ領になっているニューファウンドランド島の北端の地だ。

彼がそこに到着した経緯については、二つの説がある。一つは、西暦一〇〇〇年代になってまもなく、エリクソンがキリスト教の布教のためにノルウェーを出発してグリーンランドに向かっていたところ、風の影響で進路が変わったという説。もう一つは、ほかの船乗りから新世界のうわさを聞きつけた彼が、その地を訪れようと勇敢な決意をしてノルウェーを出航したという説だ。

二つめの説が本当なら、エリクソンは新世界に上陸した初のヨーロッパ人だとしても、その地を見たのは彼が初めてではなかったということになる。その栄誉に浴するのは、エリクソンに情報

を伝えたビャルニ・ヘルヨルフソンという人物だ。

アイスランドで生まれ育ったビャルニは、ノルウェーを拠点とする商船の船長だった。彼は毎年夏になると両親に会うため故郷のアイスランドを訪れた。ところが西暦九八六年ごろ、彼が家に戻ると父親がいなかった。赤毛のエイリーク*とともに、グリーンランドへの旅に出ていたのだ（伝承物語には、ビャルニがこれについてどう思ったかは記されていない）。

忠実な息子であるビャルニは船員を連れてグリーンランドに針路をとった。途中でひどい嵐が数日続き、彼らの船は大きく押し流された。嵐が止んだとき、ビャルニと乗組員の前に陸地が現れた。ところが、その陸地は氷に覆われた厳しい自然環境のグリーンランドとは似ても似つかない。深い森に覆われ、なだらかに起伏する緑の丘が広がっていたのだ。乗組員たちは地上の楽園のような風景に心を奪われ、船長のビャルニに上陸したいと訴えた。ところがビャルニは聞き入れなかった。彼には父親を探すという使命があり、脇道に逸れるわけにはいかなかったのだ。彼は乗組員に北を目指すよう指示した。こうしてアメリカの発見は先送りされたのである。

ビャルニは彼が生きていた当時にも、運命によってもたらされたチャンスをつかまなかったことを批判された。だがしばし、彼の立場になって考えてみることにしよう。商人であり、息子でもあるビャルニは、冬が到来する前にグリーンランドを訪れ、そこで家族に合流し、積み荷を取引したいと考えていたにちがいない。未知の土地を探ることは不必要で危険な脱線でしかなかったのだろう。

好奇心とは、あとから振り返ってみてその価値がわかるものだ。ところが好奇心に突き動かされているとき、それは私たちを本来の課題や目標から引き離し、日常を乱すものでもある。ロバート・フロストの詩「雪の降る夕方に森に寄って」の語り手のように、私たちは好奇心にとりつかれると、いとも簡単に自分がすべきことを忘れ、舞い落ちる雪の神秘に心を奪われてしまう。今日では、近代以前に好奇心が禁じられていたのは抑圧的で古めかしいことだったという正当な評価がなされている。だがある意味で聖アウグスティヌスらは正しかった――好奇心は確かに、目の前の課題から逸脱するという意味ではある種の堕落にほかならない。ファビアンがリバーバンクで推進した事業は立派なものだったが、それは金持ちの道楽でもあり、少しばかり常軌を逸していた。ビャルニが従えていた乗組員が緑に覆われた土地を探索してみたいと思ったのは、大きな富や、思いのままになる乙女が待ち受けているのではないかと夢見たからだろう。だが、ビャルニには果たすべき約束があった。

## 自己中心の考えから逃れる

それでも、好奇心に伴うコストには値打ちがある。二〇〇五年のケニヨン大学の卒業式でスピーチをした小説家のデイヴィッド・フォスター・ウォレスは、幸せで充実した人生を送るには好

＊　レイフ・エリクソンの父親でグリーンランドの開拓者。

奇心を働かせることが欠かせないと訴えている。彼はその根拠として、人は根本的に救いようがないほど自己中心的であることを指摘している。

考えてほしい。きみたちが経験してきたことはすべて、きみたちがまちがいなく中心にいるはずだ。きみたちが経験している世界はきみたちの前に、うしろに、左右にあり、きみたちのテレビや、きみたちのモニターのなかにある。他人の考えや感情も何とかして受け入れなければいけないが、きみたち自身の考えや感情はとても直接的で切迫していて、生々しいものだ。

私たちが生まれながらにして抱えている自分自身への執着から自由になるには、他人について好奇心を働かせるしかない、とウォレスは述べる。それが道徳にかなったことだからというだけでなく、そうすることが日常生活の「退屈や日々の雑事、ささいな不満」に対処する最良の方法だからだ。彼はスーパーのレジの長い列に並んでいるときや、一日の終わりに交通渋滞に巻き込まれたときの例を挙げている。疲れてお腹もすいているとなれば、周囲に苛立ちを覚えて自分だけの苦痛を嘆くこともあるだろう。だが「自分には選択肢があるのだと心得ていれば」、自分が置かれた状況をちがった角度で見ることができる。たとえば、レジを待つ列で子どもに金切り声を上げている女性を見たら、病気の夫を何日も看病しているのかもしれないと想像する。あるいは、ほかの車が割り込んできたら、子どもを病院に連れていくところかもしれないと想像する。

ウォレスはこれこそが教育の目的であり、「生涯にわたって取り組むべきこと」だと考えている。教育を受けるということは、考えかたを学び、それによってもともとそなわっている自己中心的な発想から逃れることでもある。これは分別のある正しい意見だと思う。しかしウォレスがこの能力について「知識はほとんど関係ない」と述べている点についてはは賛成できない。それは知識と切り離すことのできない能力だ。そもそも、共感的好奇心は知的好奇心がなければ成り立たない。スーパーのレジに並ぶ女性の立場になって考えるには、自分の人生とはかけはなれた人生がどんなものなのかある程度知識がなくてはならない。また、これまで述べたとおり、考える能力は知識と切り離された状態では存在せず、知識から生まれるものだ。そしてさらに、社会に関する幅広い知識があれば、自己への執着から逃れる別の道筋も生まれる。渋滞に巻き込まれたとき、ローラ・マキナニーが卵の化学反応について考えたように、最近読んだローマ時代のイギリスの歴史に関する本について思いをめぐらせることもできるだろう。

## 絶望の淵から――好奇心の喪失

作家のジェフ・ダイヤーは自分が患った鬱病のことを、「あらゆることに対して一切の興味を抱かなくなる状態」と表現している。彼は著書『ひどい怒りを逃れて（*Out of Sheer Rage*）』のなかで、絶えず読書をして世界各地を旅し、世の中に飽くことのない関心を抱いていた自分が鬱病にかかり、したいことも、見たいものも、読みたいものも何一つ思いつかなくなったようすを記している。「私はあらゆることについて興味を失い、好奇心をなくしていた」。彼はアパートに閉じこもり、テレビを見続けていた。しかもそのテレビは消えたままだったという。

そうこうしているうちに、彼のなかでスイッチが入った。ダイヤーは自分の精神状態に興味をもつようになったのだ。彼はウィリアム・スタイロンの鬱病についての回顧録『見える暗闇──狂気についての回想』〔大浦暁生訳、新潮社、一九九二年〕や、ジュリア・クリステヴァが憂鬱について論じた『黒い太陽──抑鬱とメランコリー』〔西川直子訳、せりか書房、一九九四年〕を読んだ。そして『黒い太陽』のなかで、ドストエフスキーがルネサンス期ドイツの画家ホルバインの『墓の中の死せるキリスト』について述べた言葉に出会い、長らく眠っていた関心が呼び起こされた。作家が絵画をどんなふうに表現するのかという問題にふたたび興味を覚えたのだ。彼は行ってみたい美術館や展覧会について考えるようになった。そして自分で気づく前に、「ふたたび世界に興味をもつようになった」のである。「興味深いことは自分自身の外にしか存在しない」。そう気づくことが幸福につながると彼は信じている。

アメリカのコミックブックの人気作家マット・フラクションは、彼のウェブサイトで、自殺を考えているというファンから痛ましいほど正直な質問を受けた。「この世界には美しいものや素晴らしいものがあることはわかっています……でも興味をなくしたらどうすればいいのでしょう」。フラクションの回答は全文を読む価値があるが（巻末の補足にＵＲＬを記しておく）、そのなかでも、彼がかつて自殺寸前まで追い詰められたとき、どうやって切り抜けたか振り返っている箇所を紹介しよう。

それで考えた――そうだ、何か興味をもてることはないか？　先がどうなるのか見届けたいことはないか。そしたらそのとき読んでいたコミックがあって、結末がどうなるのかまだ知らないじゃないか、と思った。それで自分にはまだ好奇心があると気づいた。それは帽子を掛けるフックのようなものだ。まだ何か心に引っかかるものがあると思うのは、本当にこの世を去るべきときがきているわけじゃないんだ。どこまでも不毛な地面から顔をのぞかせた小さな芽が、僕にもう少しこの世にいようって気持ちを与えてくれたんだ。

## 好奇心とは生きる力

世の中には注意を向けるに値するものが何もないと感じること（あるいは、注意を向けることのすべてが無意味だと感じること）が鬱状態だとすれば、反対の方向へと導いてくれるのが好奇心だ。好奇心とは生きる力だ。世界はどこまでも面白く、尽きることのない刺激と魅力にあふれていることを思い出させてくれる。この感覚はT・H・ホワイトの『永遠の王』［森下弓子訳、東京創元社、一九九二年］の一節によって見事に表現されている。

「悲しいときにいちばんいいのは」とマーリンは息を切らしながら答えた。「学ぶことだ。それが唯一、いつまでも役に立つものだ。年老いて体が震えるようになったとき。夜眠れずに横たわり、脈の乱れに耳を傾けるとき。失ったたった一つの愛を寂しく思い出すとき。周りの世界が正気を失った邪な者たちによって荒らされるのを目の当たりにするとき。自分の名誉が卑劣な者たちのどぶのような心のなかで踏みにじられることを知ったとき。そんなとき役に立つのはたった一つ——学ぶことだ。世界がどうして動き、何が世界を動かしているのか学ぶことだ。それが唯一、精神が飽くことも知らなければ遠ざけることもできず、それによって苦しめられることも、恐れることも、不信感を抱くことも、ほんのわずかな後悔さえ抱くことのないものだからだ。とにかく学ぶことだ。学ぶべきことがどんなにたくさんあることか」

今日、私たちが情報を吸収する能力は、学ぶべき情報の量が多すぎてとうてい追いついていない。デイヴィッド・フォスター・ウォレスが「途方もない騒音」もしくは「事実や文脈、視点の津波」と表現する恐怖については共感できる。それでも、現代の認知環境に関する懸念は、あふれる情報から得られる恩恵の大きさに隠れてかすんで見える。私は、人間の集合的記憶の井戸がこれほど深い時代に生きていることを幸運だと思っている。現在では、私たちは世界がどのようにして動き、何が世界を動かしているのか、かつてないほど理解している。

アイザック・ニュートンは一六七六年に、自分は巨人の肩に乗っているような気がすると書いている。二〇〇〇年を過ぎて、現在の私たちは全体を見渡せる高台から、息をのむばかりの荘厳な景色を眺めることができる。ニュートンやトマス・ジェファソン、アルベルト・アインシュタインよりも恵まれた景色を堪能できるのだ。過去の時代を生きた普通の人々と比べても、はるかに恵まれているのは言うまでもない。彼らのほとんどは生まれつきどんなに好奇心が旺盛でも、私たちより狭い知的世界に閉じ込められていた。今では多くの知識を手に入れる手段も豊富にある。モンテーニュの思想、遺伝科学、ブラックホール、モダニズム建築、あるいは経済学者フリードリヒ・ハイエクの理論。望みさえすれば何でも学ぶことができる。文化的知識についても同じことが言える。忘れてしまいがちだが、ベートーベンやビートルズが登場する前よりも、あとに生きるほうが恵まれているのは紛れもない事実だ。

果たして、あなたはこのかけがえのない幸運を生かせるのだろうか。

知的好奇心は、それを感じた時点では正当化するのが難しいことがある。追求するとなれば大変な努力が求められ、本来の課題や目標から逸れることになるが、どこにたどり着くのかは少しもわからない。それでも、私たちには選択肢がある。目の前に広がる知識の世界を探求しようと決意するのか。それともビャルニのように、美しさや神秘から顔をそむけ、次の約束へと向かうのか。決めるのは私たち自身である。

# 謝辞

私のために時間をつくって話を聞かせてくれた専門家の方々と、かけがえのないアイディアや洞察、励ましを与えてくれた友人や知人に心から感謝し、次の皆さんにお礼申し上げる。ダロン・アセモグル、パオラ・アントネッリ、アート・アーロン、デイヴィッド・ベイン、カタリーナ・ビガス、コリン・キャンベル、クリス・クック、デイヴィッド・ダブス、デイヴィッド・ドワン、コーラ・ジュバク、スーザン・エンゲル、アマンダ・フェーヴ、テオドラ・グリガ、ヘイゼル・ハッチンソン、ショーン・ホールデン、マイラ・カルマン、アネット・ラロー、リンジー・マッゴイ、ジャネット・メトカーフ、ジョナサン・パウエル、ミッケル・ラムッセン、バイオレット・ロッサー、ダン・ロススタイン、キャロル・サンソン、ブライアン・スミス、ソフィー・フォン・シュトゥム、ローリー・サザランド、ダニエル・ウィリンガム、ジャック・ウッドワード。時間と英知を惜しみなく提供してくれたジョン・ロイドにはとくに感謝する。

また、間接的に力を貸して下さった方々にもお礼申し上げる。実際に会って話したことはないが、本書には大勢の専門家の考えや調査が反映されている。アニー・マーフィー・ポールのウェブサイトのニュースレターからは常に着想と情報を得ており、タイラー・コーエンのブログ「限界革命（Marginal Revolution）」も同様である。また、「ザ・ブラウザー（The Browser）」、「ブレイン・ピッキングス（Brain Pickings）」、「ラジオラボ（Radiolab）」といったサイトやネットラジオ番組、そしてツイッターをフォローしている名前を挙げきれないほど大勢の人々からも刺激と支援を受けている。すでに述べたように、インターネットは好奇心にとって素晴らしい道具になる可能性を秘めている。

私の素晴らしいエージェント、ニコラ・バールにも感謝している。私の意欲が停滞したときも本書の執筆を続けることができたのは彼のおかげだ。本書がアメリカの読者にも受け入れられると信じてくれたアメリカのエージェント、セレスト・ファインにも感謝する。クエルクス社と本書の編集を担当してくれたリチャード・ミルナーをはじめとするすべてのスタッフ、そしてベーシック・ブックス社のティッセ・タカギをはじめとする皆さんに感謝する。最初の数章について意見を言ってくれたスティーブン・ブラウンにお礼申し上げる。ウェルカム・ライブラリーのスタッフにも感謝している。母マーガレット・レズリーと弟のスティーヴン・レズリーからは励ましと助言をもらった。父は本書の執筆中に他界したが、健在であれば、自ら模範を示すことで私に知的好奇心と共感的好奇心を教えてくれたことに感謝していただろう。最後に、妻であり、私にとっての最良の編集者であり、友だちであり、好奇心に満ちあふれた娘の素晴らしい母親であるアリスに心から感謝する。

# 補　足

出典については本文でほとんど明記しているので、ここでは必要な背景について少しばかり補足する。読者の皆さんがさらに情報を得るのに役立てばと思う。

## はじめに　「知りたい」という欲求が人生と社会を変える

私がカンジについて初めて知ったのは、ポール・ハリス教授の素晴らしい著書『言われたことを信じる――子どもたちは他者からどのように学ぶのか（*Trusting What You're Told: How Children Learn from Others*）』を読んだときのことだ。並外れて知能の高いカンジに知的好奇心が認められないことを指摘したのはハリスである。ジョン・ロイドはロンドン中心部の『ＱＩ』のオフィスで取材に応じてくれ、その心に残る取材のなかで好奇心の本質に関する彼の考えを丁寧に語ってくれた。好奇心の研究について第一人者の一人であるソフィー・フォン・シュトゥムは、私に「認知欲求」という概念を授けてくれた。ダ・ヴィンチの手稿の一部に出会ったのは、知的な刺激の変わらぬ宝庫であるネットラジオ番組「ラジオラボ」の司会者ロバート・クラルヴィッチのブログを読んでいたときのことだ。心理学者ポール・シルヴィアによる「興味」の本質に関する研究には、早い段階で影響を受けた。ジョージ・ローウェンスタインが説明する好奇心の研究の歴史は明快でわかりやすく、最後には彼独自の新説を提案しており非常に有益だ。また、私が拡散的好奇心と知的好奇心のちがいについて初めて知ったのは彼の研究がきっかけだ。アメリカ映画のワンカットの平均時間に関する数字は、『ウォールストリート・ジャーナル』紙の記事でレイチェル・ドーズがラトガーズ大学のジョン・ベルトンの研究を引用しているのを借用した。ロバート・ウィルソンの脳の老化に関する驚くべき研究を知ったのはアニー・マーフィー・ポールのおかげである。チャールズ・イームズの言葉に初めて出会ったのは、マリア・ポポーヴァの貴重なブログがきっかけだった。

## 第1章　ヒトは好奇心のおかげで人間になった

私はブライアン・スミスが子どものころ銃に出会ったエピソードを知ったとき、この本でぜひ紹介したいと思った。彼が同意してくれたことに感謝している。アレグザンダー・アーゲイエスは、ホームページで自分の経験をこれ以上ないというくらい丁寧に語っている。また、マイケル・エラードが非凡な能力をもつ言語学習者たちについて記した著書『メッツォファンティの才能（*Mezzofanti's Gift*）』のなかで取材を受けている。ケンブリッジ・コンパニオンシリーズの『エドマンド・バーク（*The Cambridge Companion to Edmund Burke*）』の著者デイヴィッド・ドワンは、バークについて私にいろいろと語ってくれた。スティーヴン・カプランが進化論的な視点から好奇心の起源について記した論文は、芸術と神秘性をめぐる研究を知るきっかけになった。この章で触れた神経科学の研究は、カリフォルニア工科大学のコリン・キャメラーが行ったものである。マーク・パーゲルが人間の協調する能力について論じた著書『結びつきがつくる文化（*Wired for Culture*）』は、好奇心の存在意義について考えるうえで影響を受けた。

## 第2章　子どもの好奇心はいかに育まれるか

私はベビーラボでとても興味深い一日を過ごした。時間と知識を惜しみなく提供してくれたテオドラとカタリーナに心から感謝している。私の娘アイオは当時はまだ生まれていなかったが、今は被験者としてベビーラボに通い、得意げなようすで脳波測定用の帽子をかぶっている。アリソン・ゴプニックは一流の心理学者であるだけでなく、文筆家としても優れている。私が幼児期早期の発達について知っていることはほとんど、アンドリュー・メルツォフとパトリシア・クールとの共著『ベビーベッドのなかの科学者（*The Scientist in the Crib*）』をはじめとするゴプニックの著書から学んだものである。乳幼児の探索行動と思春期の成績についての長期的な研究は、マーカス・ボーンスタインとその同僚によるものだ（参考文献の一覧を参照のこと）。ミシェル・シュイナードの研究と、問いかけに関する研究の歴史についてさらに学んだのは、ポール・ハリスの著書においてである。小さな子どものいる友人たちからは、子どもの質問の具体例を教えてもらい感謝している。

### 第3章　パズルとミステリー

スーザン・エンゲルには子ども時代の好奇心について、専門的な話をじっくりと聞かせてもらった。「探索」と「活用」という区分については、アリソン・ゴプニックの研究によって知った。すでに述べたが、私は好奇心をめぐる理論を説明するにあたり、ジョージ・ローウェンスタインが好奇心の研究について行った分析から多くの知識を得ている。ダニエル・バーフインの研究については、ジャネット・メトカーフの手助けによってその意義を理解することができた。ダ・ヴィンチが洞窟の入口に立ったときの心境を綴った文章には、好奇心の研究においてもっとも偉大な歴史家の一人であるハンス・ブレーメンベルクの評論で出会った。ベン・グリーンマンの息子についての記事からは、私が好奇心とインターネットの関係について考えをまとめるうえで影響を受けた。

### 第4章　好奇心の三つの時代

西洋社会における好奇心の歴史についての議論は、エヴァンスとマーが編纂した評論集『ルネサンスから啓蒙運動にかけての好奇心と不思議（*Curiosity and Wonder from the Renaissance to the Enlightenment*）』を主な情報源とした。珍品の陳列棚についての記述は、歴史家ベンジャミン・

ブリーンがブログに投稿した素晴らしいイラスト入りの記事に触発されたところがある。イギリスの「産業界の啓蒙主義」を代表する人物についての記述は、ジェニー・アグローの優れた著書『月の男たち（*The Lunar Men*）』から影響を受けている。また、私がそれを好奇心における草の根の革命と捉えたのは、ロイ・ポーターの研究によるところが大きい。私がセレンディピティという言葉の由来を知るに至ったのはイーサン・ザッカーマンのおかげだ。ヴァネヴァー・ブッシュの論文は「ブレイン・ピッキングス」で知った。

## 第5章　好奇心格差が社会格差を生む

私が「新しい」デジタル・ディバイドという概念を知ったのは、『ニューヨーク・タイムズ』紙に掲載されたマット・リクテルの記事においてだ。ピュー研究所は「デジタル・ディバイド」のさまざまな側面について定期的な調査を行っており、カイザー・ファミリー財団も同様である。リクテルは『タイムズ』紙にもテクノロジーと教育についての記事を書いており、そのなかで「ウィキペディア問題」に触れている。

## 第6章　問いかける力

ダン・ロススタインとは電話で一時間ほど話し、非常に興味深い話を聞かせてもらった。彼が所属する財団の研究と取り組みについては、彼の著書『たった一つの変化を起こす（*Make Just*

*One Change*)』によって詳しく知ることができる。私が言及している問いかけについての研究は、ポール・ハリスが著書『言われたことを信じる』のなかで説明している内容がもとになっている。アネット・ラローの著書『不平等な子ども時代（*Unequal Childhoods*）』は観察社会学の素晴らしい研究書であり、読み物としても非常に面白い。ジェローム・ケルヴィエルの事例は、リンジー・マッゴイの研究によって知った。

## 第7章　知識なくして創造性も思考力もない

私の教育についての考えは、ダニエル・ウィリンガムの研究から大きな影響を受けている。彼は不毛な論争に満ちた分野において、明快で理性的な、証拠に基づいた意見を発している。彼の著書『生徒はなぜ学校を好きではないのか（*Why Don't Students Like School?*）』は皆さんに読んでもらいたい作品である。また、デイジー・クリストドゥルの深い研究と力強い議論が詰まった著書『教育についての七つの神話（*Seven Myths about Education*）』からも多くを学んだ。この問題に関心のある読者にはぜひ読んでいただきたい。リチャード・メイヤーの研究については、リチャード・クラークらによる「教師の積極的な誘導による指導」に関する優れた論文から引用した。教育団体の報告書からの引用は、教師および講師協会（Association of Teachers and Lecturers）のホームページに掲載されていた著者不明の記事からとったものである――「情報が氾濫する時代には何が重要かという選択は難しくなっているため、二一世紀のカリキュラムが知識の伝達を中心に据えることがあってはならない」。これはいくつかの点で気が滅入る声明だ。とくに何らかの困難があるならば諦めたほうがよいという含みがあるのはやりきれない。

## 第8章　好奇心を持ち続ける七つの方法

### 1　成功にあぐらをかかない

ウォルト・ディズニーとスティーブ・ジョブズの伝記でもっとも信頼がおけるのは、それぞれニール・ガブラーとウォルター・アイザックソンによるものだ。ジェフ・ベゾスについての詳細は、ベゾスが『ワシントン・ポスト』紙を買収したすぐあとに同紙に掲載された、ピーター・フーリスキーによる紹介記事に基づくものである。

### 2　自分のなかに知識のデータベースを構築する

アイディアを生む方法について語ったヤングの本は今でも出版されている。ぜひとも入手して皆さんもアイディアを生み出してもらいたい。

### 3　キツネハリネズミのように探し回る

パオラ・アントネッリが私のために時間をつくってくれたことにとても感謝している。彼女との会話は、好奇心と創造性のつながりについて考えをまとめるうえで役立った。チャーリー・マンガーの講演「基本的、世俗的な知識に関する教訓……（Lesson on Elementary, Worldly Wisdom...）」についてはインターネットで読むことができる。ジェネラリストであることの重要性は、デジタル雑誌『イーオン』に掲載されているロバート・トゥイガーの「多くのことに精通する（Master of Many Trades）」というタイトルの記事で見事に説明されている。

### 4　なぜかと深く問う

ジョナサン・パウエルには、驚くべき任務について可能な限り教えていただいて感謝している。北アイルランドの和平交渉について綴った彼の著書『大いなる憎しみ、一縷の望み（*Great Hatred, Little Room*）』は、ときに不毛と思える終わりの見えない緊迫した交渉がついに永続的な和解へと至った経緯を明らかにしている。

### 5　手を動かして考える

ベンジャミン・フランクリンの知的好奇心への傾倒は、称賛すべきものであると同時にやや恐ろしくもある。彼の自伝には、久しぶりに生まれ故郷のボストンに戻った際に、母親が営む下宿屋を訪れたときのようすが記されている。母親には子ども時代を最後に一度も会っていなかった。彼はすぐに名乗り出ず、普通の泊まり客のように振る舞って一晩彼女を観察した。母親の直感で息子だと気づくかどうか確かめてみたいと思ったからだ。フランクリンが油の効果に興味をもったエピソードは、エドモンド・モーガンによる素晴らしい伝記を読むなかで知るに至った。ポーツマス港の話などさらに詳しい内容については、チャールズ・タンフォードの著書で知った。イノベーションの専門家で、デンマークのコンサルタント会社ReDのミッケル・ラスムッセンには、ロンドンで語り合い、とても興味深く有意義なひとときを過ごすなかで、細かな事柄と壮大な構想の両方を統合する重要性に気づかせてもらったことを感謝している。

## 6 ティースプーンに問いかける

ジェイムズ・ウォードのブログ「私は退屈なものが好きだ」は、こういったことに興味を抱いた方々には楽しい情報源となるだろう。また、今後の退屈会議の詳細も知ることができる。ジョルジュ・ペレックは二〇世紀文学のちょっとした天才だ。独特の奥深い知性が感じられる小説やエッセイは、まだ読んだことがなければ手に取る価値があるだろう。ヘンリー・ジェイムズの優れた小伝の著者へイゼル・ハッチンソンは、大作家がどんな好奇心を抱いて、それをどう利用したか私が理解できるように手助けしてくれた。ローラ・マキナニーは教育をテーマとした素晴らしいブログを書いている。キャロル・サンソンが話を聞かせてくれたことに感謝し、彼女が興味深さと重要性を兼ねそなえた課題を見つけたことを嬉しく思っている。アーサー・アーロンも私のために時間と意見を提供してくれた。

7　パズルをミステリーに変える

ウィリアム・フリードマンの経歴に関する説明は、季刊誌『キャビネット』に掲載されたウィリアム・H・シャーマンの優れた評論を参考にした。この記事はインターネットで閲覧可能であり、集合写真に隠されたメッセージについてのさらなる詳細を含め、さらに詳しい内容を知ることができる。厳密には、フリードマンは「知識は力なり」と綴れていなかった。最後の「R」を完成させるには四人ほど足りなかったのだ。アーリントン国立墓地に眠るフリードマンは、自らの墓碑にこの言葉を刻んでいる。

あとがき　さあ、知識の世界を探究しよう

マット・フラクションが鬱病に苦しむファンに送った感動的な回答は次のURLで読むことができる。

http://mattfraction.com/post/63999786236/sorry-to-put-this-on-you-but-i-have-an-honest-question

# 訳者あとがき

子どもの好奇心を育むことの大切さや、歳を重ねてからも好奇心を保つことの意義はさまざまな場面で語られるテーマだ。しかし、好奇心そのものを正面から論じた一般読者向けの読み物は意外と少ない。本書は好奇心の本質を探るところから出発し、歴史を紐解き、多くの事例を交えながら好奇心とは何かを論じるユニークな作品である。

父親になったばかりの著者イアン・レズリーは本書の主要なテーマの一つとして、子どもの好奇心を開花させるには乳幼児期からの親のサポートがいかに重要かを丁寧に論じている。これから親になる人や、子育て中の親にとっては必読の内容だ。すでに子どもが大きくなっている読者の中にはもう手遅れだと青ざめる方々がいるかもしれないが、本書は決して子育て論に終始しているわけではない。

著者は、意識的に幅広い分野に興味を向ける努力をすれば、大人になってからも好奇心を高めることができると教えてくれる。その一例として、イギリスの著名なテレビプロデューサーの経験が紹介されている。彼はヒットメーカーとして飛ぶ鳥を落とす勢いだったが、ある時期に深刻なスランプに陥り、生きる気力さえ失ってしまう。ところが、歴史や芸術をはじめとする無数の書籍を読み漁る過程で知的好奇心に目覚め、ついには世界中の興味深い事柄を解き明かす新番組の企画を思いつき、プロデューサーとして見事に復活する。

　現在、ビジネスの世界でも、学術の世界でも、イノベーションを創出する能力はかつてないほど重要性を帯びている。科学技術の進化のプロセスでは、「偶然の発見」を意味する「セレンディピティ」がしばしば大きな転機をもたらすが、著者は幅広い分野に好奇心があってこそ初めてセレンディピティが生まれると言う。個人として、あるいは企業として競争に勝ち残るには、好奇心が大きな原動力となることは間違いない。そういった意味で、本書は働き盛りの世代にとっても切実な内容として興味深く読めるのではないだろうか。

　人生における成功をも左右する好奇心を育むうえで、鍵となるのが「知識」だと著者は指摘する。世の中では、子どもたちの好奇心を伸ばすには、心の赴くままに興味を探究できる環境が大切だという見解が根強く存在する。反対に、知識の蓄積を重視する教育は「詰め込み型」と呼ばれ、子どもの独創性や好奇心を損なう元凶のように非難されることもめずらしくない。ところが本書を読むと、たとえ天賦の才能があったとしても、基本的な知識が不足していれば学力を伸ばすことも、関心の領域を広げることもできないことがよく理解できる。

　日本の教育現場では、いわゆる「ゆとり教育」の反省から基礎学力の強化が重視されるようになっているものの、知識の蓄積に重きをおく教育法に対する否定的な見解は少なくない。だが本書では、幅広い知識を土台として好奇心と創造性が養われることが述べられている。多くの創造的作品を歴史に残したシェイクスピアも、学校では膨大な知識の暗記をさせられたという。もっとも、学校や家庭で「将来自分のためになるのだから頑張って覚えなさい」と鞭打つばかりでは子どもたちの心には響かない。そこで大人による環境づくりが大事なのだとつくづく感じさせられる。本書を読めば、子どもたちに知識の重要性について自信をもって語れるようになるだろう。

それから、今日的な課題として、著者はインターネットと知的好奇心の関係についても非常に興味深い議論を展開している。インターネットは好奇心に対してどのような影響を及ぼしているのか？　インターネットで森羅万象について瞬時に疑問を解決できるのはたいへん便利なことだが、著者は必ずしも楽観視できないと指摘する。また、ウィキペディアで答えを見つけてすべてを理解した気になる傾向にも警鐘を鳴らしており、好奇心の危機という問題については、現代人としては誰もがじっくりと考えてみるべきではないだろうか。

好奇心は意識的に養っていくべきものであり、子どもの学力を伸ばすにも、職業上の成功を手にするためにも欠かせない。しかし著者はさらに、好奇心にはそういった実利的な面だけでなく、人間に深い喜びを与えてくれる力があることを気づかせてくれる。

「世界はとてつもなく面白いってことに急に気づいた。興味をもって眺めれば、この世のあらゆるものが――地球の重力、鳩の頭の形、雑草の葉さえも――じつに驚くべきものに見えてくる」。これは先ほど触れた著名なプロデューサーの言葉だ。殻に閉じこもっていた彼は知的好奇心を深めることで再び成功を手にしただけでなく、かつて経験したことのない生きる喜びを感じることができた。この言葉は、人間が持つ知的好奇心の美しさを物語っているようで心打たれる。自分にとって直接的な利害関係のない事柄を知りたいと切望し、それを知って心が満たされる感覚は人間にしかない特権と言えるだろう。

喜ばしいことに、知的好奇心は何歳になっても深めることができる。大学や地域、カルチャースクール等で開催されている多彩な講座には多くの年配の方々の姿がある。自宅で本やテレビ番組によって知的好奇心を満たしている人も大勢いるだろう。歳を重ねて物理的な行動範囲が狭まったとしても、好奇心があれば地球の裏側にも、何百年前の世界にも、あるいは数ミクロンの世界にでも飛んでいける。自分を省みると、まだまだ知りたいことや読みたい本、聞きたい音楽がたくさんある。そう考えてみると、人生がにわかに忙しく、これまで以上に楽しいものになってきたように感じられる。

好奇心は人間らしさの証であり、人生に大きな実りをもたらすかけがえのない宝物である――本書はそんなことを気づかせてくれる貴重な作品ではないだろうか。

なお、本文中ではさまざまな文献からの引用があるが、邦訳のあるものは邦訳書のタイトルを記し、ないものは仮題と併せて原題を記した。聖書の引用を除いて、そのほかの引用文は邦訳書のあるなしにかかわらず私の訳であることをお断りしておく。

二〇一六年三月

made by Blake Masters, http:// blakemasters.com/post/20400301508/cs183class1
Tizard, B., and Hughes, M., *Young Children Learning*, Fontana, 1984.
Twigger, Robert, 'Master of Many Trades', *Aeon*, 4 November 2013.
Uglow, Jenny, *The Lunar Men*, Faber & Faber, 2003.
von Stumm, S., Hell, B., and Chamorro-Premuzic, T., 'The Hungry Mind: Intellectual Curiosity is the Third Pillar of Academic Performance', *Perspectives on Psychological Science*, 2011, Vol. 6, p. 574.
von Stumm, S., Furnham, and Adrian F., 'Learning Approaches: Associations with Typical Intellectual Engagement, Intelligence and the Big Five', *Personality and Individual Differences*, 2012, Vol. 53.
Wallace, David Foster, *This Is Water: Some Thoughts, Delivered on a Significant Occasions, about Living a Compassionate Life*, Little, Brown, 2009.
Wallace, David Foster, introduction to *The Best American Essays, 2007*, Mariner, 2007.
Wallas, Graham, *The Art of Thought*, Harcourt, Brace and Company, 1926.
Wang, Da-Neng et al., 'Benjamin Franklin, Philadelphia's Favorite Son, Was a Membrane Biophysicist', *Biophysical Journal*, Vol. 104, No. 2, January 2013.
Waytz, Adam, 'The Taboo Trade-Off', *Scientific American*, 9 March 2010.
Weber, R., Perkins, D., *Inventive Minds: Creativity in Technology*, OUP, 1992.
White, T.H., *The Once and Future King*, Harper Voyager, 1996.（T・H・ホワイト『永遠の王――アーサーの書』、森下弓子訳、創元推理文庫、1992 年）
Whoriskey, Peter, 'For Jeff Bezos, A New Frontier', *Washington Post*, 11 August 2013.
Willingham, Daniel, *Why Don't Students Like School?,* Jossey-Bass, 2009.
Wilson, Robert S. et al., 'Life-span Cognitive Activity, Neuropathologic Burden and Cognitive Aging', *Neurology*, Vol. 10, July 2013.
Young, James Webb, *A Technique For Producing Ideas*, CreateSpace, 2012.（ジェームス・W・ヤング『アイデアのつくり方』、今井茂雄訳、阪急コミュニケーションズ、1988 年）
Zuckerman, Ethan, *Rewire: Digital Cosmopolitanism in the Age of Connection*, Norton, 2013.

Richardson, M., Abraham, C. and Bond, R., 'Psychological Correlates of University Students' Academic Performance: A systematic Review and Meta-analysis', *Psychological Bulletin*, 2012, Vol. 138, pp. 353–387.

Richtel, Matt, 'Wasting Time is New Divide in Digital Era', *New York Times*, 29 May 2012.

Richtel, Matt, 'Technology Changing How Students Learn, Teachers Say', *New York Times*, 1 November 2012.

Rorty, Richard, *Essays on Heidegger and Others: Philosophical Papers, Vol. 2,* Cambridge University Press, 1991.

Rothstein, Dan, *Make Just One Change*, Harvard Education Press, 2011.（ダン・ロスステイン、ルース・サンタナ『たった一つを変えるだけ――クラスも教師も自立する「質問づくり」』、吉田新一郎訳、新評論、2015年）

Rubik, Erno, interview with George Webster, 'The Little Cube that Changed the World', CNN, 11 October 2012, http://edition.cnn.com/2012/10/10/tech/rubiks-cube-inventor

Sansone, Carol and Thoman, Dustin B., 'Interest as the Missing Motivator in Self-Regulation', *European Psychologist*, 2005, Vol. 10, No. 3, pp. 175–186.

Savage-Rumbaugh, Sue, and Lewin, Roger, *Kanzi: The Ape at the Brink of the Human Mind*, Doubleday, 1994.（スー・サベージ・ランバウ、ロジャー・ルーウィン『人と話すサル「カンジ」』、石館康平訳、講談社、1997年）

Schwarz, Roger, 'Increase Your Team's Curiosity', *Harvard Business Review*, 15 July 2013.

Sherman, William H., 'How To Make Anything Signify Anything', *Cabinet*, No. 40, Winter 2010/11.

Silver, Nate, interview with Walter Frick in *Harvard Business Review*, 24 September, 2013.

Silvia, Paul, *Exploring The Psychology of Interest*, Oxford University Press, 2006.

Smith, Brian C., 'Familiarization vs. Curiosity—"Curiosity Can Be dangerous."' IALEFI Control Number 12–14.

Smith, Paul, quoted in interview with *Post Magazine*, 11 November 2012.

St Augustine, *Confessions*, in R.S. Pine-Coffin (ed.), Penguin Classics, 2002.（アウグスティヌス『告白』全3巻、山田晶訳、中公文庫、2014年）

Tanford, Charles, *Ben Franklin Stilled the Waves; An Informal History of Pouring Oil on Water*, Duke University Press, 1989.

Thiel, Peter, based on an essay version of notes on his Stanford class CS183, 'Startup', sugata_mitra_build_a_school_in_the_cloud.html (more details of Mitra's talks and publications can be found here: http://sugatam.wikispaces.com/SM-Resume)

Mittelstaedt, Robert, *Will Your Next Mistake Be Fatal? Avoiding the Chain of Mistakes That Can Destroy Your Organization*, Prentice Hall, 2004.

Mokyr, Joel, *The Enlightened Economy. An Economic History of Britain, 1700-1850*, Yale University Press, 2012.

Morgan, Edmund S., *Benjamin Franklin,* Yale University Press, 2002.

Morris, Ian, *Why the West Rules—for Now*, Profile, 2010.（イアン・モリス『人類5万年 文明の興亡――なぜ西洋が世界を支配しているのか』、北川知子訳、筑摩書房、2014年）

Munger, Charlie, *A Lesson on Elementary, Worldly Wisdom as It Relates to Investment Management and Business*, USC Business School, 1994 http://ycombinator.com/munger. html

Murphy Paul, Annie, 'Enriching Your Brain Bank', 15 July 2013, http://anniemurphypaul.com/2013/07/enriching-your-brain-bank/

Murphy Paul, Annie, 'The Power of Interest', 4 November 2013, http://anniemurphypaul.com/2013/11/the-power-of-interest/

Pagel, Mark, *Wired for Culture; Origins of the Human Social Mind*, W.W. Norton, 2012.

Phelps, Edmund, *Mass Flourishing: How Grassroots Innovation Created Jobs, Challenge and Change*, Princeton University Press, 2013.

Pinker, Steven, *How the Mind Works*, Penguin, 1999.（スティーブン・ピンカー『心の仕組み』、椋田直子・山下篤子訳、ちくま学芸文庫、2013年）

Poincaré, Henri, 'Mathematical Creation', in *The World of Mathematics*, in James Newman (ed.) Simon and Schuster, 1958.

Posnock, Ross, *The Trial of Curiosity*, Oxford University Press, 1991.

Postrel, Virginia, 'Serendipity and Samples Can Save Barnes & Noble', bloomberg.com, 14 July 2013.

*Prospect*, 'Roundtable Report, Edmund Phelps on "Mass Flourishing"', 16 October 2013.

Raichlen, David A. et al., 'Calcaneus Length Determines Running Economy: Implications for Endurance Running Performance in Modern Humans and Neandertals, *Journal of Human Evolution*, Vol. 60, No. 3, March 2011.

Reich, Robert, *The Work of Nations*, Addison-Wesley, 1991.（ロバート・B・ライシュ『ザ・ワーク・オブ・ネーションズ――21世紀資本主義のイメージ』、中谷巌訳、ダイヤモンド社、1991年）

University of California Press, 2011.
Lepper, Mark R., Greene, David and Nisbett, Richard E., 'Undermining Children's Interest With Extrinsic Reward; A Test of the "Overjustification" Hypothesis', *Journal of Personality and Social Psychology*, October 1973, Vol. 28 No. 1.
Levin, Diane J., *The Whys Have It: Teaching Curiosity for Effective Negotiation and Mediation*, http://www. mediate.com/articles/LevinDbl20091116a.cfm
Lewin, Tamar, 'Students Rush To Web Classes, But Profits May Be Much Later', *New York Times*, 6 January 2013.
Malhotra, Deepak and Bazerman, Max H., *Negotiation Genius*, Bantam, 2007.（ディーパック・マルホトラ『交渉の達人――いかに障害を克服し、すばらしい成果を手にするか』、森下哲朗監訳、高遠裕子訳、日本経済新聞出版社、2010年）
Mannes, S. and Kintsch, W., 'Knowledge Organization and Text Organization', *Cognition and Instruction*, Vol. 4, 1987.
Mar, Raymond, 'The neural bases of social cognition and story comprehension', *Annual Review of Psychology*, Vol. 62, 2011.
Marquardt, Michael, *Leading with Questions: How Leaders Find the Right Solutions by Knowing What to Ask*, Jossey-Bass, 2005.
Mayer-Schonberger, Victor, and Cukier, Kenneth, *Big Data*, John Murray, 2013.
McCartney, Paul, quoted in the *Observer*, interview with Miranda Sawyer, 13 October 2013.
McChrystal, Stanley, interview in *Foreign Affairs*, March/April 2013.
McGoey, Linsey, 'The Logic of Strategic Ignorance', *British Journal of Sociology*, 2012, Vol. 63, No. 3.
McGoey, Linsey, 'Strategic unknowns: towards a sociology of ignorance', *Economy and Society*, Vol. 41, No. 1, pp. 1–16.
McInerney, Laura, 'Why Learn?', http://lauramcinerney.com/2013/04/18/on-why-i-learn/
McKee, Robert, *Story: Substance, Structure, Style, and the Principles of Screenwriting*, Methuen, 1999.
Mill, John Stuart, *Principles of Political Economy*, in Jonathan Riley (ed.) Oxford University Press, 1994.（J・S・ミル『経済学原理』全5巻，末永茂喜訳、岩波文庫、1959―1963）
Mills, Steve, 'The Future of Business', IBM Thought Leadership Paper, 2007.
Mitra, Sugata, 'Build a School in the Cloud', TED Talk 2013, http://www.ted.com/talks/

Hume, David, *Hume's Political Discourses*, Forgotten Books, 2012.（ヒューム『政治論集』、田中秀夫訳、京都大学学術出版会、2010 年）

Hutchinson, Hazel, *Brief Lives: Henry James*, Hesperus Press, 2012.

Ianelli, Vincent, 'Gun and Shooting Accidents', about.com, updated 9 January 2013.

Isaacson, Walter, *Einstein: His Life and Universe*, Simon and Schuster, 2007.（ウォルター・アイザックソン『アインシュタイン――その生涯と宇宙』、二間瀬敏史監訳、関宗蔵・松田卓也・松浦俊輔訳、武田ランダムハウスジャパン、2011 年）

Isaacson, Walter, *Steve Jobs*, Little, Brown, 2013.（ウォルター・アイザックソン『スティーブ・ジョブズ』、井口耕二訳、講談社＋α文庫、2015 年）

Jones, Benjamin F., *Age and Great Invention*, NBER, May 2005.

Kaplan, Stephen, 'Environmental Preference in a Knowledge-Seeking, Knowledge-Using Organism', in J.H. Barkow, L. Cosmides and J. Tooby (eds.), *The Adapted Mind*, Oxford University Press, 1992.

Kashdan, Todd, *Curious? Discover the Missing Ingredient to a Fulfilling Life*, Harper, 2010.（トッド・カシュダン『頭のいい人が「脳のため」に毎日していること』、茂木健一郎訳、三笠書房、2010 年）

Keeling, Richard P. and Hersh, Richard H., *We're Losing Our Minds: Rethinking American Higher Education*, Palgrave Macmillan, 2011.

Kelly, Kevin, 'A Conversation with Kevin Kelly', *Edge.org*, 7 February 2014, http://www.edge.org./conversation/the-technium

Keynes, John Maynard, *Keynes on the Wireless,* in Donald Moggridge (ed.) Palgrave Macmillan, 2010.

Kirby, Joe, 'Why Teaching Skills Without Knowledge Doesn't Work', 19 June 2013, http://pragmaticreform.wordpress. com/2013/06/19/skills-without-knowledge/

Klass, Perri, 'Understanding "Ba Ba Ba" as a Key to Development', *New York Times*, 11 October 2010.

Konečni, Vladimir, 'Daniel E. Berlyne: 1924-1976', *American Journal of Psychology*, 1978, Vol. 91, No. 1, pp. 133–137.

Krauss, Lawrence M., *Quantum Man*: *Richard Feynman's Life in Science*, W.W, Norton, 2011.（ローレンス・M・クラウス『ファインマンさんの流儀――量子世界を生きた天才物理学者』、吉田三知世訳、ハヤカワ・ノンフィクション文庫、2015 年）

Lareau, Annette, *Unequal Childhoods: Class, Race, and Family Life* (Second Edition),

く平凡な記憶力の私が1年で全米記憶力チャンピオンになれた理由』、梶浦真美訳、エクスナレッジ、2011年)、

Gabler, Neal, *Walt Disney*, Aurum Press, 2008.（ニール・ガブラー『創造の狂気 ウォルト・ディズニー』、中谷和男訳、ダイヤモンド社、2007年）

Gallagher, Kelly, *Looking Beyond the Book*, Bowker Market Research, 2012.

Glaeser, Edward, *Triumph of the City*, Macmillan, 2011.（エドワード・グレイザー『都市は人類最高の発明である』、山形浩生訳、NTT出版、2012年）

Gopnik, Alison, Meltzoff, Andrew and Kuhl, Patricia K., *The Scientist in the Crib: What Early Learning Tells Us about the Mind*, Harper, 1999.（ゴプニック、メルツォフ、カール『0歳児の「脳力」はここまで伸びる――「ゆりかごの中の科学者」は何を考えているのか』、榊原洋一監修、峯浦厚子訳、PHP研究所、2003年）

Graham, James M., 'Self-Expansion and Flow in Couples' Momentary Experiences, *Journal of Personality and Social Psychology*, 2008, Vol. 95, No. 3.

Greenblatt, Stephen, *Will in the World*, Pimlico, 2005.（スティーヴン・グリーンブラット『シェイクスピアの驚異の成功物語』、河合祥一郎訳、白水社、2006年）

Gruber, Howard E., *Darwin on Man: A Psychological Study of Scientific Creativity*, Wildwood House, 1974.（H・E・グルーバー『ダーウィンの人間論――その思想の発展とヒトの位置』、江上生子・月沢美代子・山内隆明訳、講談社、1977年）

Hart, B., and Risley T.R., 'The Early Catastrophe', *Education Review*, Vol. 77 No. 1, 2004.

Harris, Paul L., *Trusting What You're Told: How Children Learn from Others*, Harvard University Press, 2012.

Hattie, John, *Visible Learning: A Synthesis of Over 800 Meta-Analyses Relating to Achievement*, Routledge, 2009.

Hirsch, E.D., *The Knowledge Deficit*, Houghton Mifflin Harcourt, 2007.

Holmes, Linda, 'The Sad, Beautiful Fact That We're All Going to Miss Almost Everything', NPR online, 18 April 2011.

Holt, Jim, 'Smarter, Happier, More Productive', *London Review of Books*, Vol. 33 No. 5, 3 March 2011.

Huff, Toby E., *Intellectual Curiosity and the Scientific Revolution: A Global Perspective*, Cambridge University Press, 2011.

Darwin, Charles, letter to J.D. Hooker, 11 January 1844. http://www.darwinproject.ac.uk/entry-729

Dewey, John, *Interest and Effort in Education*, Houghton Mifflin, 1913.（デューイ『教育における興味と努力』、杉浦宏訳、明治図書出版、1972 年）

Dodes, Rachel, 'Lingering Shots in an Age of Quick Cuts', *Wall Street Journal,* 21 February 2013.

Dolby, Ray, quoted in the *New York Times*, via Associated Press, 'Founder of Dolby Laboratories Dies', 12 September 2013.

Dwan, David, *Cambridge Companion to Edmund Burke*, Cambridge University Press, 2012.

Dylan, Bob, *Chronicles, Volume One*, Pocket Books, 2004.（ボブ・ディラン『ボブ・ディラン自伝』、菅野ヘッケル訳、ソフトバンククリエイティブ、2005 年）

Elliot, Jane, and Rhodes, John David, "The Value of Frustration": An Interview with Adam Phillips.' *World Picture Journal*, No. 7, 2012.

Engel, Susan, and Levin, Sam, 'Harry's Curiosity', in *The Psychology of Harry Potter*, Neil Mulholland (ed.), Smart Pop, 2007.

Erard, Michael, *Mezzofanti's Gift*, Duckworth Overlook, 2013.

Evans, James, 'Electronic Publishing and the Narrowing of Science and Scholarship', *Science*, 18 July 2008.

Evans, R.J.W, and Marr, Alexander (eds.), *Curiosity and Wonder from the Renaissance to the Enlightenment*, Ashgate, 2006.

Fallows, James, 'Blind into Baghdad', *Atlantic*, January 2004.

Ferreira, Fernando and Waldfogel, Joel, 'Pop Internationalism: Has Half a Century of World Music Displaced Local Culture?', *National Bureau of Economic Research*, May 2010.

Feynman, Michelle (ed.), *Perfectly Reasonable Deviations from the Beaten Track: The Letters of Richard P. Feynman*, Basic Books, 2005.（リチャード・P・ファインマン著、ミシェル・ファインマン 編『ファインマンの手紙』、渡会圭子訳、ソフトバンククリエイティブ、2006 年）

Fishbach, Ayelet and Choi, Jinhee, 'When Thinking About Goals Undermines Goal Pursuit', in *Organizational Behaviour and Human Decision Processes*, July 2012, Vol. 118.

Foer, Joshua, *Moonwalking with Einstein*, Penguin, 2012.（ジョシュア・フォア『ご

Buss, Arnold, 'Evolutionary Perspectives on Personality Traits', in Hogan, Robert (ed.), *Handbook of Personality Psychology,* Academic Press, 1997.

Camerer, Colin et al., 'The Wick in the Candle of Learning: Epistemic Curiosity Activates Reward Circuitry and Enhances Memory', *Psychological Science*, November 2008.

Cacioppo, John T., Petty, Richard E., Feinstein, Jeffrey A., Jarvis, W. and Blair G., 'Dispositional Differences in Cognitive Motivation: The Life and Times of Individuals Varying in Need for Cognition', *Psychological Bulletin*, 1996, Vol. 119, No. 2, pp. 197–253.

Cacioppo, John T., Petty, Richard E., and Kao, Chuan Feng, 'The Efficient Assessment of Need for Cognition', *Journal of Personality Assessment*, 1984, Vol. 48, No. 3.

Cai, Denise et al., 'REM, Not Incubation, Improves Creativity by Priming Associative Networks', *PNAS*, June 2009.

Chuan, Tan Chorh, '10 Questions: Shaping Curious Minds', *Singapore Magazine,* July 2013.

Christensen, Clayton, *The Innovator's Dilemma*, Harvard Business Review Press, 2013.（クレイトン・クリステンセン『イノベーションのジレンマ――技術革新が巨大企業を滅ぼすとき』、伊豆原弓訳、翔泳社、増補改訂版、2001 年）

Christodoulou, Daisy, *Seven Myths about Education*, Routledge, 2014.

Churchill, Winston, *A Roving Commission: My Early Life*, C. Scribner's Sons, 1939.

Clark, Richard, Kirschner, Paul A., and Sweller, John, 'Putting Students on the Path to Learning: The Case for Fully Guided Instruction', *American Educator,* Spring 2012.

Comer-Kidd, David, and Castano, Emanuele, 'Reading Literary Fiction Improves Theory of Mind', *Science*, 3 October 2013.

Cowen, Tyler, *The Great Stagnation*, Penguin/Dutton, 2012.（タイラー・コーエン『大停滞』、池村千秋訳、NTT 出版、2011 年）

Cowen, Tyler, *Average Is Over*, Dutton, 2013.（タイラー・コーエン『大格差――機械の知能は仕事と所得をどう変えるか』、池村千秋訳、NTT 出版、2014 年）

Cowen, Tyler, interview with Eric Barker, http://www. bakadesuyo.com/2013/09/average-is-over/

Cskiszentmihalyi, Mihaly, *Creativity*, Harper Collins, 1996.

Daston, Lorraine and Park, Katharine, *Wonders and the Order of Nature, 1150-1750*, Zone Books, 1998.

# 参考文献


ABC News, *Kids Have Fatal Attraction To Guns*, 9 August 2009.

Abrams, J.J., 'The Magic of Mystery', *Wired* magazine, 20 April 2009.（J・J・エイブラムズ「『？』の魔法」、『ワイアード』Vol.18、2015 年 9 月）

Arguelles, Alexander, 'Education and Experience', at Arguelles' personal website www.foreignlanguageexpertise.com

Aron, A., Strong, G., and Fincham, F., 'When Nothing Bad Happens But You're Still Unhappy; Boredom in Romantic Relationships', *The Inquisitive Mind,* 2012, Issue 13.

Atran, Scott and Ginges, Jeremy, 'How Words Could End a War', *New York Times,* 24 January 2009.

Begus, Katarina, and Southgate, Victoria, 'Infant Pointing Serves an Interrogative Function', *Developmental Science*, 2012, pp. 1–8.

Begus, Katarina, Gliga, Teodora, and Southgate, Victoria, 'Increase in Theta Band Activation in Expectation of Novel Information', in press, 2013.

Begus, Katarina, Gliga, Teodora, and Southgate, Victoria, 'Pointing Signals Infants' Readiness to Learn', in press, 2013.

Bell, Silvia, and Salter Ainsworth, Mary D., 'Attachment, Exploration and Separation: Illustrated by the Behaviour of One Year Olds in a Strange Situation', *Child Development*, Vol. 41, March 1970.

Berlin, Isaiah, *The Hedgehog and The Fox*, Phoenix, 1992.（バーリン『ハリネズミと狐――「戦争と平和」の歴史哲学』、河合秀和訳、岩波文庫、1997 年）

Blumenberg, Hans, *The Legitimacy of the Modern Age*, in Evans and Marr, 2006.（ハンス・ブルーメンベルク『近代の正統性』全 3 巻、斎藤義彦・忽那敬三・村井則夫訳、法政大学出版局、1998―2002 年）

Bornstein, Marcus, Hahn, Chun-Shin, and Sulwalsky, Joan T.D., 'Physically Developed and Exploratory Young Infants Contribute to Their Own Long-Term Academic Achievement', *Psychological Science*, August 2013.

Breen, Benjamin, 'Cabinets of Curiosity, The Web as Wunderkammer', http://theappendix.net/blog/2012/11/cabinets-of-curiosity:-the-web-as-wunderkammer

# 子《こ》どもは40000回質問《かいしつもん》する

## あなたの人生《じんせい》を創《つく》る「好奇心《こうきしん》」の驚《おどろ》くべき力《ちから》

---

2016年4月20日　初版1刷発行

著者――イアン・レズリー
訳者――須川綾子《すがわあやこ》
カバーデザイン――上坊菜々子
発行者――駒井 稔
組版――萩原印刷
印刷所――慶昌堂印刷
製本所――ナショナル製本
発行所――株式会社光文社
〒112-8011　東京都文京区音羽1-16-6
電話――翻訳編集部 03-5395-8162
書籍販売部 03-5395-8116
業務部 03-5395-8125

落丁本・乱丁本は業務部へご連絡くだされば、お取り替えいたします。


ISBN978-4-334-96214-2 Printed in Japan